ちくま文庫

# 愛についてのデッサン

## 野呂邦暢作品集

野呂邦暢
岡崎武志 編

筑摩書房

# 目次

# 愛についてのデッサン

# 燃える薔薇

――佐古啓介の旅㈠

佐古啓介は二人の客が帰ってから新しい煙草に火をつけた。

しばらくぼんやりと考えこんだ。

長くなった煙草の灰が、絨毯にこぼれ落ちた。もう一本とり出そうとして、煙草の袋がからになっていることに気がついた。岡田章雄と望月洋子が訪れたとき、二袋めの煙草をあけたことを覚えているから、彼らと話している間にほとんど丸一袋をのみ尽したことになる。

「兄さん、その話ひきうけるの」

友子がコーヒーを淹れながらきいた。

「隣で話を聴いてたろ、ひきうけるつもりだ。長崎へは一度行ってみたいと思ってた。旅費は女の人が出してくれる。その他の経費もな」

「きれいな人だったわね」

「ああ」

「なぜ望月さんが自分で出かけないのかしら」

「自分が行けないからぼくに頼んだのさ」

啓介は熱いコーヒーをすすった。友子の疑問はもっともである。何かがひっかかる。

「開店まであと一週間しかないじゃない。それまでに問題の原稿を手に入れて帰って来られるの」

「その点はだいじょうぶ。東京を朝たてば、夕方までには着く。原稿の持ち主と会って話をするのにも一日あれば充分だよ」

「あたしも行きたいな。長崎はお父さんの生まれ故郷というのに、今まで一度も行ったことがないんだもの」

父啓蔵が急性心不全で亡くなったのはひと月あまり前である。二十代の終りごろ上京して四十年間、啓蔵は長崎へ帰ったことがなかった。郷里へ墓まいりに帰りもしなかった。啓介と友子が長崎を話題にするのも厭がった。父自身も長崎について話しはしなかった。何かわけがあるのだろうとは思いながら、啓介はとうとう父の口からその理由をきき出すことができないでしまった。いつかそのうち、と思っているうちに日が経ったのだ。

啓介は古本屋という家業を継ごうと思っている。

父が生きていたら、啓介の希望はかなえられなかっただろう。大学を出してやったのは古本屋をさせるためじゃない、ちゃんとした会社に入れるためだ、といって激怒したにちがいない。三年前、ある私大を卒業した啓介は神田の小さな出版社に就職した。文学関係ではかなり名の知られた出版社である。編集者として働きながら、ゆくゆくは父のあとを継ぐつもりだった。

古本屋という職業に啓介は魅力を感じている。生まれつき本が好きだったからである。本好きに向く仕事といえば、出版社の社員もふさわしくないとはいえないが、入社そうそうでは電話の応対か編集長の使い走りがいいところで、本を作るという仕事からはまず遠かった。啓介は不満だった。父の急死は悲しむべきことではあったが、啓介の生活を望み通りに変えたということでは別の見方をすることもできた。

父の死後、佐古書店はずっと店をしめている。中央線沿線の駅近くに位置した、間口は一間ていどのちっぽけな古本屋である。啓介は売れるものならなんでも売ろうとは思っていなかった。小説、歴史、美術関係に限定し、それも小説なら自分の好きな作家のものをあつかいたかった。

(思い通りゆくかねえ、商売の道はきびしいというよ。ま、おれがやるわけじゃないから、成功を祈るとしかいえないが)

高校時代から親しい岡田章雄が気づかった。彼は啓介と同じ私大を出て、塾の教師をするかたわら大学院に学んでいる。望月洋子を紹介したのは岡田であった。啓介も知っている教授の遠縁にあたる女性であるという。初めに依頼されたのは岡田だったが、彼は大学院の時間がつまっており、とても長崎へ出かけられないといった。

(あなたなら、と岡田さんがいわれるのでお願いに参りました)

望月洋子はいった。伊集院悟という詩人の肉筆稿が長崎で売りに出ている。それを買い取って来てもらいたいというのである。（伊集院、どこかで聞いたような気がするなあ）と啓介はいった。（去年、亡くなった若い詩人だよ。生きてるうちはぱっとしなかったけれど、最近は高く評価されてるようだ）と岡田がいった。彼は日本の近代文学を専攻している。

（こういうことをひきうけるのは初めてです。どうも勝手がわからない）啓介はとまどった。

（簡単だよ。持ち主に会って値段をきき、金と引きかえに原稿を受けとる。それだけのことじゃないか）岡田はこともなげにいった。

（これで見ると持ち主の名前は笠間峻一となっていますね。伊集院悟の原稿をなぜこの人が所有してるんですか）啓介はたずねた。

（高い値段をふっかけることはないだろうよ。安いなら安いにこしたことはないが、ある程度までなら相談にのるんじゃないかな。評価されるようになったといっても、東京では詩壇の一部に知られたにすぎないのだし、持ち主だってこういう目録にのせるところを見ると、売る気があってのことだろうからな）

といって岡田が指さした目録には「長崎古書交換会」という文字が表紙に刷ってある。会員は目録に自分の蔵書の書名と価格を発表する。古本の値段よりいくらか安い値が目やすである。目録は全国に散らばった会員に配布されている。会の設立者が長崎に住んでいるのでその名前をつけただけで、格別の意味はないと目録の後記にはあった。

売る方は古本屋で買いたたかれるよりましであるし、買う方も思わぬ掘り出しものをすることがあるらしい。ざっと啓介が目録を検討したところ古本の時価より低いのが無数に並んでいた。こういう会がふえたら古書店はつぶれてしまう、と啓介は岡田に冗談めかしていった。

伊集院悟の詩集『燃える薔薇』は、ごく最近詩壇でもっとも権威があるS氏賞を受けている。啓介も新聞の学芸欄のかたすみでその記事を読んだ覚えがあった。彼の詩はまだ読んだことがない。岡田は読んでいた。人間の愛、それも特異なイマージュで女の愛を歌った詩が多いという。

（望月さんは伊集院というこの詩人の作品のファンなんだそうだ。だから肉筆稿が欲しいといわれる。おれに暇があったら行くんだけどな）と岡田はいった。

（目録には入札と書いてありますね。もしどこかのだれかが、望月さんのおっしゃった額よりも高い値をつけたら、そのときはどうします）啓介は念のためにたずねた。まさかそんなことはあるまいと思ったが、世間には物好きもいる。望月洋子が渡した小切手には佐古書店がかつてあげていた利益の一月分をやや上まわる金額が記入してあった。長崎の銀行で現金化できるようになっている。（そのときはこちらへ連絡して下さい。

不足分を送ります。しかし一つだけ条件があります。先方に、つまりこの笠間という所有者にわたしの名前を明かしてもらいたくないのです。あくまで一人の古本屋として詩人の遺稿を手に入れようとしている、そういうことにしておいて下さい）

（なるほど。その点はかまいませんが……しかしなぜです。先方に知られると都合の悪いことでもあるんですか）

（わたしが買ったということが知れたら、また別の人が欲しくなった場合、ゆずってくれと頼まれるでしょう。それがわずらわしいのです）

（というわけだ。おまえもいってたろ、長崎の古本屋をのぞいてみたいって。面白い古本がめっかるかもしれないぞ。長崎はおやじさんの里だそうじゃないか。ついでにゆっくり街を見物してくるんだな）と岡田は明るくいって望月洋子をかえりみた。女客はうっすらと微笑んだ。訪ねて来て初めて見せた微笑であった。啓介はまぶしいものを見たような気になって目をそらした。年の頃は二十五、六だろうか。左手の薬指に大粒のダイヤモンドが光っている。スカーフもハンドバッグも高そうなしろものだ。身につけている服も好みがいい。古本屋に似つかわしい客ではなかった。

（行きましょう）

という言葉が啓介には他人の口から発せられたように聞えた。依頼がなんであれ、彼は岡田に伴われて来た客をひとめ見たとき、ひきうける気になっていたのだった。こんなにぜいたくな雰囲気を漂わせた女を彼は見たことがなかった。

次の日、佐古啓介は東京駅で新幹線〝ひかり〟二三号に乗った。席に身をおちつけてから用意して来た長崎市街地図をとり出した。伊集院悟の詩稿を持っている笠間峻一の住所は、古書交換会の目録にのっている。古川町三の十という表記をたよりに地図で探した。市の中央を流れる中島川に面した一画である。

啓介は知らない町へ旅をするのが好きだ。

知らない町の地図を見るのも好きだ。

そこに、自分とはまるで縁のない人間が暮らしているということをあれこれ思い描くのは、子供の頃から愉しみだった。今から訪ねるのは他でもない父の故郷である。胸がはずんだ。啓介は〝ひかり〟が小田原を通過した頃も、飽かず地図を眺めていた。鍛冶屋(かじや)町、魚(うお)の町、諏訪町、江戸町、伊勢町、新大工町、銅座町などという、いかにも由緒ありげな古めかしい町の名が興味ぶかかった。市の北郊にある昭和町とか文教町とかいう味もそっけもない町名にくらべて、これらが何倍も親しみぶかかった。啓蔵が長崎の話をしないので、彼は地図帳をこっそり開いて父の故郷のたたずまいを夢想したことがあった。グラバー邸、オランダ坂、出島蘭館址(でじまらんかんあと)、平和祈念像、三菱造船所などのありかは、地図の上にすぐ指し示すことができるようになっていた。

市街はぐるりを山でかこまれ、鳥のくちばし状に深く湾入した長崎港の奥にあって、家々が山の斜面までぎっしりと埋め尽しているらしい。坂の町といわれるゆえんも地図を見るとただちに納得できた。せまい市街である。

啓介がようやく町の地図をたたんだのは、〝ひかり〟が静岡を過ぎたときであった。出版社につとめるかたわら、啓介は折りを見て各地に旅行した。地方の小都市に一軒か二軒かはある古本屋を訪ね、めぼしい本を探すためである。目録を発行している古本屋が多いので、昔のように地方の古本屋が安い稀覯本を持っているということは、めったにないのだがそれでも出かければ何がしかの収穫はあるのだった。その土地の市庁が発行元になっている郷土史、土地出身の政財界人の自費出版による伝記などは東京へ持ち帰ればきまって高い値で買い手がついた。

新設される大学が文部省の認可をうけるためには、図書館に一定量の蔵書がなければならない。ある大きな古書店が大学側の依頼で数だけそろえるために見さかいもなく古本を買い集め、徹夜で荷づくりして納品したという話を同業者から聞いたことがあった。その古書店が莫大な利益をあげたのはいうまでもない。仲間は話を聞いて口ぐちに旨いことをやったものだと羨ましがった。

啓介はまったく羨ましくなかった。

そういうあくどいやり方で儲けようという気がなかったからである。地道に一冊ずつ売り買いをする。儲かるときもあり損をするときもあるだろう。商売だから仕方がない。もともと啓蔵は控え目な取り引きしかしなかった。大学図書館に数でこなした古本を運びこんだという噂を聞いたのは、父がまだ生きている折りだったが、眉ひとつ動かさずに啓蔵は聞き流した。自分には自分の流儀がある。黙りこんだ父はそう語っているように見えた。

啓介は父の流儀を見習うつもりでいる。

旅行用の鞄から、詩集『燃える薔薇』を取り出した。昨夜、あれからにわかに伊集院悟がどんな詩を書いたのか読みたくなり、近くの新刊書店へ買いに行ったのだが、店にはなかった。他に数軒の書店をまわったけれども手に入れることができなかった。詩を読めば望月洋子が費用を惜しまず買い取ろうとしているわけが理解できるように思われた。

啓介は電話をかけ、ちょうど帰宅していた岡田章雄に『燃える薔薇』を刊行した版元をたずねた。

（あいにくだったな、版元は東京じゃなくて長崎だよ。おれの手もとに一冊あれば貸してやるんだが、大学の研究室に置いてるしそれも誰かが持ち出したらしく今さがしてるところなんだ。神保町に行ってみなよ。詩集を専門に売ってる古本屋があるだろう。もう閉店してる時刻だけれど、電話をかけて頼んだら、同業者のよしみで売ってくれるんじゃないかね）と岡田は答えた。

（文雅堂というのがあるな）

（うん、あそこにはたいてい揃ってる。待てよ、そういえば先週あの文雅堂で本棚に『燃える薔薇』を見たような気がする）

（望月さんは持っていないのか。万一、文雅堂になかったら、あの人に貸してもらわなければ……）

（実はな、おれ望月さんのアドレス知らないんだよ。電話番号なら聞いてるけれども、ただ青山あたりのマンションに住んでるということくらいしか知らない。番号はおまえも教えてもらってるだろ。じゃあ善は急げだ。神保町の古本屋に問い合せて見ることだ）


啓介はそうした。さいわい『燃える薔薇』は売れないで残っていた。もう店はしめているから明日にしてくれというのを無理に頼みこんでシャッターを上げてもらった。詩集は表紙が紺地の布装で、赤い薔薇が一輪描いてある。全部で六十ページのB六判で、紙質は予想したよりも上等のアート紙が使われていた。

啓介は車内販売のサンドイッチとコーヒーを口に運びながら、きのう寝しなに目を通した詩をもう一度読み返した。岡田章雄がいうように、一風変った作風ではあるけれども、風変りな現代詩というものは掃いて捨てるほどある。才能のひらめきは啓介にも感じられた。S氏賞を受賞したということもまあまあうなずかれることではあった。ただし、それ以上の魅力というものは感じられない。

詩にほれこんだあまりその原稿まで大枚の金をはたいて所有したいという気になった望月洋子の気持が啓介にはわからなかった。もっとましな詩人はいくらでもいるのだ。啓介は古タイヤの切れ端のようなサンドイッチを色だけはコーヒーに似た液体で胃に送りこんだ。たとえば「墜ちる」と題した詩がある。

蒼い拡がり
二つの永遠
黒い隕石が垂直に落下する
あらかじめ待ち受けた波紋
水平線が凝固する
望遠鏡をさかさまにのぞくこと
蒼空を見よ
波紋はすみやかに収縮する
藻がゆらぐ
透明な海底を予想する

啓介は頭を振った。現代詩のわかりにくさには少しも驚かないし、伊集院悟の詩もわかりにくさという点では似たりよったりである。二つの永遠というのは、海と空を指しているのだろう。黒い隕石とは死の象徴ででもあろうか。波紋という言葉が一つの詩のなかで二回も使われているところが、学生時代に詩を書いていた啓介には不可解だった。しかし、不可解があたりまえである現代詩の一つを全部読み解こうというのがむりというものだ。意味の上で反復された言葉として「波紋」の他にも「あらかじめ」と「予想」があった。なんとなく未熟な感じでもあり不吉な印象も受けた。啓介は詩集のページをめくってひろい読みした。女の肉体を歌った詩が大半を占めていた。岡田は「女への愛」が伊集院悟の主題だといった。

啓介の目にはそう映らなかった。

愛というより官能の歓びと哀しみ、エロティシズムの破壊性、女体の永遠性こそが詩人の主題であるように思われた。愛という精神性はこれっぽっちも見出すことができなかった。たとえば「別離」と題した詩がある。

渇いた唇　渇いた舌
果てしなく遠ざかる者

果てしなく近づく者
岬よ
海鳥は視る
一本の薔薇が焰の花びらをほころばせる
肉体は癒やされなければならぬ
私たちは再会するであろう
そのとき再び開花する植物

これは「墜ちる」よりややわかりやすい。

詩には末尾に書かれた日付が記入してあった。それによって二つの詩はいずれもごく近い間隔で作られたことがわかった。啓介は奥付をあらためた。版元は長崎市の磔文書房となっている。この古本屋は啓介も知っていた。目録を発行していて佐古書店もかつて取り引きをしたことがあった。長崎市は人口五十万ていどの都会なのに、古本屋はこの磔文書房と泰正堂の二軒しかない。磔文書房に行けば、伊集院悟のことが少しはわかるかも知れないと啓介は思った。

その詩よりも詩の作者の方に彼は興味を持つようになった。

長崎で詩作して、生前は世に知られず埋れたままになっており、死後やっと評価された詩人の原稿を、啓介がこれまで見たなかでいちばん美しい女が買おうとしている。理由は詩の外にあるような感じを受けた。伊集院というのはどんな男だったのだろう。

啓介は車窓を目まぐるしく流れ去る風景にぼんやりと見入りながら、とりとめのない思いにふけった。〝ひかり〟はまもなく名古屋に着こうとしていた。


東京を午前九時に発った〝ひかり〟二三号は午後四時一分、博多に着いた。

プラットフォームから眺められる初夏の街は同時刻の東京より充分に明るい。日没が半時間はおくれるのである。啓介は午後四時二十三分発の急行〝出島〟に乗りかえた。長崎駅に着いたのは午後七時三十四分だった。東京からおよそ十時間半かかったことになる。せまい座席にすわりっぱなしだったので、さすがに腰が痛んだ。望月洋子は飛行機を利用するようにとすすめたのだったが、啓介は航空券をタダでもらっても乗ることはできない性分である。飛行機なんかいつ墜落するかわかったものではないと思っている。

たそがれの色が濃くたちこめたプラットフォームを改札口の方へ歩いていると、まぢかに汽笛が鳴った。潮の匂いのする風も吹いて来た。駅のすぐ近くに港があるらしかった。啓介はタクシーでGホテルへ向かった。望月洋子がとってくれた宿である。

Gホテルは県庁の斜め前にあって、港を見おろす丘の上にそびえている。長崎ではもっとも格式の高いホテルに属しているという。望月洋子がそう告げた通り、小さいながらも古風で静かな雰囲気を漂わせたいいホテルであった。啓介は地階レストランで夕食にビーフシチューを注文した。

（善は急げ……）といった岡田章雄の言葉を思い出した。時間はたっぷりあるけれども、いつなんどきどんな差し障りが生じて滞在を延期しなければならなくなるかわからない。一刻も無駄にすべきではないと自分にいいきかせた。笠間峻一の電話番号は、古書交換会の目録にあった。

四階の自室にもどった啓介は、詩稿の持ち主へ電話をかけた。かけながら腕時計に目をやって午後九時になっていないことを確かめた。まだ寝るには早すぎる時刻である。

「ええ、私が笠間です」

低い声が返って来た。受話器をとったのが本人である。かすかにテレビの歌謡番組らしいざわめきが伝わって来た。啓介は名のった。

「笠間さんが古書交換会の目録に出品なさった原稿の件で、東京から参った者ですが、どうでしょう、もしお差しつかえなければ今夜にでもうかがいたいのです」

「原稿とおっしゃると」

「伊集院悟の『燃える薔薇』という詩の肉筆稿が目録に出ていますね、あれです」

「……あれは」

笠間の声がとぎれた。啓介はせきこんでたずねた。入札は目録到着後、一週間ということになっていたはずである。望月洋子が交換会のメンバーであるさる友人から、目録を借りたのは啓介を訪問した前日であった。期日までにはまだ四日のゆとりがあった。

「入札はたしか今週の土曜日でしたね。申しこみ先着順ということではなくて、会員に公平な機会を与えるという意味でそうなっていると会の規約にはうたってあります」

「佐古さんとおっしゃいましたね。あなたは交換会のメンバーですか。そういうお方は会員リストには見当たらないようですが」

啓介はFという東京在住の商社員の名前をあげた。望月洋子に目録を示した男である。そのFから頼まれ、代理人として長崎へ来たのだと説明した。念のためFの委任状も望月洋子からあずかって来ている。

「原稿は私の手もとにないんです」

「なんですって」

「佐古さん、実はあの目録をタイプ印刷する際、私の不手際でのせるつもりのない肉筆稿を出品リストに加えてしまったんです。印刷所へ削除の申し入れをしたときは、もう刷り終ってた次第で、発送の段階で肉筆稿の項目はチェックしたのですが、Fさんへ送った一部だけチェックし残したわけです。迷惑をおかけして申しわけありません」

嘘をつけ、と啓介は内心で舌打ちした。そういわれておめおめと引きさがれるものではない。

「しかし、削除したとおっしゃっても目録に当初はのせるつもりでいらした。そして今、手もとに無いということは、あの肉筆稿を所有しておられたことがあったということですね」

「ええ、まあ……」

笠間の返事は歯切れが悪い。啓介はたたみかけた。

「そうすると現在は誰が持っているんですか。せっかく東京から来たんです。それだけでも教えて下さい」

「詩人の肉筆稿ばかりを蒐集している人としかいえません」

啓介はかっとなった。しかし、ここで頭に来て口論してしまったら、肉筆稿の行方を探す手がかりを失ってしまう。啓介は大きく深呼吸して窓外の夜景を眺め、一から十までゆっくりと数えた。

「笠間さん、夜分おそくなって失礼とは思いますが、ちょっとだけでいいですからぼくに会って下さいませんか。Gホテルから電話をかけています。古川町、でしたねお宅は。十五分以内でうかがえると思いますが」

「お会いするだけなら。しかし私は何もお話しすることはありませんよ」

啓介は電話を切るなり部屋をとび出した。ホテルのある丘の坂道を降りると広い通りへ出る。黒く濁った川を渡って、アーケード街に這入り地図と見くらべながら十字路で左に折れて、賑やかな街の裏通りへ足を踏みこんだ。家並はいっけん京都の下町を思わせるひっそりとしたたたずまいである。原子爆弾は市の北郊に落ちて、このあたりは被害をうけなかったということを啓介は観光案内のパンフレットで読んで知っていた。格子をめぐらした古い木造家屋の表札を一軒ずつのぞきこみながら、ようやく笠間峻一の家を探し当てた。

「私の不注意からこんなことになってしまって」

と口ではいうものの笠間峻一は迷惑そうな表情を隠そうともしなかった。啓介が請じ入れられたのは四畳半ほどの和室に厚い絨毯を敷いた部屋である。黒檀に螺鈿を散りばめた中国風のテーブルをはさみ、木の椅子に腰をおろして二人は向かい合った。部屋の隅には韓国李朝時代の小さな簞笥があり、古いランプがのっかっている。

笠間峻一は四十代の半ばに見えた。瘦せた小柄な男である。度の強い眼鏡の奥からとび出し気味の目が啓介を見つめた。

「お話を聞かせていただくだけで結構です。立派なお部屋ですね」

土産にとスコッチウイスキーの壜をさし出しておいて啓介は如才なく主人の趣味をほめた。笠間は「いや、どうも」と目じりを下げ満更でもなさそうな顔になった。啓介のお世辞にかそれともスコッチに対してかはつかめない。

「初めて来たんですが、長崎はエキゾチックでなかなかいい街のようです。一週間であちこち見てまわれるかどうか心配になって来ました」

「一週間もご滞在ですか」

笠間の目が光った。

「さっそくですが肉筆稿の持ち主がどなたかを教えて下さいませんか」

「それは申し上げられないとさっき電話ででも……」

「じゃあ笠間さんがどういう経緯で伊集院悟の詩稿を入手なさったかを聞かせてもらえますか」

「本人から受けとったまでです。正確にいえば私が買ったんです。伊集院はアルコールなしでは生きられない男でしてね。ある酒場で飲み代のツケが溜って請求されたとき、印刷所から返された原稿を酒代がわりに渡そうとしました。そのうちきっと高い値で売れるからといって。酒場のマダムに詩の値打ちなんかわかりはしないでしょう。けんもほろろに突き返されましたよ。そのとき居合せた私が酒代を払ってやって原稿をもらったんです。伊集院悟が死後こんなに有名になるとは思っていませんでしたよ。ただ才能のある男だとは思っていましたがね。妹さんも満足したでしょう」

「妹さんがいるんですか」

「こういってはなんですが、伊集院悟は定職のない男のくせに金づかいが荒く、飲み代やら何やらはほとんど妹の明子さんにたかっていたようです。コピーライターめいた仕事をしてはいましたが、その程度の収入は一晩分の酒代にもならんでしょう。車を買ってやったのも明子さんですし、アパートの間代を払ってやったのも明子さんです。妹さんのおかげで生きてたようなものです。ひどい男ですな」

啓介は伊集院明子のつとめている酒場の名前を聞いた。勤め先は知っているが明子が住んでいる所は十人町のどこかということしか笠間も知らなかった。両親はとうに亡くなっていて、長崎にいる身寄りは明子だけであるそうだ。

「ところで笠間さん、その原稿の持ち主を教えられないとおっしゃるのは、何かわけでも……」

そういいながら啓介は封筒に入れた紙幣の束をテーブルにのせた。笠間の目が封筒に吸いついた。けっして笠間の名前は先方に明かさないから所有者の名前と住所を教えてくれと啓介はたのんだ。指先で封筒を笠間の方へそっとすべらせた。

「その方はあくまで趣味的なコレクターでしてね、値上がりを待って売るというような人物じゃないんです。ただのコレクターだったら値段さえ折り合いがつけば手放すでしょうが」

笠間は封筒を見つめたまま答えた。啓介は黙って相手の顔を見ていた。

「よろしい、佐古さん、教えてあげますが、会いに行ったからといって向こうが相談にのるとはうけあえませんよ。あの人はS氏賞を受賞した伊集院悟の肉筆稿を格安で手に入れたと、会う人ごとに吹聴してるそうだから、あなたが訪ねて行っても名前を明かしたのは私だとはわからないでしょう。邦光篤司さん、銀行の頭取です。住所は……」

啓介は手帳に住所を書いた。西山町というのは諏訪神社の近くであるという。顔を上げたときにはテーブルの封筒は消えていた。啓介はそれから半時間あまり伊集院悟の思い出話を笠間から聞いた。先祖にイギリス人の血がまざっているという。明治初期、長崎に住んでいた貿易商である。伊集院悟は知性を詩に生かした。美貌はもっぱら女たちのために役立ったようである。酒場であるとき撮影したというスナップ写真を啓介は見せられた。彫りの深い顔立ちの整った青年が、グラスをさし上げて微笑していた。気取った笑顔をひと目みて啓介は反撥した。自分の容貌と才能に自信を持った男の顔に見えた。女たらし。笠間の話を要約すればそうなる。もし伊集院悟が詩を書かなかったら、彼はどこにでもいる遊び人にすぎなかったろう。

啓介は歩いてホテルへ帰った。熱いシャワーを浴びてベッドに横たわったとき、一度に疲れが出た。朝まで夢も見ずにぐっすりと眠った。

「三時から会議があるので、話は手短にすませて下さい」

邦光篤司は革のソファに浅く腰かけて啓介を見つめた。J銀行の応接間である。頭取というからにはでっぷり肥った禿頭の大男を予想していたのに、実際はキリギリスのように痩せた中肉中背の神経質そうな男であった。

「伊集院の肉筆稿をゆずってくれといわれるのですな。そのために東京から来られた。なるほど……お断りします。わしが買い取った値段より高くつけられても返事は同じです。お気の毒ですが」

邦光はぶっきらぼうに答えて、とりつくしまもない。啓介が用意した価格をいっても、相手はまばたきしただけだった。こうなったら意地である。ますます啓介は肉筆稿を手に入れたくなった。古本屋修業の第一歩でもあると思われた。金が駄目なら他に手段を考えなければならない。啓介はたずねた。

「蒐集していらっしゃるのは詩人の肉筆稿だけですか」

「その通り。しかし長崎は東京から遠いでしょう。欲しい物が古本屋のカタログにのっていても、注文したときには売れた後だったりしてなかなか思うように集まらんもんです。だからあなたの気持もわかるけれど、せっかく入手した原稿は手放したくないんです」

「伊集院悟とは生前おつきあいがおありでしたか」

「つきあい？　とんでもない。わしはね佐古さん、詩人は作品だけで充分と思っています。生身の詩人それも伊集院のように自だらくで無責任な男とは、こんりんざいつきあいきれませんな。わしが詩人の原稿をコレクトしておると人に聞いて、会いに来たことがありますよ。ちょうど今あなたがかけているソファにかけていうには、思い出しても呆れ返る、自分の原稿を買ってくれと、こういうんです。S氏賞を受賞する一年ほど前でした。つまり事故で死ぬ半年ほど前になりますか」

「彼は事故で死んだのですか」

「崖から海へ落ちましてな。新聞記事ではそうなっとります。酒を飲んでたようです。しらふのときが珍しいみたいな男でした。ここへ来たときも酒くさい息を吐いてましたなあ」

「何といったんです」

「四、五枚の原稿とひきかえにパリ行きの旅費を出してくれ、それが駄目なら原稿を担保に貸してくれというんですわ。無名の、そして資産も定収も定職もない男がです。わしは二の句がつげなかった」

「しかし今は彼の原稿を大事にしておられる」

「もちろん、伊集院悟は高く評価されるようになりました。わしは銀行家としてはこの道四十年の経験を持っていますが、詩についてはアマチュアです。それを恥じようとは思っていません。わしは専門家の見識を尊重しますよ」

頭取は葉巻の煙を吐いた。ある考えが啓介にひらめいた。

「伊集院悟の原稿の他にはどんな詩人の原稿をお持ちですか」

「たいして自慢できるものはありませんな。宮沢賢治の葉書、高村光太郎の色紙、三好達治の随筆原稿、百田宗治の手紙、丸山薫の詩稿、田中冬二の葉書、めぼしいものはその程度です」

「手に入れたがっておられる原稿があるでしょう」

「わしは萩原朔太郎のファンです。まえまえから朔太郎の原稿を探してはいるんですがね。あれが売りに出ることはめったにないようですな。どうです佐古さん、あなたは東京の古本屋として業界につながりがあるでしょう。わしのためにあれを手に入れて下さらんか。お礼はします」

「そこでどうでしょう、『燃える薔薇』の肉筆稿全部と朔太郎の詩稿一点と交換ということでは」

瘦せた老人の顔がとたんに無表情になった。取引条件が有利かどうか思案するときに示す銀行家の顔である。頭のなかで啓介の提案をはかりにかけているのがわかった。老人の目だけがしきりにまばたきをくり返した。朔太郎の詩稿は、望月洋子が啓介にあずけた金額の範囲内でこれからも買うことができる。啓介はかつて父が同業者から買い取った朔太郎の原稿一枚を大事にしていたことを思い出した。詩集『月に吠える』に収められた詩の一篇である。

「本物でしょうな」

頭取の目が疑い深そうに光った。

「骨董のように鑑定書がついてるわけじゃありません。しかし万一ニセモノだったら佐古書店の信用にかかわります。ぼくは信用を大切にするつもりです。おわかりでしょう」

「現物を見せてもらわないと」

「じゃあ交換には応じられるといわれるのですね。うちへ電話して速達で送らせます。三日もあれば届くでしょう」

「わしは朔太郎の筆蹟をよく知りません。本物であるという証拠を何かのかたちで示していただければいいんですがね」

「三好達治の随筆原稿をお持ちとおっしゃいましたね。その朔太郎の詩稿には三好達治のサインがあったはずです。父が存命ちゅう、たまたまうちへ見えられた三好さんに原稿をご覧にいれて自慢したときのことです。三好さんが朔太郎と親しかったのはご承知でしょう。父が三好さんに色紙をせがんだ折りそれでは記念にと朔太郎の原稿の余白にサインしたわけです。専門家の鑑定書よりこちらの方が確かな証拠になるでしょう」

頭取の顔がさっきよりもっと無表情になった。明らかに昂奮を抑えているしるしである。ゆっくりとソファから立ち上がって、会議の時刻だ、と告げ、「まあとにかく現物を見せてもらいましょう」といった。啓介はホテルへ帰るなり、友子へ電話をかけ、朔太郎の原稿を速達で送るように頼んだ。「燃える薔薇」にそれだけの値打ちがあるかどうか知らないが、望月洋子の頼みは是が非でもかなえたかった。同時に、洋子がなぜ伊集院の肉筆稿を欲しがっているかという疑問が再びわいて来た。

崖から海に落ちて……

頭取はそういった。警察は事故と見なして簡単に処理したらしい。夕食までにはいくらか時間があった。啓介はホテルを出てタクシーをひろい、県立図書館へ向かった。伊集院がS氏賞を受賞した日どりはうろ覚えに覚えている。死はその半年前だという。地方紙の綴じこみには記事があるだろう。ホテルから長崎新聞社へ問合せてみたところ、縮刷版は出していないという返事だった。発行部数十万前後の地方紙であってみれば無理もない話である。当時の新聞は保管してあるけれども、資料の利用には誰かの紹介が要るという。啓介が図書館へ出かけたのは、新聞を見るという目的の他に田村寛治という司書に会うためでもあった。笠間峻一から聞いた人物である。生前の伊集院ともっとも親しかった男だそうだ。詩の同人誌「光芒」の主宰者である。

県立図書館は深い木立でおおわれた山の中腹にあった。

石畳を敷いた坂道を登ってたどりついた。閲覧室で職員に来意を告げると、四階の史料室へ行けという。長崎新聞の古い綴じこみはすぐに出て来た。明るい静かな閲覧室で、啓介は黄色く変質した古新聞をめくった。

長崎半島にある野母町の町はずれで、海に面してそそり立つ嶽路崎という崖が事故現場である。崖の縁に伊集院の車があった。海岸に倒れている伊集院を見つけたのは、野母町の漁師となっている。運転ちゅうに尿意を催したか、あるいは酔いを醒ますために車の外へ出た彼が、崖であやまって足を踏みすべらせて落ちたものというのが警察の推定である。車の座席には半分ほど飲み残したウイスキーの小壜があった。記事は一段組でわずか十三行にすぎなかった。啓介は記事を手帳に写し取った。鉛筆を動かしながら奇妙なことを思い出した。

「墜ちる」という詩を啓介は新幹線の車内で読んでいる。

（黒い隕石が垂直に落下する……）

伊集院は自分の死を予見していたのではないか。詩が書かれた日付は、事故死の一か月ほど前を示している。

（あらかじめ待ち受けた波紋……）

というのも海岸へころがり落ちる事態を予想していたとしか思えない。予想といえば「墜ちる」にも「予想」という言葉があった。伊集院悟の死は自殺だったのではないか、という疑問がきざした。啓介はすぐにそれを打ち消した。自分の才能をたのんでいる若い詩人が、自殺するいわれはない。妹に生活をみてもらっていたのなら、一応は金に困らなかったと見ていい。健康で才能と美貌にめぐまれ、女たちにちやほやされていたという男が、自殺するだろうか。

「伊集院のことを知りたいのですか」

田村寛治は名刺から目をはなして啓介を見つめた。二階の整理課に田村は居た。啓介が用件を口にすると、田村は部屋を出て最上階の食堂へ彼を案内した。四十代の蒼白い肌をした男である。（詩人は目がきれいだ）といった父の言葉を思い出した。田村寛治もそうである。切れ長の目が澄んでいる。長崎へ来て初めてまともな人間に出会ったように思われた。

「故人が田村さんと親しかったと聞いたものですから」

「ただ一人の友達でしょうな、ぼくは」

「ただ一人の？　そんなに友人が少なかったんですか」

「男友達はね、女友達なら沢山いました。ぼくにはわからないが、女を惹きつける魅力を備えていたようです。持って生まれた魅力というのか、一人で町を歩いている彼を見たことがない。必ず女を連れてました。それもいい女を。女子大生、ホステス、人妻、ＯＬ。ＯＬなんて嫌いな言葉なんだが。教師、モデル、いや見さかいがなかったな」

「彼は定収がなかったんでしょう。金のない男に女は惹かれるものですかねえ」

「妹さんがいましてね、この人は彼とは正反対のまじめな女性です。ホステスをしているけれど。彼の酒代を含めて生活費の一切をみついでいたようです。兄の才能を信じていたんでしょうな」

「事故死ということになっていますが、田村さんもそう思われますか」

「………」

田村寛治はつかのま沈黙した。窓の外に目をそらしてしたたるような樹木の緑を見つめた。

「女性関係が無数にあったといわれましたね。捨てられた女が恨みを持つということもあり得るでしょう」

「女から女へ渡り歩いていましたよ。彼は一度関係を持つとじきに飽きるたちなんです。『光芒』の同人だった女教師にも彼は手を出して、その処理をぼくがつけさせられることになり閉口したもんです」

「望月洋子さんでしょう」

田村寛治は否定も肯定もしなかった。黙って啓介の目を見返した。かさねて啓介はきいた。その女教師というのは望月洋子のことだろうと。

「気性の激しい人でしてね。彼の死後その女性は自殺をはかりましたが、睡眠薬をあまりに多量にのみすぎてたすかりました。あれはのみすぎても駄目なんですな。量が少なくてたすかるというのならわかるけれども、多すぎても死ねないというのは面白い」

「きれいな女性でしょう」

「ええ、伊集院は美しい女にしか興味を示しませんでした。彼が詩人でなければぼくはつきあいはしなかったでしょう。女性関係など結局ぼくにはどうでもいいことです。いい詩さえ書けばね」

「伊集院悟が自殺するということはありえますか」

「それはありえます。ただし、詩が書けなくなればの話です。貧乏や病気のせいで死のうと思う芸術家はいません。自分の才能に絶望した男だけが死を選ぶでしょう」

「彼は自信家でしたね。原稿をカタに借金を申しこむほどの。いずれ将来は高い値がつくからといって。そんな男が絶望するなんて考えられません」

「彼は二番めの詩集についてあれこれぼくに話してくれましたよ。一千行の長篇詩を書くのだといって。〝女の都市〟というタイトルも決まってました」

「〝女の都市〟ですか。伊集院のユートピアかな」

田村寛治は苦い笑いをうかべた。そしてすべての女を愛するということは、一人の女も愛さないことだと小声でつぶやいた。啓介はたずねた。その女教師は今なにをしているのかと。

「長崎にはいません。噂では上京したということです。東京で事件からしばらくたって、あっさり結婚したそうですな。ある電機会社の社長と。三年ごしのつきあいでした。女ってわからんものです」

女教師はもともと東京の出身である。長崎の私立女子大で英語を学び、卒業して母校の講師をつとめた。教え子の父親が今は夫になった社長である。同じ東京出身というせいで休暇で帰省するとき社長の家に招かれていたらしい。社長は七、八年前、妻を亡くしていた。結婚してくれといわれた本人は初め問題にしていなかった。四十歳近い年齢のひらきがある。啓介はきくべきことをきいてしまったと思った。しばらく古本の話をかわした。田村は司書という職業がら神保町界隈のゴシップを面白がっているように見えた。

ある有名なAという詩人に献呈されたKというこれも有名な詩人の詩集が古本のなかにまざっていたとか、雨もりで傷んだ『金閣寺』の初版本の奥付だけを切り取って再版本のそれとすりかえ、初版本として売ろうとした不心得な古書店主の話とかを興味深げに聞いた。佐古書店によく立ちよるTという詩人が帰りの電車賃を借りに来た話や、啓介の行きつけの酒場でGという詩人がRという小説家とつかみあいの喧嘩をした話なども聞いて笑った。

田村寛治は啓介を送って図書館の一階まで降りた。探している古本があれば自分が力をかそうと啓介はいった。その折りは依頼するかもしれないといって、田村はポケットにつっこんでいた「光芒」を渡した。

「暇なときに読んで下さい」

「ありがとう、もしかしたらまた何か電話でもおたずねしたいことが出てくるかもしれません」

「伊集院は事故で死んだのです。ぼくはそう思っています」

「彼を殺したって利益を得るのは誰もいないということですか」

「妹さんの負担が軽くなっただけです。しかし一番悲しんだのはその妹さんでもありましたがね」

「彼にもてあそばれた女たちは、新聞記事を読んでいい気味だと思ったでしょうね」

「さあどうですか、悲しんだ女だっているかもしれませんよ。女の気持というものは永遠に謎ですから」

「詩人のあなたにとっても」

「詩を書いてるからそう思えるのです」

　啓介は図書館のある山の中腹を降りて街の中央へ向かった。

　中島川にかかった石造りの古いアーチ型をした橋を渡り、川を右に見て浜町へ出た。アーケード通りの中に碌文書房がある。長崎でもっとも大きな古本屋である。店番をしていた若い男が店主らしかった。啓介は名刺を出して『燃える薔薇』のことをききたいといった。

「あなたがうちへ一歩はいったときから同じ商売仲間だということがわかりましたよ。本棚を眺める目つきがちがう」

「出物はありますか」

「なに、白っぽい物ばかりでね」

白っぽい物とは値の張らない新刊書の古本を指していう業界の用語である。啓介は『燃える薔薇』の奥付を示した。碌文書房が発行元になっているが、伊集院悟のことを知りたいといった。

「ああこれね、五百部も刷ったかな。作者が四百部を取って、うちが百部もらいました。S氏賞を受けるまでに売れたのは、たった三部ですよ、三部」

「受賞してからは買い手がついたでしょう。東京の古書店にも出てたから」

「まあぼちぼちとね。でもかなり残ってるなあ。七、八十部は在庫があるんじゃないかな。小説とちがって詩集はねえ」

「おたくが発行元になったのは、先で売れるという見通しがあったわけでしょう。五百部刷る費用を負担したのは先見の明というべきですね」

「費用をうちが負担？　とんでもない。海のものとも山のものともつかない詩人の作品を印刷するような冒険はしませんよ。全額、伊集院さんが持ちました。伊集院さんの妹さんがね」

「明子さんが……」

「よくご存じで」

「これから会いに行こうと思ってるんですが、おうちは確か十人町とか」

「今からは無理なんじゃないですか。妹さんは酒場につとめてるから、出勤したあとです。そっちの方に行くのなら銅座町の〝エミイ〟という酒場です。地図を書いてあげますよ」

碌文書房の若い店主は、文庫本の包装紙に鉛筆を走らせた。うちが詩集の発行元になったのは印刷会社に知人が居て、費用を安くあげてくれるというので引きうけたのだと説明した。それに、と店主は続けた。「ぼくもあんな仕事をするのが好きなんだ。原稿のゲラ刷りを校正したり、割付を手伝ったりするのがね。たとえ儲けにならない仕事とわかってても、やりがいのある仕事でしょう、詩集の版元になるというのは」といった。

「実はぼくのおやじは佐古啓蔵というんだけれど、ここの出身なんですよ。佐古という姓は長崎に多いんですか」

「おたくのお父さん長崎？　そうでしたか。佐古姓ねえ、聞いたことがあるような気がするなあ。うちのおやじが居たら何か思い出すかもしれないけれど、雲仙の温泉でリューマチの療養してるんですよ。長崎のどちらです」
「そのことはいずれまた。この本を東京へ送ってくれますか」
啓介はかねてから目をつけていた長崎市史全八巻を飾窓に発見して買うことにした。八巻伊集院悟の肉筆稿を手に入れることができたら、望月洋子から謝礼がおくられる。八巻の代価はちょうどそれに見合う額であった。碌文書房の前店主が帰って来るのはあと九日たってからという。今度の滞在ちゅう、会えそうにない。七十代の老人なら昔のことに詳しいはずだし、啓蔵がなぜ郷里を捨てたかもしかしたら知っているかもしれないと想像した。

啓介は地図を頼りに酒場〝エミイ〟を訪ねた。

銅座町は酒場が密集した区画である。折れまがった狭い通りをはさんでけばけばしいネオンが明るく、啓介はふと新宿の歌舞伎町あたりをさまよっているような錯覚にとらわれた。酒場に足を踏み入れて彼は後悔した。カウンターにもボックスにも客が満員で、やっと片隅のソファに一人分の空席があるだけだった。酒場というよりキャバレーに近い。ボーイに水割りを注文しておいて、伊集院明子に会いたいと告げた。ボーイはちょっととまどったように見えた。カウンターの内側にいるマダムらしいふとった中年女に啓介の方をちらちら見ながら話している。明子という名前では勤めていないらしい。中年女が啓介の方へやって来た。明子にどんな用事なのかときく。目にうさん臭そうな色をうかべていた。

「伊集院悟さんのファンなんだ。東京から来た者です。妹さんがここにいられると聞いたので」

マダムはちょっと思案しているように見えた。伊集院悟の名前を啓介は大声で告げていた。その声が聞えたらしい。一つおいたボックス席から和服姿の女が立ち上がった。啓介と目が合った。写真で見た兄と目鼻立ちが似かよっている。目も口も大きく鼻筋も高い。まわりの客に会釈しながら啓介の方へやって来てすわった。啓介は『燃える薔薇』を出して見せた。

「詩集の作者が長崎の人とわかったので東京から来たんです。碌文書房であなたのことを聞きました。もし良かったら記念にサインしてくれませんか」

「あたくしが……」

「作者が生きてたら本人にお願いするんだけれど、亡くなっているんだからせめて妹さんにでも。いけませんか」

明子は詩集を膝にのせて手のひらでさするようにした。

「惜しい人を失ったものです。まだこれからというのにね。ぼくは古本屋をやってますが、この詩集は高い値がついてますよ」

「東京でお買いになったの」

「神田の神保町という日本一大きい古書屋街でたった一冊しか残っていませんでした。五冊ほどあったそうですがね」

「兄は四百冊を新聞社とか雑誌社とか知人に配りました。古本屋へ流れたのはそれでしょう」

　明子は啓介が渡した万年筆で詩集の見返しにサインした。

「お兄さんが亡くなられた現場へ明日にでも行ってみようと考えています。たしか野母町の嶽路崎とかいう……」

「あたくしもご一緒していいかしら」

「来て下さいますか。そりゃあ有り難いな。いい思い出になります」

「兄の肉筆稿を手に入れたいというのは夏目洋子さんでしょう。今は姓が変って望月と名のっているはずです」

　啓介は水割りにむせた。明子の黒目がちな眸（ひとみ）がまっすぐに彼を凝視していた。

「あなたのことわかってるんです。笠間さんからうかがいました。夏目さんがなぜ肉筆稿を欲しがっているか、あなたご存じ？」

「いいえ、なぜです。ぼくも知りたいな」

「夏目さんとはどういうご関係ですか」

「友人の紹介で一度会ったきり。ぼくはただの代理人にすぎません」

望月洋子からは自分の名前を出さないでくれと念をおされている。しかし、もうこうなったら仕方がない。

「あら、いらっしゃい。しばらく……」

明子は新しい客に声をかけて立ち上がった。

「今夜は詳しいお話をする暇がありません。お泊まりはどちら」

啓介はGホテルと答えた。明子が明日、自分の方から連絡して車で迎えに行くという。その間、客の出入りはおびただしかった。啓介は二杯めの水割りをあけてから酒場を出た。にわかに疲れを覚えた。迷路のような通りで幾度も道に迷いながらようやくホテルへ帰りついた。時刻は九時になろうとしていた。熱いシャワーをつかっているとき、夕食をとっていないのに気づいたが、妙に食欲を感じなかった。伊集院明子は望月洋子が兄の原稿を欲しがっているわけを知っている。明日になれば事情がわかるだろう。

啓介はベッドに横たわって今しがた別れた明子の肉感的な唇を思い出した。東京を離れて二日しかたっていないのに、二十日も経過したように思われた。ベッドサイドの明りを消すのも忘れて彼は眠りにおちた。

翌朝、十一時ごろ明子はホテルのロビーに現れた。淡いピンクのブラウスに灰色のスカートをつけている。ロビーに居合せた男たちがいっせいに振り返って明子を見た。襟にブラウスと同じ色のスカーフを巻いた明子からは、酒場での地味な和服姿とはまったくちがった印象をうけた。白く塗った乗用車(ムスタング)に明子の洋装が映えた。啓介はなんとなく晴れがましい気分でフロントシートに並んで腰をおろした。ふと見ると玄関にたたずんだボーイが露骨な視線を二人にそそいでいた。

明子は手なれたハンドルさばきで、混雑した車の列を縫い、市街地の外へ走らせた。

「この車がお兄さんの物だったんですか」

「一時は人手に渡そうかとも思ったんですけれど」

「いまわしい思い出がまつわっているから?」

「ドライヴが兄の趣味でした。車を走らせていると詩のイメージが湧くといってました。詩のほとんどは車のなかで書いたものです。気が向けばこの車で九州一周をしたり、東京やら北海道まで旅したこともあります」

「ムスタングに乗った放浪詩人というわけですね」

「兄はフランスへ行くのが夢でした」

明子は運転しながら煙草をくわえた。啓介はライターで火をつけてやった。長崎港に沿った狭い道路を車は走った。左側は丘である。古びた木造洋館が何軒も斜面に立ち並んでいる。この一画が明治時代の外国人居留地だと明子は説明した。長いトンネルを抜けると、人家がまばらになった。海岸には小型の漁船がつながれている。風には廃油と潮の香りがまざりあった。

「兄のことをいろいろお聞きになったでしょう」

「才能のある詩人だったとみなさん一致しておっしゃいます」

「話をそらさないで佐古さん。みんなが兄のことをどんなふうに話しているのか、あたくしわかってるんです。兄がそんな男ではなかったとはいいません。趣味はドライヴだったと申し上げたでしょう。女の人をつれたドライヴです。一人で運転することはめったにありませんでした。事故の当日だって……」

「望月、いや夏目洋子さんと」

「ええ、当日に兄があたくしのマンションへ来てこれからある人と半島をドライヴするつもりだといったんです」

「警察はそのことを知ってるんですか」

「知りません。その人は黙ってるしあたくしも告げていませんから」

「お兄さんは殺されたんですか」

「殺されたと思ってるなら、その人が同乗していたと警察に証言していたでしょう……佐古さん、かんちがいしないで。あたくし洋子さんを憎んではいません。兄もそうでしょう。憎まれて当然なのは兄の方です。兄は数えきれないほど多くの女性と関係を持ちましたが、洋子さんに対してだけは真剣でした。洋子さんも兄をまじめに愛しました。ただ……」

明子は口をつぐんで運転に専心した。S字形のカーブが次々に現れ、話し続けてはいられなくなったのだ。道はしだいに勾配が急になり、海が眼下にしりぞいた。高い崖の上で明子は車を止めた。ここが嶽路崎だという。海がまぶしく光った。二人は車の外へ降りた。風が明子の長い髪を乱した。

「あれが三菱の百万トンドックのある香焼島(こうやぎしま)です。島といっても今は埋立てられて陸続きになっていますけれど。そこに見えるちっぽけな島のうち手前が野島、向こう側のが黒島」

啓介は百万トンドックには興味がなかった。

あの日ここで何が起ったかを知りたかった。

「兄は高所恐怖症で、ビルの屋上へ出るのも厭がってたくせに、ここへ来るのは好きでした。五島灘に沈む夕日がきれいなんです。洋子さんと初めて会った日につれて来たのもここだといってましたわ」

明子はスカートをおさえた。崖下から吹いてくる風の力が強かった。明子の声はともすれば風にさらわれて聞えなくなることがあった。

「事故の夜、お兄さんに会われたとおっしゃいましたね。そのとき何かお兄さんはいってましたか」

「兄は絶望していたんです。才能があるとあなたはおっしゃるけれど、それは『燃える薔薇』でつかい果たしていたんです。兄もそのことを知っていました。一千行の長篇詩を三分の一ほど仕上げていたんですが、詩の出来不出来は作者にもわかります。兄はあたくしの前で、〝女の都市〟をこなごなに裂いてしまいました。詩を書くのはやめたと宣言したんです」

「詩人に限らず小説家も画家も自分の才能に見切りをつけることがよくあるもんですよ。そのうちまた自信を回復する」

「もちろん兄もそうでした。絶望したり希望を持ったり、あたくし兄を見ていますからわかってますわ。ただ、あの晩の兄はふだんとはちがってました。兄は別れをいいに来たんです。自分の死を予感していたんだと思いますわ」

「それはまたどうして」

「佐古さん約束して下さらない？　東京へ帰って洋子さんにお会いになっても、あたくしの話したことはふせておくということ。約束して下されば話します」

啓介は約束した。

「女が男を愛すれば結婚を望むのは当然でしょう。洋子さんに兄の子供ができました。プロテスタント系の私立女子大の講師にです。兄は洋子さんを愛していましたが、結婚してごく普通の生活をしようというつもりはありませんでした。定職がないというのを口実に結婚を拒んだのです。洋子さんは講師の収入で兄を養ってゆけるといい張ったそうです。東京の親許から仕送りもうけていましたし」

妹にたかることはできても、妻を働かせて詩を書くのは伊集院悟の自尊心が許さなかったらしい。明子は話し続けた。

「洋子さんは兄の頼みで子供をおろしました。兄も相当こたえたようでしたわ。あたくしのマンションへ訪ねて来たのは、それから間もなくでした。洋子さんは自分が本当に愛したただ一人の女だといいました。変だとお思いにならない？　真夜中あたくしを叩き起してそんなことをいったり、自分の最高傑作だと称している次作の原稿を破ってみせたり。ドライヴをするだけなら何もそんなことする必要なんかないんですもの」

「酒を飲んでましたか」

「ええ少し。あたくしの部屋でブランデーを。運転するんだから飲んではいけないととめても無駄でした。それに連れがハンドルを握るから大丈夫だといって」

「連れの名前をいいましたか」

「いわなくても知ってます。兄がマンションの二階を出て車に乗るとき、あたくしが窓からのぞいてると女の人の下半身がちらりと見えました。黒いスエードのコートです、洋子さんがいつも着ていた」

「それだけではどうもねえ、黒いスエードのコートなんかいくらでもありますよ」

明子の頬が歪んだ。

「兄がいい残したことはまだあります。自分の身に何が起ろうと洋子さんを責めないでくれといったんです。兄は洋子さんに罪の意識を感じていました。ある詩の中に洋子さんの名前を織りこんでもいました」

「織りこむ？　どの詩に……」

「知りません、もとの原稿を見ればわかると兄はいってました。遊びの一種として詩人は詩の中にさまざまな言葉を隠すことがあるものだと聞いてます。印刷された詩集と肉筆稿をくらべてみたらわかるはずですわ」

「しかし、それがお兄さんを崖下におとした当人だとは決まってはいない」

「そうですわね。洋子さんが兄をつきおとした証拠は、詩の中に織りこまれた名前くらいでは不充分だとあたくしも思ってます。ただ仮りに兄をつきおとした人にですね、あたくしは洋子さんとはいいません、その下手人がある人物から兄が殺されることを予想していてその人の名前を詩の中に書きこんでいたと知らされたらどうするでしょう。肉筆稿と詩集を対照させたら名前がうかび上がると知らされたら？」

「肉筆稿を手に入れたがるでしょうね」

「佐古さん、あたくし洋子さんが兄を殺したなんて思ってはいないのです。兄と一緒に心中するつもりだったのかもしれないわ。あるいは兄の前で海へとびこむつもりだったかもしれない。二人でもみあうとき、酔っている兄だけが海へ落ちたと思っています。洋子さんが自殺をはかったのはそのあとです」

「……………」

「あたくし洋子さんを責めるつもりはありません。兄が死を予期していたこと。兄が誰にでもいった歯の浮くようなせりふ、おまえだけを愛しているという言葉は、洋子さんに関しては真実だったとわかってもらうために洋子さんの友達を通じてわざわざ肉筆稿に隠された名前のことを告げたのです」

「友達というのは古書交換会のメンバーですね」

「ええ」

「笠間さんの所へ洋子さんがやってくると予想してましたか」

「本人は現れないでしょう。誰か代りの人をよこすと思ってましたわ。ところが笠間さんは詩人の原稿を蒐集している銀行家に売り渡してしまった」

「ぼくはそれを手に入れるつもりです。洋子さんの名前がどんな風に隠されているか調べるのは面白いでしょう」

「面白い、ですって」

明子はひややかに笑った。男と女の愛や憎しみが、古本屋の若造に理解されるはずがないといっているように見えた。明子はいった。

「邦光さんが兄の原稿を手放すでしょうか」

「もし手放さなかったら？」

「あたくしには洋子さんがあなたを長崎へよこしたということだけで充分なんです。洋子さんを兄が憎むはずがないわ。あたくしも。佐古さん、洋子さんにお会いになっても長崎であたくしと話したことは黙っていて下さい」

明子は車に戻った。酒場が休みの日には一人でドライヴする。兄が走った同じ道をドライヴしていると、傍に兄がすわっているような気がする、と明子はつぶやいた。車は海を左に見て長崎の市街へ引き返しつつあった。啓介は学生時代にゼミで知りあった女を好きになったことがあった。交際は一年続いた。女は啓介を愛しているといった。卒業して何年かしたら結婚しようとまでいってくれた。啓介は女の約束を信じた。大学を中退して女が結婚したのはパチンコ店の経営をしている中年男だった。啓介は女を憎んだ。それでいて女がよこした数十通の手紙は大事にとっているのだった。男と女のことでは、学生時代にその入りくんだ心理の綾をつぶさに考え、理解しつくしたと啓介は思っていた。しかし、明子の横にすわって伊集院悟と望月洋子のことを考えていると、自分は女について何も知らないのではないかと思われた。

啓介が明子とドライヴした日から二日たった日の午後、彼は博多発東京行の新幹線

〝ひかり〟七二号に乗っていた。

膝の上には萩原朔太郎の詩原稿と交換して手に入れた伊集院悟の肉筆稿を拡げていた。長崎駅を発って三時間あまり経過したところである。啓介は肉筆稿と出版された詩集とを読みくらべた。いぶかしい点が一か所だけあった。肉筆稿は印刷するために伊集院が清書したものらしく、ある詩を除いて一行一句の訂正もほどこされていない。赤インクで修正されているのは「墜ちる」という詩だけである。肉筆稿ではこうなっている。

夏の拡がり
二つの永遠
黒い隕石が垂直に落下する
あらかじめ待ち受けた波紋
水平線が凝固する
望遠鏡をさかさまにめぐらすこと
透明な海底を予想する
蒼空を見よう
波紋はすみやかにこわばる
藻がゆらぐ

啓介は手帳を取り出して修正された部分を書き写した。「夏の拡がり」、「めぐらすこと」七行めを十行めに移し替えている。「見よう」「こわばる」。一見してどうということもない訂正である。伊集院明子の話を聞かなかったならば、別だん変には思わなかっただろう。作者の死にはこの訂正が関係している。もっと露わにいえば、訂正された箇所に作者を死へ追いやった者の名前が隠されている。そして明子によれば、その名前を持つ女性こそ伊集院悟が愛したただ一人の女性だという。

啓介は鉛筆で訂正部分の冒頭の文字だけを書き並べた。

夏の
めぐらす
透明な
（よ）う
こ

「夏め透うこ」。三番めは〝透〟ではなくて〝予〟をとらなければなるまい。新幹線で長崎へ向かうとき、一つの詩に「あらかじめ」と「予想」という同じ意味を表わす語が二つも用いられているのに気づき、不自然な印象を受けたことを思い出した。作者は読者にそういう印象を与えるのがねらいだったのだ。簡単な暗号ともいえない暗号である。

夏め予うこ……夏目洋子。

〝ひかり〟は関門海底トンネルを抜けて地上へ出た。暗黒が光にかわった。啓介は詩集と肉筆稿を鞄にしまった。

(お願い、洋子さんには何もおっしゃらないで)

今朝、長崎駅まで見送りに来た明子はいった。望月洋子はおそらくいま幸福な生活をしているだろう、あの人の平和を乱すのは兄も喜ぶはずがないともいった。啓介は何もいわないと重ねて約束した。

(ぼくの役目は肉筆稿を渡すだけです。何も聞かなかったことにしますよ。洋子さんも目的を果たして安心するでしょう)

(そのうちまた長崎へ遊びにいらして。今度は仕事ではなくてただの観光のためにね。あたくし、車で案内してあげたいわ)

(見物しなかった所が沢山あるんです)

明子は初めて笑った。いずれこの土地を再訪することがあるだろうと啓介は思った。父の秘密を探るために。しかしそれはいつのことになるかわからなかった。

# 愛についてのデッサン——佐古啓介の旅(二)

「どうかしたの、兄さん」

夕食を半分以上も残した啓介に友子がたずねた。焼飯に中華風のスープという献立は啓介の好物である。いつもならおかわりをするところだ。きょうはスープをたいらげただけ、焼飯はまだあらかた皿に残っている。

「食欲があまりないんだよ。疲れたのかな」

「市で何かあったの」

「べつに何も、お茶をいれてくれないか」

啓介は食卓をはなれて古本の市で仕入れた書籍の山に戻った。三十冊ほどの古本を店の片隅に積み上げている。今夜はその整理をしなければならない。中身をあらためて売り値をつけ、店の本棚に並べるのである。

古書店が商品を仕入れるには二つの方法がある。客が店に持ちこんだり、自宅に呼びつけたりして払い下げる古本を買いとる場合と、もう一つは定期的に業者の間で催される市でせりに出る古本を買い入れる場合である。数の上では客から直接に買う古本の方が多いけれども、それらは二、三年前のベストセラーか実用書が多くて、利益になる本は少ない。市で仕入れるものに質のいい本が多い。

あちこちの古本屋が持ちこんでせりに出す本のどれを買い、どれを買わないか、買うとしてもどの程度の値段までせるかが、古本屋の腕というものである。顧客がどのような書物を求めているかいつも心得ていなければならない。どのような書物が品薄であるかも知っていなければならない。市でこれはと思う書物をせり落とし、客に売って儲けられるようになるまでには十年かかるといわれている。

啓介の父啓蔵が失敗したのを啓介は子供のころから見て来た。英国の民俗学者J・G・フレイザーの『金枝篇』は岩波文庫でそろいが全五冊、ながらく絶版になっていた。古本の値段はつり上がる一方だった。大学生や教師たちが月に五、六人は佐古書店に在庫を問合せに来た。ある日、この『金枝篇』が市に出た。啓蔵は楽々とせり落とした。

ところが『金枝篇』は一週間後に新版が再版されることになっていて、予約していたT大の学生はついに現われなかった。新版は古本値段の五分の一以下で買えるのである。出版社の新刊ニュースに注意していなかったために啓蔵は損をしたのだった。

（こんな失敗もある）

と啓蔵は息子に語った。

プロシアの軍人クラウゼヴィッツの『戦争論』やシーザーの『ガリア戦記』も絶版ちゅうは途方もない古本値がついたものだった。他人が十年かかる経験を、自分は三年でものにしてみせる、と啓介は考えている。出版社がどのような本を出すかいつも注意を怠らない。

しかしきょう、啓介が沈みこんでいるのは、せりで失敗したからではなかった。

「ねえ、どうしたのよ。ためいきばかりついて」

お茶を運んできた友子がまたきいた。

「うるさいな、少しだまっててくれ」

「あら、その本、市で手に入れたの」

「うん、市でね」

啓介は一冊の詩集を撫でまわしていた。丸山豊の『愛についてのデッサン』である。白い外函に題字が横書きで赤く抜いてある。その下に女の顔が描かれている。中身の表紙は裏表ともまっ白で、題字が縦に黒く記してあるだけである。

「その詩集、あたしずっと前に兄さんの本棚にあったのを読んだことがあるわ。このあいだまた読みたくなって探したけれど、見当たらなかったの」

「ある人にやったんだ」

「ある人って？」

「…………」

「あててみましょうか。岡田さんのお姉さんでしょう、岡田京子さん」

岡田章雄は大学時代からの友人である。いま彼は大学院で近代日本文学を専攻している。啓介が学生時代に同じクラスの女生徒を好きになり、結局は別れることになったとき、失意の彼を何くれとなく慰め力づけたのは、章雄の姉京子であった。二歳年上である。

京子は啓介を自宅に招いて手料理でもてなしてくれた。音楽会に誘った。絵の展覧会や映画にも啓介をつれて行った。じっさい、京子がいなかったら、恋人に裏切られた啓介が立ち直るのは、もっと遅かっただろう。啓介は京子の心くばりをありがたいと思った。感謝は恋に変りかけた。母を少年時代に失っている啓介は、京子に母の面影を見出したように思った。たった二歳だけ年長という感じはしなかった。

京子も啓介の気持の変化を女らしい直感でさとったらしい。ある晩、銀座の画廊へクラーヴェの版画を二人で見に行った帰りに、三番町の濠端を歩いているとき、（もう啓介さん、だいじょうぶだわね）と京子がつぶやくようにいった。何を指して（だいじょうぶ）というのか啓介にはわかった。恋人の裏切りを忘れることが出来たからには、自分の役目はすんだのだと京子はほのめかしているように見えた。

（何もおっしゃらないで）

啓介は口をつぐんだ。二人は桜の木の下にたたずんでいた。夜桜が照明に浮き上がって頭上に淡桃色の光をはらみ、京子の顔はその光を反射してつねにも増して美しいように感じられた。何もいうな、といわれなくても啓介にしてみれば実体のある話は言葉にすることが出来なかった。

（愛している）

といってみたところでどうなるというものでもないのだ。大学を出て神田の小さな出版社に就職が決まったところである。給料はたかが知れている。父と同居してやっと啓介の生活がまかなえる額である。京子は章雄の話ではときどき見合をしているらしい。

（姉には弱っているんだよ。なかなかうんといわなくてねえ）と章雄はこぼしていた。

京子は啓介に対して弟の親友という以上の気持はないようであった。それでは啓介の方がおさまらなかった。今はむりだとしてもゆくゆくは結婚したいと願った。年齢の差など問題ではないのだ。

（あのころとくらべたら啓介さん、見ちがえるほど元気になったわよ）

（そうかな）

人の気も知らないで、と啓介は思った。ふるい恋の傷手は癒えた、そのかわり新しい恋が生まれた。自分はまた苦しむことになるだろう、というのがだまりこんだ啓介の考えだった。京子は桜の花を見上げながらいった。

（いい人が見つかるわ、きっと）

いい人はあなたなのだ、と啓介はいいたかった。京子の顔に桜の花びらが一つ落ちてはりついた。京子はそれを指でつまんでしばらく見つめ、そっと地面に落とした。淡い桜色の光にぼんやりと白く浮き上がっている京子の顔を、自分は一生忘れないだろう、と啓介は思った。

(これ、受けとってくれませんか)

啓介は紙でくるんだ一冊の本をおずおずとさし出した。前から渡そうと考えて機会がなかったのだ。自分の気持を詩集のタイトルから読みとってくれれば、と啓介は思った。

(あたしに下さるの、うれしいわ。記念にいいわね。ありがとう)

京子は包み紙を開きかけた。啓介はそれを押しとどめた。帰宅してからあけてくれと頼んだ。

(そうなの、じゃあそうするわ、啓介さん)

京子は光る目で啓介を見た。外で二人だけで会うことはもうないだろう、と早口でいった。啓介はせがんだ。

(もう一度だけ)

京子はゆっくりと首を振った。会わない方が二人のためにいいのだともつけ加えた。いい人、なんかいるものかと啓介は思った。京子のように素晴しい女と、これから先めぐり会うことがあろうとは考えられなかった。京子は通りすがりのタクシーに手を上げた。啓介は京子だけを先に帰した。別れることになる女性とタクシーに同乗したくなかった。一人で帰りたかった。京子が贈り物の包み紙をあけてどんな顔になるだろう、と濠端を歩きながら考えた。

ある意味で啓介が与えた本は愛情の告白でもあったのだから。

市で、床にうず高く積み重ねられた古本の山に『愛についてのデッサン』を発見したとき、啓介はおどろいた。ひとめ見て京子に贈った当の本だとわかった。外函の背に刷りこまれたタイトルの二字めが薄くなっている。中身を抜きとって調べた。見返しの次に遊びの計四ページがとってあって、最初のページに啓介の名前と京子の名前を記していた。クラーヴェ展を見に行った三年前の日付も書きこんでいた。しかし、そのページは鋭利な刃物で切りとってあった。

啓介はページをめくって、その本がかつて自分のものであったしるしを確かめた。気に入った詩には2Bの鉛筆で星印をつけている。それがあった。せりが始まったとき、詩集専門の文雅堂（ぶんがどう）が初めから高い値をつけた。啓介はその値を上まわる額を口にした。結局、『愛についてのデッサン』は啓介の手に落ちた。古書相場の二倍近い額を払わなければならなかった。（えらいご執心だね）と文雅堂のおやじからひやかされたほどである。

京子は啓介と会うことをやめて半年あまりで、ある商社員と結婚した。二結婚生活は一年と続かなかった。夫が飛行機の墜落事故で亡くなったからである。

人の間に子供はなかった。京子はしばらく夫の両親と暮らしていたが、先ごろ籍を抜いて弟の家へ帰って来た。啓介は一度だけ章雄の部屋で顔を合わせたことがある。美しさはあのころから全然かわっていなかった。やや肉付が良くなったように見えた。紅茶とビスケットを運んで来て、二言三言あたりさわりのない話をかわして京子は立ち去った。一年半という時間が経過したとは思われなかった。三番町の濠端で別れたのが、ついきのうのことのように思われ、京子を見た瞬間、あやしく胸がときめいたものだ。

石を摩擦して火をつくる
そんな具合に
やっとこさ愛をそだて
遅々とした成熟をまっている
この竪穴住宅のまわりを
豹よ
みどりの目をしてうろつくがよい

啓介は星印をつけた詩の一つを読みかえした。友子がいれたお茶はぬるくなっていた。

「京子さんが再婚なさるって噂は本当なの」

「ああ、岡田がそういってた」

啓介にしてみれば京子がこの詩集を手もとに置いておくだけで嬉しかった。何も古本屋に処分しなくても、と思う。再婚する相手はニューヨークに駐在している新聞記者だという。式は向うで挙げるということを聞いていた。かぎられた荷物しか持って行けないから、身のまわりを思いきって整理したのだろう。（それにしても）と啓介は思う。自分の本棚に残すのがイヤだったら章雄を通じて返してくれてもよさそうなものではないか……

そうではなくて、返せば逆に啓介を傷つけると心配したのかもしれない。しかし、その本が自分の目にとまることがあろうとは、京子も予想しなかっただろう。啓介はにがにがしさと悲哀とやるせなさが入りまじった気持でページをめくって、もう一つの詩を読んだ。

愛はたちまち消えるが
その力はかたちをかえ
サナギのような囚人になる
やさしい死をにくみ
愛の名をにくみ

やがて
砂のながれる法廷へ立つ
手錠のまま太陽を見すえる

啓介はこの詩集を、佐古書店の常連である若い無名の詩人から父が買いとったことを知っていた。父にねだってゆずり受けたものである。高校時代から何度、読みかえしたことだろう。一度や二度、読んだくらいでわかりはしないが、くりかえし目を通すうちに丸山豊という詩人の構築する世界の入り口あたりにはたどりついた気がした。石や火や水や砂という無機的なイマージュを通して語られる「愛」というものの実体をなんとなくつかんだような気にもなった。

もっとも友子にいわせれば、

（兄さんには女の気持なんかわかりっこないのよ）

である。どうしてだ、と啓介はいった。

（どうしてといわれても旨く答えられないけれど、兄さんには何かが欠けてるの。強引さというか、押しというか。これはと思う女の人を是が非でも自分のものにしたいという粘りが欠けてるように見えるの。女はあれに弱いのよ。それほどその男性を好きじゃなくても、ぐいぐい押しの一手で迫られたら、この人は自分を必要としてるんだわ、な

んて思ってその気になってしまうものなの）

（そうかなあ、そんなものなのかなあ）

（相手が兄さんを好きじゃないなら好きにさせるのよ。しっかりしなさい）

（強引さが足りないというのは認めるよ）

（でしょう？）

京子はすべての過去を清算したかったのだ、と啓介は思った。ニューヨークへ行って、新しい生活をふり出しから始めようと思ったのだろう。啓介は『愛についてのデッサン』を閉じた。長い放浪生活の果てに自分の許へ帰った子供でもあるかのように彼は一冊の詩集を手で撫でさすった。自分の本棚にしまいこむ前に、セロファン紙を出して本の表紙にカヴァーをかけた。もう二度とこの詩集を人手に渡すことはないだろうと思った。

佐古書店は午後八時にシャッターをおろす。

啓介は古本の整理をざっとすませると外へ出た。友子がたずねた。

「お出かけ？」

「ああ、今夜は外で飲みたくなった」

「今夜はって、毎晩出かけてるじゃないの」

「二時間くらいで戻るよ」
「いつものお店?」
「そうだ、あそこに居る」
「トンちゃんによろしくね」

トンちゃんというのはスナック「青い樹」のウェイトレスである。佐古書店から歩いて五分とかからない裏通りの一画に「青い樹」はあった。十人も客が入れば一杯になってしまう。ある日の閉店後、ぶらりと這入ってから行きつけになり、このごろは毎晩のように通っている。経営しているのは同じ町に住む六十すぎの男である。三十年以上、外国航路の貨客船にコックとして乗っていたという。

秋月というその老人は世界中の港町をめぐったことがあるといい、話題が豊富だった。淹れるコーヒーも他の店にはない味があった。

トンちゃんは仇名である。

本名はトミ子とかいうらしいが、客の間ではトンちゃんで通っており、本人も客にたずねられて(あたし、トン子よ、よろしく)といってすましている。年齢は啓介とあまり差がないようだ。顔立ちはお世辞にも美人とはいえない。どちらかといえば十人並以下といわなければならない。目は小さいし丸い鼻は押しつぶしたように低い。肥っている体の線を隠すためか、不必要にだぶだぶの服を着たり、寸足らずの服を着たりする。

本人はしかしいつも屈託がない。

客の誰に対しても明るい顔で対応するのでトンちゃんは人気があった。

「どうしたの、浮かない顔をして」

啓介がカウンターにつくなりトンちゃんはたずねた。つとめて陽気な表情を装ったのだが自然と顔に出るものらしい。いやなことがあったのだ、と啓介は答えた。客は啓介一人である。秋月老人はいない。どうしたのだときくと、夕方から客の入りがなくなったので、自宅で休んでいるという。佐古書店の近くに自宅はある。

「青い樹」は混む日と混まない日があった。

カウンターの席があかないので、後ろに立ったまま酒などのみ、とうとう諦めて客が店を出て行く日も珍しくなかった。きょうはたぶん混まない日なのだろう、と啓介は思った。

「いつものにする？」

トンちゃんがサイフォンをカウンターに置いてきいた。

「コーヒーはおやじさんに淹れてもらわなくちゃあ。トンちゃんでは気分が出ない」

「あんなこといってる、あいかわらず口が悪いのね」

「トンちゃん、ききたいことがあるんだけれど」

啓介はビールを注文しておいて切り出した。

「こわい顔して何よ、緊張しちゃうじゃないの」

「女の人だがね、男から贈り物をもらう。ただの男だよ、男の方は女を好きなんだが女は結婚の対象だとは思っていない。男が自分を好きだとは察している程度なんだ。で、女の人は別の男と結婚する。そして、男がくれた贈り物をどうしようかと考える。かさばる品物じゃない。いってしまえば一冊の本なんだ。手もとにとっておくのは気持の上で重荷なんだろうか」

「わかった、啓介さんは本をある女の人にあげた。その本を女の人が手ばなしたので浮かない顔をしてるのね」

「そうじゃないって、一般的な問題としてきいてるだけだよ。かんぐるのはよしてもらいたいな」

　啓介はビールをのみ、口の角についた泡を手の甲でぬぐった。

「はいはい、そういうことにしておきましょう。でもその女の人が羨ましいわ。別の人と結婚するにしても、あたしなら大事にとっておくわね。いい記念になると思うわ」

「女ってものは昔のことについて諦めが早いというか思い切りがいいといえそうだな」

「女ってものは、だなんて啓介さん、さも経験たっぷりみたいな口をきかないでよ。そんなせりふは髪に白いものがまじり始めた中年男がいうものなのよ」

「ぼくだって女をまったく知らないわけじゃない」

「どうかしら、あやしいものだわ」

「バカにしないでくれ」

「このあいだ友子さんが見えたのよ。兄貴には困ってるですって。ぼやいてらしたわ。女なんかこりごりだ、おれは一生結婚なんかしないぞって、まるで中学生みたいなことをいってるんだからって」

「友子がそんなことをいってたの」

「可愛い妹さんだわ。啓介さんのことをとても心配してるみたい。独立したからには早くいい女の人を見つけて結婚すればいいのにって」

「余計なお世話だ」

啓介はビールのお代りを注文した。

「その方、だれなの、啓介さんの恋人、あたしが知ってる人？」

「その方って」

「とぼけないで、啓介さんが本をプレゼントした女の人よ。ここに見えたことある？」

「トンちゃんは知らないよ。友達の姉さんなんだ。とうに結婚してる」

「ほうらとうとう白状した。でも変ね、とうに結婚した女の人のことで今ごろ憂鬱そうにふさぎこむなんて」

啓介は事情を手短に説明した。隠しておくよりも打ち明ける方が気分的に楽になるように思われた。トンちゃんから根掘り葉掘りきかれたらごまかせはしないのだ。

「そういうわけだったの」

とトンちゃんはいった。自分でコップを出し、小壜のビールをついでのんだ。

「おやじさんがいないからといってそんなことしていいのかい。いいつけるぞ」

「いいの、一晩に二、三本なら大目に見てもらってるの」

その女の人は、とトンちゃんは考え考え話した。きっと啓介のことが忘れられなかったのだ。だから結婚したときも大事にしていた。しかし二回めに結婚するとき、いつまでも思い出を保存するのが苦しいので手ばなしたのだろう。つまり女の方も啓介を好きだったとしか思えない。どうでもいいのだったら手もとに本を置いといていいのだから、とトンちゃんはいった。

「なるほど心温まる解釈だよ。またビールを注文して売り上げに協力しなければ」

「まじめに考えてるのよ、ふざけないで」

「ありがとう、少しは気が軽くなったさ」

「でしょう、気が滅入ったらいつでもあたしのとこにいらっしゃい。慰めてあげる」

「やれやれ、トンちゃんに慰められるとはね」

「あたしではどうせ物足りないでしょうよ」

「男のことなら知らないことはない。みたいな口を利くじゃないか」

「そうよ、男の人のことならあたしにまかせて。さんざんひどい目にあってるの、こう見えても」

「ひどい目にあうのは男の方だろう」

「わかってないのねえ、あたしね、失恋したところなの」

トンちゃんはコップをあけた。啓介は笑い出した。トンちゃんも声を合せてけたたましく笑った。

「へえ、トンちゃんが失恋するとはね」

「あら、しちゃいけないの」

「してはいけないというんじゃないが」

「あたしだって恋多き女よ」

「わかりました」

トンちゃんは硬い表情になっていた。啓介はなんとなく間がもてなくなり、急いでビールを口に運んだ。恋をしているトンちゃんなんて想像できなかったのだが、未婚の若い女が男を好きになって悪いという法はない。相手は誰だ、と啓介はきいた。他人の恋愛沙汰を聞くのは気持が楽だった。

「誰だか知りたい？」

「ああ、知りたいね。まさかおれじゃないだろうな」

「あなた、しょってるわね」

「〝七人の侍〟って映画をテレビで見たことがあるけどさ。女房を野武士にさらわれた百姓がしんねりむっつりしてるんだ。この世は闇だなんて顔でね。で、侍の一人がその百姓にお前なにか心配事でもあるんだろう、話してみな、打ち明けたら気がせいせいするぞっていうシーンがあったっけ」

「啓介さんはその侍を気取ってるの？　あたしが哀れな百姓ってわけなのね」

「まあ、そんなところだ」

客は依然として一人も店に這入ってこなかった。トンちゃんはカウンターに肘をつき、うっすらと上気した顔で啓介の相手をした。相手は自動車の内装部品を製作する工場経営者だという。妻子があった。トン子との関係は半年つづいた。二人は週に一回ほどの割合でホテルを利用した。別れたのは一月あまり前である。不景気で会社の経営状態が悪くなったというのが別れた理由だという。

「というとその男からトンちゃんは金をもらってたのかい」

「とんでもない、あたし彼を愛してたのよ、お金なんかもらうつもりないわ。そりゃあ、ハンドバッグとかイヤリングとかたまに買ってもらうことはあったわ。彼だってあたしを好きだといってくれたわよ。女房と別れたら結婚しようともいったわ。本気だったのよおたがいに」

「この店にその男、来たことがあるの」

「それはきかないで。啓介さんが悩み事を話してくれたからあたしも打ち明けたの。この話を人にするのは啓介さんが初めてよ」

「だけどわからないなあ。不景気が別れる理由になるとはね。そいつはただトンちゃんをだましただけじゃないのかい」

「あたしのこと本当に好きだったら景気が良かろうと悪かろうと関係ないじゃない。でも結婚しようなんて、その気がないのにいう男の気が知れないわね。あたしってバカだからつい本気にしちゃうじゃないの」

「自動車の内装部品のメーカーだって。その男、ここに良く来るH機器の社長じゃないか」

啓介の目に一人の男が浮かんだ。小柄なでっぷりとふとった五十男で、手形の話と持病の肝炎しか話題にせず、いつも「忙しい忙しい」を連発するのだった。あの男のどこがいいのだ、と啓介はいった。いってから後悔した。トンちゃんは目に涙を溜めている。

「ごめんよ、トンちゃん、意外だったもんだから。あの男、独身の女さえ見れば結婚しようなんて手軽に口説くので有名な野郎なんだ。トンちゃんのこと早く知ってたら用心した方がいいって教えてやれたんだがな。そうか、トンちゃんにも手を出したのか」

「そんなに悪い人にも見えないけれど」

「あいつ、駅の裏にある土地をつい先だって百坪も買ったんだぜ、ほら中華料理店と麻雀屋にはさまれた空地で、値段が高いものだから長い間、買い手がつかなかったんだ。会社の経営が思わしくないなんてあるもんか」

「啓介さん残酷なことをいうわね」

「いつまでもくよくよしてるみたいだから。男がひどい奴だとわかったら思い切りもつくってものだよ。そうじゃないか」

「あなたに女の気持なんてわかりはしないの」

「きょう、そのせりふをいわれるのはこれで十回めみたいな気がする。どうせわかりはしないのだろうよ」

愛とはなんだろう、ビールに酔った頭で啓介は考えた。H機器の社長に抱かれているトンちゃんの姿を想像した。アラン・ドロンのファンで面喰いを自称しているトンちゃんが漫画に登場する中小企業の社長そっくりの男と恋におちいるというのが啓介にはよくわからなかった。ハゲ、チビ、デブ、というのはトンちゃんが日ごろ口にしているイヤな男の特徴である。H社長は三拍子そろっている。

「それだけならまだ我慢できるのよ。あたしは捨てられた、それだけのことならね。この際なにもかもいってしまうわね。彼はあたしの他にも別の女の人とつきあってたのよ。どこかの女子大生と……」

「トンちゃん、もうよそうよ。早く忘れてしまいなよ」

啓介はトンちゃんの話をさえぎった。この調子で愚痴を聞きつづけたら夜が明けてしまう。話をしろ、聞いてやるといったのはお前の方だった、とトンちゃんは恨めしそうな顔をした。電話が鳴った。話しぶりで相手が誰であるかわかった。秋月老人である。

「啓介さん、悪いけどお店にいてくれる？　マスターが風邪気味なんですって。夕食を届けてくれないかってお電話なの。今夜はあと一時間くらいで早じまいにしていいって」

「おれが持って行ってやろう。店番なんて柄じゃないから。そろそろ帰ろうかと思ってたところなんだ」

トンちゃんはスープを火にかけ、ピーマンと玉葱を刻んで豚肉と一緒にいためた。風邪をひいても食欲があるのなら治りは早いだろうと独り言のようにつぶやいた。

「お客さんに出前を頼むなんて、勘定をまけさしてもらうわね」

「毎晩でもいいよ、お安い御用だ」

「啓介さん、マスターにお夕食とどけたらもうこっちへは戻らないの」

「どうして」

「おねがいがあるの、何か面白い本を貸してちょうだい。早くおうちに帰ってもすることがないもの」

「おいおい、うちは本屋だぜ。ただで本を読もうなんて了簡を起されてはかなわない」

笑いながら啓介は「青い樹」を出た。


「啓介くんか。すまないね」

秋月老人はベッドに上半身を起して咳こんだ。熱のせいか目がうるんでいる。佐古書店の近くにあるマンションの二DKが老人の住居だった。啓介は台所の食器戸棚からスプーンとフォークを探し出して老人に渡した。

「風邪薬のんだの。なんならぼくがひとっ走り買って来ていいんですよ」

「ありがとう、でもいいんだ。宵の内に寒気がしてね。熱をはかったら七度八分ありゃがんの。で、大事をとっただけ。ここで寝こんだら困るから」

「寝こんだらって現に寝こんでるじゃないの」

秋月老人は去年、奥さんと別れたばかりである。三十数年つれ添って二男三女の子供をもうけ、その子供たちがみな独立した今となって離婚しなければならない理由が啓介にはわからなかった。はた目には仲睦まじい夫婦に見えた秋月夫妻の突然の離婚について、近所の連中はいろいろと取り沙汰したものだ。原因は結局のところわからずじまいだった。いつもおだやかな微笑みを顔に絶やさなかった奥さんが、ある日、ふっと居なくなった。表札にあった名前も奥さんの部分に黒い墨が引かれているのを発見したのはクリーニング店の店員だった。

しばらくして啓介と高校時代の同級生で区役所の戸籍係をつとめている男が、秋月老人の離婚届を受理したことを告げた。（おれびっくりしたぜ）というのがその男の第一声だった。（あの夫婦がねえ、町内で一番うまくいってるカップルだと思ってたんだ）。届には協議離婚とあったそうだ。奥さんは九州にとついでいる長女の家に引きとられたということを啓介はあとで聞いた。

「店はどんな具合だった」

スープを飲みながら老人はたずねた。

「さっぱりでしたよ。おやじさんが出ないとねえ」

「コーヒーを淹れてあげたいが、何分こんなありさまではね」

「いいんですよ。おれ自分で淹れるから」

「戸棚にサイフォンがある。コーヒーは挽いたのが罐に入れて台所の棚にのっかってる。すまないが自分でやってくれないか」

「おやじさんもどう？　ついでだから」

「じゃあ頼もうかな」

啓介は二、三度このマンションに老人を訪ねたことがあった。古本が溜まったから来てくれといわれたのだ。ありきたりの安本だろうとたかをくって出かけ、現物を見て驚いた。バートン版の『千夜一夜物語』である。しかも初版だった。フランク・ハリスの『わが生と愛』の完本もひとそろい『千夜一夜物語』の上に重ねてあった。これは初版ではなかったが、エッチングの挿絵がたっぷりあって、それだけでも値打ちがあった。他にもヴィクトリア朝時代のエロ本が十数冊、埃にまみれて戸棚にしまわれていた。

口をぽかんとあけて意外な出物を見おろしている啓介に老人は説明した。コックとして外航船でヨーロッパをまわっていた若いころロンドンの古本屋で買ったものだと。

（これも？）

と啓介はバートン版の原書を指した。

（それはちがう。昭和十六年の暮、つまり太平洋戦争が始まった直後、交換船で本国に引き揚げるイギリスの大使館員が手持ちのコレクションを処分したのさ。二束三文の値段でね。大使館員が払い下げた古本屋がわしの知合いでね。もっともあのころ洋書を買おうなんて日本人はあまりいなかったな）

（前もって知ってたら用意の仕様があったんだけど、持合せが少ないからおれ家に戻って出直してきますよ）

（啓介くん、きみを呼んだのは何もこれを高く売ろうという魂胆じゃないんだ。そのつもりだったら他の古書店を呼ぶよ。きみの開店祝いにゆずってあげようと思ったんだ。啓蔵さんとは友達だったからね。タダだとはいわない。タダでもいいんだがきみはうち

のお客さんでもあるから負担になっては困る）

秋月老人はそう前置きしておいてある金額をいった。啓介が用意した金額でちょうど間に合う額である。どうして処分する気になったのだ、と啓介はきいた。本の置き場所がなくなったからだ、と老人は答えた。その言葉を裏書きするように、マンションの二部屋は本で埋めつくされていた。ベッドの下、戸棚の上、啓介が借りた手洗いの内部にまで棚がとりつけられて本が積まれてあった。半分は洋書である。マンションの部屋のなかには、洋書特有のインクと紙の匂いがこもっていた。

「ごちそうさま」

秋月老人は食べ終ったスープと野菜いためのⅢをわきへ押しやった。啓介はそれらを台所へ運び、湯気の立つコーヒーを老人に渡した。なかなかたいしたものだ、と旨そうにコーヒーをすすりながら老人は啓介の淹れたコーヒーをほめた。まばらに生えた無精髭にスープがかかっている。啓介の視線に気づいたのか老人は赤いハンケチで髭をぬぐった。

「古本屋というのは本を扱うのが商売なのに、あまり本は読まないようだな。先だって神保町の古本屋をひやかしたら、店の主人がどれも本とは縁のなさそうな顔をしてた」

「新刊書店にしても同じなんだ。本を読むひまなんかありはしないし、あればテレビを見てますよ。それに本好きが古本屋になるとかぎったわけでもないし」

「きみはどうかね」

「今のところは読んでるけれど、齢をとったらどうかな。商売第一になるような気もするなあ」

「情けないことをいうじゃないか」

「現実はきびしいですからね。昔なら股火鉢して朝から晩まで将棋の本でも読んでて、食べてゆけたそうですよ。今はとてもじゃないがそんな古本屋は三日と保ちませんよ、本当の話。積極的にお得意をまわり、需要を開拓しなければ。世の中は変ったんです」

「やめてくれ、コーヒーがまずくなる」

「実はこのせりふ、おれのじゃないんです。業界の若手で組織してる団体がありましてね、大学から経営学の先生を呼んで講演してもらったの。これからの古本屋はいかにあるべきかってテーマでね。十五分でおれうんざりしちまった。正直のところ」

　啓介はあらためて室内を見まわした。離婚してから初めて訪ねる部屋である。台所はきちんと片づいており、流しもガスレンジもぴかぴかにみがき上げられていた。しかし、居間はどことなく雑然としている。おびただしい本の山のせいでそう見えるのではないような気がする。花瓶にさされた薔薇は茶褐色に枯れており、テーブルにも薄く埃がつもっている。手洗いの入り口にかかったタオルは湿った上に垢じみてもいた。絨毯の上には煙草の灰がこぼれている。

「啓介くん、これ読んだかね」

秋月老人は彼に葉巻をすすめながら一冊の本を示した。ベッドの上にページを開いて伏せていた本である。啓介は題名を読んだ。ジェイムズ・パーディー『アルマの甥』。読んだことはないが、著者の名前は聞いたことがある。アメリカの作家だろう、と答えた。

「神保町をひやかした折りに何となく面白そうだから買ったんだが、読み出したらやめられない。バーナード・マラムッドよりいい作家じゃないかね」

老人はサイドテーブルに積み上げた本の中からマラムッドの『フィデルマンの絵』を取って啓介にくれた。

「ひまなときに目を通してごらん。ユダヤ人のものの考え方が良くわかる」

本というものは人間を裏切らない、と老人はつけ加えた。自分は七十まで生きるつもりでいる。いま六十三歳だからあと七年間、ざっと二千五百日残っている。三日で一冊読むとして七百冊は読める計算になる。

「楽しいよ」

と老人はいってハンカチで目やにをふいた。

「そうですか」

「いいものを啓介くんに上げよう。待てよ、ちと早すぎるかな」

「じらさないでよ。いいものって何です」

「店に出さないと約束するかね」

「ええ」

「ベッドの下をのぞいてみてくれないか。ハトロン紙にくるんだ包みがあるだろう」

啓介は腹這いになってベッドの下に手をつっこんだ。本の上に緑色のハトロン紙に包まれた大判の本があった。老人の目の前で啓介は包みをあけた。画集か写真のような感じである。表紙は仔羊の革で装幀してあり、金文字でアルファベットが記してあるけれども薄れてしまって読みとれない。中身を目にして啓介は息をのんだ。仕事がらこの種の本は市でも手にすることが多い。墨で塗りつぶされていない北欧のポルノ雑誌も見たことがある。しかし、老人がくれたこの画集は今まで啓介が見たどんな写真集よりも迫力があった。若いころ、マルセーユの古本屋で手に入れたものだ、と老人はいった。一月分の給料がふっとんだ、今ならもっと値が出るだろうという。啓介はたずねた。

「これをどうしてぼくにくれるの？　大事にしてたもんでしょう」

「要らないかね」

「そういってるんじゃないけれど。もらっていいものかどうか」

「若いうちに何にでも慣れておくのがいいと思ってね。わしはもう要らない。欲しがってる友人がいないこともないけれど、きみなら大事にしてくれるんじゃないかと思って」

老人は疲れたのだろう、ベッドの背もたれに寄りかかり目を閉じた。かるくあけた唇の間からニコチンに染まった茶色の歯が見えた。一人暮しは淋しくないのかと啓介はたずねずにはいられなかった。老人は目を大きく開いた。

「淋しい、だって」

とんでもない、と強い口調で老人はいった。

「誰にいっても本気にしないんだが啓介くん、わしは一人で本を読むために家内と別れたんだよ。五人の子供を一人前に育て上げた。親としてのつとめは果たしたと思ってる。家内はわしに子供のことばかり話す。うるさくてかなわない。孫が三人もいるのにな。自分の余生くらい好きに暮してよかろうじゃないか。本さえあればわしには何も要らないんだよ。といってもきみにはわかるまいが」

ジェイムズ・パーディーという作家のどこがいいのか、と啓介はたずねた。

「人間は孤独なものだとパーディーはいってる。わかりきったことだが、パーディーの筆にかかるとしみじみとした味わいがあって、わしは大体アメリカ小説というのは認めんのだが、パーディーだけは例外だね。長生きはするもんだよ」

啓介は画集の礼をいってマンションを後にした。自宅に戻り画集を鍵のかかる本箱にしまい『愛についてのデッサン』を持って「青い樹」に引き返した。客はまた一人もいない。啓介が出て行ってからにわかに立て込み、たった今さいごの客が出て行ったところだという。トンちゃんは表に出て看板の灯を消し、ドアに「閉店」の札を下げた。

「マスター、どうだった?」

「明日は出られるって。よくしゃべったよ。思ったより元気そうだった」

「本を持って来てくれた?」

　啓介は詩集をトンちゃんに渡した。丸山薫という詩人なら聞いたことがあるけれど、丸山豊という名前は知らなかった、といいながら、トンちゃんは眉間に縦じわを寄せてページをめくった。

「小説を読みたかったら文庫本でも買いなよ。しかし、今のトンちゃんにはその本がぴったりだと思ってね」

「なんだかむずかしいみたい」

「あたりまえだ。詩と小説はまるっきりちがう。小説は昔々ある所にという説明で始まる。詩は説明なんかしやしないのさ」

「あたしみたいな頭の弱い女に大学の教室でするような講義をしないでよ。でも、この詩、ちょっと見たらとっつきにくいけれど、わかるような所もあるわ」

　トンちゃんは声を出して詩を読んだ。

愛するとき
おのずから愛がくずれはじめる
もっと愛するとき
愛が死ぬ
遠いところで愛のかたちがさだまる
砂漠の町の法典のように
海の底の炭坑のように

「これはつまり会うが別れの初めということなんだわ」

丸山豊という詩人はどこにいるのか、とトンちゃんはたずねた。福岡県の久留米市で医師として生活しながら詩を書いている人だ、と啓介は説明した。詩人がトンちゃんのとっぴな解釈を聞いたらどんな顔をするだろうと思った。トンちゃんは詩集のお礼にビールを一本おごってくれた。おさめられている詩の中でどれが一番気に入ってるか、とトンちゃんはきいた。啓介が七十三ページを指すと、トンちゃんは「ふうん」といって朗読した。

バケツと
ゴム長靴に尊厳なし
ほとばしるものを
だれかがきて
蛇口をしめる
蛇口の先
くるしみのかたちで光るのは
一しずくの愛
しずかに凍れ
共同洗濯場のくらさ

秋月老人の死体は翌日発見された。

ガスの臭いに隣人が気づいて一一九番に連絡し、救急車が駆けつけたときはもう手おくれだった。ガスの栓を全開したのは午前三時ごろと推定された。遺書はなかった。葬式に参列したのは、五人の子供のうち埼玉にいる長男と、都内にいる次女だけで、奥さんは九州から上京しなかった。長男は列席した会葬者に「いろいろ事情がありまして」と、家族が参列できないわけを説明した。母は病気である。妹も病気で、もう一人の妹は出産したばかりである。弟は外国に駐在していてすぐには帰れない……

啓介は長男と一緒に柩をかついだ。

（少なくともあと七百冊は読める）といった秋月老人の言葉を思い出した。あれはみな嘘だったのか。それとも啓介が帰ったあとで不意に生きているのがイヤになり、ガスの栓をひねったのか、啓介にはわからなかった。肩にかかる柩の重さだけは確かだった。これが老人の六十三年の人生の重さだ、と啓介は思った。生の重みでもあり死の重みでもあった。愛と苦しみの重みも加わっているように思われた。

「これ、あなたのでしょう」

火葬場から戻って来たとき、長男はジェイムズ・パーディーの『アルマの甥』を啓介に渡した。

「父の枕もとにあったんです。扉にあなたの名前があります。父の筆蹟ですが、あなたから借りたしるしに書きこんだのでしょう。死後のどさくさで紛失してはいけないと思って。お返ししておきます」

啓介はだまって『アルマの甥』を受けとった。一昨夜、マンションを出たのは午後十時ごろだった。自殺するまでに五時間はある。秋月老人はこの本を読み終ってからベッドを降り、ガスを部屋に充満させるために台所へ歩いて行ったのだと思った。

「青い樹」は経営者がかわった。トンちゃんはスナックをやめた。半月ほどして啓介のもとへ『愛についてのデッサン』が小包で送られて来た。ページの間に一枚の便箋がはさまれていた。スナックからスナックへわたり歩く生活がイヤになった、福島の田舎へしばらく帰ろうと思う、また上京するかどうかは決めていない、詩集は何べんも読み返した、「青い樹」は自分が一番長くつとめたスナックでもあるので、店の名が変るのはつらい、などという意味の文章が書きつらねてあった。友子さんによろしく、登美子、と最後の行にあって、啓介は初めてトンちゃんの正しい名前が登美子であることを知った。

「追伸、啓介さんは代がわりした『青い樹』へ出かけてビールをのむとき、わたしのことを思い出すでしょうか」

「青い樹」は改装されて「バーディー」と新しい名前がついた。買いとったのはH機器の社長である。バーディーとは鳥の愛称である。さしずめ小鳥ちゃんとでも呼ぶのだろう。社長が秋月老人の愛読した『アルマの甥』の作者名を知っているはずはないから、偶然の一致にすぎないが、啓介にはふしぎな暗合と思われた。

秋月老人の遺した千冊近い蔵書は、佐古書店に処分がゆだねられた。一か月はまたたく間にすぎた。啓介は「バーディー」に通った。ウェイトレスはアルバイトの女子大生で、マスターはのっぺりした馬面の若い男が雇われていた。啓介は書店のシャッターをおろしたあと、「バーディー」に出かけてビールを一本のみ、さっさと引きあげた。トンちゃんのことはすっかり忘れてしまった。

この年の夏は暑かった。

買いこんだ古本に佐古書店のシールを貼るとき、汗でぬれた指の痕(あと)がシールにつくほどだった。ある日、友子がいった。

「そうしている所を見ると、兄さんはこのごろお父さんそっくりだわよ」

畳の上にあぐらをかき、背を丸めてかがみこんでいる姿勢が父によく似ている、という。旅行がしたい、と啓介はいった。夏の初め、長崎へ旅してから一度も東京を離れていない。父の跡をついで開業して以来、ずっと仕事に追われ通しだった。ろくに本を読むひまさえなかった。友子は賛成した。

「行ってらっしゃいな。あたしの休暇ちゅうに。店番はしてあげる」

どこへ、と友子はきいた。行く先をきめない旅行だ、と啓介は答えた。学生時代はよくそうした気ままな旅をしたものだ。あのころ、金はなかったけれども、時間だけは豊かにあった。土曜の夜、小さな鞄に洗面具と下着を入れて夜行列車に乗りこみ、朝になって未知の都会で下車するという旅行をした。月曜の朝、駅からそのまま大学へ登校したものだった。あの時分から十年もたったような気がした。学生時代が懐しくなるのは、齢をとった証拠かもしれない、と啓介は考えた。

啓介は夜行列車のかたい座席で目を醒ました。列車はとまっている。通路にすてられた林檎の皮が甘い匂いを放った。乗客はみな思い思いに体を伸ばして眠りこけている。午前三時をまわったところである。啓介は窓をあけて外をのぞいた。停車しているのは直江津(なおえつ)らしい。プラットフォームには白い光がみなぎっており、駅員が一人ぶらぶらと歩いているだけで他に人影は見えない。啓介はおとといの夜、上野を発って、きのうは長野市に泊まった。昼間は町の古本屋を歩きまわり、夜は場末の映画館で古い洋画を見た。急行「越前」に乗ったのは真夜中である。啓介は日本海を見たかった。直江津から先はどこで降りるか決めていない。発車は三時二分のはずなのだが、五分になっても列車は動き出さなかった。

啓介は立ち上がって網棚から旅行鞄をおろした。ここで降りてもいいと考えた。以前から直江津という町を一度訪ねてみたいと思っていたのだ。プラットフォームを改札口の方へ向かって歩き始めたとき、発車のベルが鳴った。しんかんとした構内にベルの音が高くひびいた。ゆるゆると動き出した列車をかたわらに見ながら歩いていると、窓の内側にこちらをのぞいている女の顔を認めた。

どこかで見たことがある……

啓介は立ちどまった。

女もはっと身じろぎしたようだ。しかし速度を上げた列車はみるみるプラットフォームから出て行く。

「——さあん」

かすかにそう呼ぶ声を聞いたと思った。〝啓介さん〟と聞えた。暗闇に吸いこまれる列車の窓から、女は半身をのり出したようにも見えた。トンちゃんに似ていた。あるいは夜行列車に疲れた自分の幻覚かもしれない、と啓介は思った。こんな所にトンちゃんがいるはずはないのだから。しかし、トンちゃんでないとしたら、あの声はだれのものなのか。列車は闇の奥に消え、プラットフォームに静寂が戻った。

啓介は旅行鞄を持ち直して再び歩き出した。

やがて二十六歳になろうとする青年は、そのときまだ自分が岡田京子のことをまったく忘れていることに気づかなかった。

# 若い沙漠

## ――佐古啓介の旅㈢

午後六時をまわった頃、いつものようにその老人は現われた。膝がまるくなったカーキ色の作業ズボンに黒いジャンパーという身なりである。啓介は、店の奥で机に頬杖をついて老人を眺めていた。以前は週に一度か十日に一度の割であった。古本を買ったことはなかった。それがこの五日間つづけて店に立ちよっている。たたずむ場所はきまっていた。詩集をおさめた本棚の前である。

老人のズボンには機械油のようなものが茶色のしみをつけている。ジャンパーには埃と藁屑がこびりついている。ほとんど白くなった頭髪は櫛を入れることもないらしい。身なりは土工か町工場の職工に似ていたが、詩集をめくるときの表情は労務者のそれではなかった。

老人は啓介に見られていることを明らかに意識していた。顔を店の奥へ向けないでも、それとなく目の隅でこちらをちらちらと盗み見ているように感じられた。

（何者だろう……）

啓介は考えた。

うつむいていっしんに詩集を読んでいる老人の顔には濃い憂いのかげりが認められた。店に足を踏み入れて本棚を一瞥するときの目付は鋭かった。本を読むのが生活の一部になっている者だけが持っている目の光である。啓介はさりげなく立ちあがってサンダルをつっかけ老人の後ろを通り抜けた。店の前に出て街路を見渡した。

老人は啓介が背後を通ったとき、体をこわばらせたように見えた。酒の臭いがしたすえた体臭も鼻をついた。老人は詩集を本棚に戻し、深いためいきをついて佐古書店を出て行った。左脚が不自由らしく、舗道を遠ざかってゆく老人の肩は上下に動き、目立たない程度に足を引きずっていた。老人が雑踏に紛れて見えなくなるまで啓介は黙然と老人を見送っていた。

舗道をわたって吹いてくる風が冷たかった。

啓介は老人が立っていた本棚の前に引き返した。とりたてて珍しい本は並べていない。どこの古本屋でも売っている詩集がおさめられているだけである。ただ、よその店より詩集が多く揃っている所がややちがっている。萩原朔太郎、三好達治、中原中也、金子光晴、安西均(あんざいひとし)、山村暮鳥、田中冬二、西脇順三郎、伊東静雄、田村隆一、草野心平などという詩人の詩集が、店のうす暗い電燈の下にひっそりと並んでいる。詩集の背文字は色褪せたり、剝げ落ちかけたりしていた。高価な初版本は稀である。どれも二千円以内で買えるものばかりだ。

啓介は老人が店に現われれば必ず手に取る詩集を本棚から抜き出した。安西均の詩集『葉の桜』である。表紙は暗い緑色の厚紙で装幀されており、正方形に近い判型の本は全部で八十二ページしかない。ぱらぱらとページを繰ってみた。別に変った所はない。奥付を調べた。一九六一年に神保町のS社から初版三百部の限定で刊行されている事がわかった。ただしこの本は二年後に出た再版ものである。当時の定価は三百五十円。啓介は二千円の値をつけていた。

扉の裏には「夏山の青葉まじりのおそ桜はつ花よりも珍しきかな」という金葉和歌集からの一首と「初咲の花の色香は深くとも　われにゆかしの末咲や」というプーシキンの詩の一節が刷られてあった。

啓介は安西均という詩人が九州出身の現存している人物であるということしか知らないが、どういうわけか九州生まれということだけで親しみを感じる。安西均は父と同世代のはずである。一度も会わないでいて彼の詩のなかにある懐しさを覚えるのだった。たぶん自分の体内に流れている父からうけついだ九州人の血のせいだろう、と啓介は考えた。

だから安西均の数冊の詩集は、本棚のいちばん目立つ場所に並べていたのだ。『葉の桜』をもとの位置に押しこもうとした啓介は、思い直して今一度ページをあらためてみた。きのう老人はこの詩集を手に取り、もう一方の手をズボンのポケットに突っこんでもぞもぞさせながら勘定場へ近よって来たのだ。あと一歩というところで老人は立ちどまり啓介と顔を見合せるや、くるりと振り向いて詩集を本棚に返した。そしてあたふたと店を出て行ったのだ。

いったんは買おうと思ったものの、持ち金が足りないことに気づいたのか、それとも金が惜しくなったのか、どちらかだと思われた。よくあることなのだ。啓介は客のそういう振舞いに慣れている。金が惜しくなったのなら仕方がないけれども、少し足りない程度であれば売り値からその分を引いてやってもいいと思っている。詩集というしろものは小説とちがってめったに売れないのだ。

気になったことがあった。

近づく老人の気配に啓介がそれまで読んでいた古書通信からふと顔を上げると、正面に老人が突っ立っており、目が合った。何かを思いつめたけわしい表情だった。一瞬の後、目に羞恥の色が浮かんだ。盗みの現場を見つけられた子供の顔に似ていた。こっそりと本を盗もうとしていたのなら、詩集を片手に啓介の方へ歩みよってくるはずがない。老人がなぜうろたえたのか啓介にはまるで見当がつかなかった。

彼は『葉の桜』とS社から刊行された現代詩文庫の一冊である小型本の『安西均詩集』の二冊を持って勘定場に戻り、そこにすわりこんでていねいに一ページずつ見ていった。献辞もない。作者の署名もない。ありきたりの本である。書きこみすら一行もなかった。

この二冊は啓介の父啓蔵が生きていた頃、ふりの客が持ちこんで来た二十冊あまりの小説にまざっていたものである。啓介は『葉の桜』を終りのページまでめくって何気なく裏表紙の見返しに目を落した。以前の持ち主が自分の名前を書いてはいないかと思ったのだ。

桜の花びらに似た色の見返しには何も記入されていなかった。啓介はまじまじとその見返しを凝視した。ふつうは一枚だけ使われる見返しの紙が二枚用いられていて、裏表紙にその一枚がくっついている。そして裏表紙の内側にかすかなふくらみがある。ちょっと見たくらいではわからないが、手でさわると見返しにはさまれた何かがあるのだった。

啓介は見返しの隅を注意深く剝がした。

完全にこびりついているのではない。下の三分の一は既に剝がれていて、隙間から紙片が覗いている。一万円の紙幣である。（こういうことだったのか……）啓介は思い当った。古本のページに金が挟まれていることは珍しくなかった。売り主がへそくりを隠しておいた本を時間がたつうちに忘れて処分することはよくあることだった。啓介はバカバカしくなった。詩集を読みたがる貧しい老人にかき立てられた興味が、みるみる消えるのを感じた。あの老人は何かのはずみにこの一万円札を発見し、二千円を投じて買おうとしたのだ。きのう、買わなかったのは有り金が足りなかったのだろう。毎日やって来てまだこの詩集が売れないで残っているのを確かめているのだと思った。

苦笑いして一万円を抜き取りかけた啓介は思い直して紙幣を元通り見返しと裏表紙の間にはさんだ。明日やって来るはずの老人をがっかりさせるのも気の毒だと考えたからである。


夕食のとき、啓介はこのことを妹の友子に話した。

「おやめなさいよ。そんな罪なことをするのは」

友子は気色ばんだ。売るとき初めて気づいたふりをして紙幣を取ればいい、と啓介はいった。

「退屈してるんだ。そのくらいのいたずらはしてもいいだろう」

「お兄さんも店をやるようになってから意地悪になったわねえ」

「人間は誰だって変るものだよ」

「それにしてもひどいわ」

「詩を読んでるのかと思ったら金のことを考えていたんだ。二千円払えば八千円儲かると」

「あのおじいさん、青雲荘に住んでるのね。もうすぐあのアパートは取りこわしになるという話だわ」

青雲荘というのは二十年前、学生向きに建てられたアパートで老朽化が甚しく、持ち主は近くそれをこわして跡地にマンションを建てるといいふらしていた。入居者と持ち主の間でいざこざが生じているという噂は啓介も耳にしていた。

「青雲荘にねえ。あそこは独身者か学生しか入れないアパートだろう」

「おじいさんはひとり者らしいの。三か月ほど前にどこからか越して来て、廃品回収業者の仕切場に勤めているって、青雲荘の近くにあるお総菜屋さんで聞いたわ。誰ともつきあおうとしない変り者の評判が立ってるそうよ」

ラーメンの出前をした店員の話では、老人の部屋には足の踏み場もないほどにおびただしい古雑誌が積み重ねてあったそうだ、と友子はつけ加えた。してみると老人はまったく読書と縁のない生活をしているわけではないらしい、と啓介は考えた。古雑誌は廃品をえり分ける仕切場から持ちこんだはずである。

翌日、いつもの時刻に老人は現われた。

老人は『葉の桜』を本棚から取り出し、つかつかと啓介の方へ歩み寄って来て、千円札を二枚添えて差し出しながらいった。

「この本に一万円札がはさまってるよ」

声がやや慄(ふる)えた。啓介は初めて知ったような顔で、老人が指し示す裏表紙から紙幣を抜き取った。千円札の一枚だけを受け取ってもう一枚を老人の方へ押しやった。

「どうして？　勉強してくれるわけかね」

「ええ、お客さんが黙ってたらそのままお売りしたでしょうからね」

「ふん……」

老人は千円札をポケットに突っこんだ。啓介はお茶を淹れてすすめた。

「安西という詩人は実はぼくの友人でね、十年あまり会っていないが、お宅で詩集を見つけて懐しくなったんだよ」

老人は啓介の横に腰をおろして旨そうにお茶をすすりながら『葉の桜』をめくった。

「安西均はお友達だったんですか。ぼくはこの人の詩が好きなんです」

「安西均(やすにし)が本当の名前なんだ。わたしも彼と同じように九州人でね」

老人はふっと遠くを見るような目になって敗戦後一度も九州へ帰っていない、とつぶやいた。友達ならなぜ安西という詩人に十年も会わないのだ、と啓介は危くたずねかけた。そのとき岡田章雄が店に這入って来た。啓介と同じ大学を出た彼は今その大学院で近代文学を専攻している。老人は岡田章雄が現われたのをしおに立ちあがって「ごちそうさま」といい残し、足を引きずって店を出て行った。

岡田章雄は老人を見て何かもの問いたげな顔になった。老人の後ろ姿を佐古書店の入り口まで出て行って見送り、啓介の所へ引き返して来た。

「今のじいさん、蟹江松男じゃないかい」

「蟹江だって？」

「小説家だよ、いやかつて小説家だったというべきかな。戦後カストリ雑誌が全盛だった頃に流行作家だった人物だよ。おれ、昭和二十年代の文壇を調べているとき、必要があってあのじいさんに話を聞いたことがあったんだ。この辺に住んでるとは知らなかった。向うはおれのこと忘れてるようだな」

「話を聞いたのはどこでなんだ」

「さんざん訪ね歩いて江戸川の都立病院でね。去年のことだよ、神経痛に加えてあのじいさんアル中でもあってね。それでも昔の作家仲間のことはすらすら話してくれた」

啓介は詩集にはさまっていた紙幣のてんまつを章雄に語り、「おまえならどうする」ときいた。

「さあな、どうするだろう。たぶん、おまえの隙を狙ってこっそりと札だけかすめとるかもな」といって章雄は笑った。しかし、すぐに真顔になって、

「書けなくなった作家といってもやはり作家だけのことはあると思うよ。だってそうだろう。廃品回収業というのはつまり屑屋なんだろ、その日の暮しにも不自由する有り様で八千円儲かる機会を利用しなかったのはさすがだ。痩せても枯れてもそこが作家と俗人の違いだな」

といった。昭和二十年代に蟹江はどんな小説を書いていたのだ、と啓介はきいた。

「なに、ただの読み物だよ。時代小説からエロ小説まで。ただし流行作家であった期間はごく短くてね。昭和二十二、三年から二十五、六年頃まで。世の中が落着いたら売れなくなったのさ。つまり忘れられた作家というわけだ。もっともご本人は大衆小説で名を挙げようというつもりはもともとなかったらしい。若いときは詩を書いてたという話だったから。病院のベッドで話してくれたことだがね。あれでも二十一歳で詩集を一冊自費出版したことがあるんだそうだ」

「詩人になりたかったら詩を書き続ければ良かったろうに。どうして大衆小説なんか」

「世の中そんなに事が運ぶものではないっておまえも知ってるだろう。詩人になりたいくせに証券会社の社員になってるのもいる。おまえだって学生時代に詩を書いていて今は古本屋をやってるじゃないか。蟹江松男は当時、奥さんが胸をわずらっていてな、高価なストレプトマイシンを買うために大衆小説を書くハメになり、ついにずるずると」

「それはいいわけにならないよ。詩は詩、生活は生活だ」

「おまえのいうことは理想論だよ。いつまで子供のいうような理屈を主張するんだ。早く大人になれよ」

啓介は章雄に頼まれていた数冊の古本を渡した。「六十歳をすぎても詩を読む人物というのはめったに居ないものだ。あのじいさん、奥さんに死なれてから小説を書くのをやめたそうだが、身よりは居ないというからこのさき病気にかからないで仕事が出来るといいな」というのが去りぎわに残した章雄の言葉だった。「おまえはだいたい潔癖すぎる」ともいった。

(屑屋になった小説家……)啓介はアルコールで白目の部分が黄色く濁った蟹江という老人の顔を思い浮かべた。今度、彼が佐古書店に来たらひきとめていろいろと話を聞きたいものだと考えた。

「へえ、あの人は小説家だったの。道理でなんとなく様子がただのお年寄りとは違ってたわね」

夕食後、啓介の話を聞いた友子はいった。

「昭和二十年代というとずいぶん昔のことだわ。それから蟹江さんはどうやって暮して来たんでしょうね。きっといろんなことがあったに違いないわ」

「元教師とか元新聞記者とかいう人には会ったことがあるけれど、元作家というのは初めてだ」

と啓介はいった。取りこわし寸前のアパートに一人で住み、古雑誌を読み耽っている元作家が、かつて交際していた詩人の作品をどんな気持で読むのだろう、と思った。悔恨、羨望、自分の過去に対する苦い思い、失った青春へのやるせない追憶といったものが複雑に入りまじった感情を当人は味わうに違いない。

「そうはそうとお兄さん、大学時代のお友達に鳴海さんていたわね。あの人はどうしてらっしゃるの」

「ああ、鳴海健一郎か。あいつも作家志望者だったな」

「うちによく遊びにいらしてギターを弾きながら夜ふかししたことがあったじゃない。自分が長篇小説を書けば、日本の作家たちは一人残らず脱帽するはずだといったのは鳴海さんだわ」

「そんなことといってたか」

「ええ、日本語の他に英語とフランス語で小説を書いて発表するんだといったこともあったわ。頭の旧い批評家に自分の小説は理解できないだろうから、日本人はさし当り相手にしないつもりだって」

「あいつ、たしかに才能はあったよ。どうしてるかなあ。卒業してから二、三度は会ってるけれど」

　鳴海健一郎は大学新聞の懸賞小説に応募して入賞したことがあった。二十五枚の短篇で選考した批評家たちに口をきわめて賞讃されたものだ。啓介がねたましく思ったほどである。鳴海はあまり嬉しそうではなかった。（あんなに意識の低いバカ者どもにおれの前衛的な作品が評価されたということは、それだけ作品の方も前衛的ではなかったということになる。おれは憂鬱（ブルー）だよ）と啓介にいった。

（まあ、そうがっかりするな。認められるということは、たいしたことなんだから。それに入賞したからといってカッカするというのもおかしな話だ。初めから応募しなければ良かったのに）

（どたん場になって選考委員の三人のうち二人も入れ代るとは思っていなかったんだ。HとMにほめられるというのは、おれにしてみれば恥辱だよ。あいつらの文学理論は一時代前のしろものだとおれは思ってる。だからおれ、主催の新聞部に申し入れて、選考委員の交代があった段階で応募を取り消すといったんだ。ところが連中はいったん応募した以上は理由がなんであれ取り下げることは不可能だのなんだのいってうまくまるめこまれたってわけ。肚の虫がおさまらないから賞金なんかもらってやるもんか）

（HとMって批評家がそんなに嫌いなのか）

（あいつらが日本の現代文学をダメにしてるんだよ。こともあろうにおれの処女作を奴らが取り上げようとはね。この世は闇だ。大いなる恥辱だ、チキショウメ）

鳴海健一郎は大学近くの飲み屋で焼酎を呷りながらテーブルを叩き、（これでおれの文学的将来は閉ざされた）と喚いた。（つまりこの男は）と啓介はそのとき考えたものだ、（処女作が入賞したのを素直に喜ぶのが照れ臭いものだから、この男なりに変ったやり方で嬉しがっているのだ）と。その証拠に後日、鳴海健一郎は賞金を辞退するどころかいそいそともらいに出かけ、選考委員を代表したHという白髪の批評家と握手をしている写真までとられたのである。大学を卒業した鳴海は民間放送局に就職したが長くは続かなかった。仕事の件で上司と折り合いが悪かったという。啓介が最後に鳴海と出くわしたのは赤坂の街角で、彼は十代の女を二人つれて歩いていた。彼がくれた名刺には、ある芸能プロダクションの名前があった。立ち話を一分間ほどかわす間に鳴海は「忙しい」という言葉を七、八回くり返した。女の子は髪を赤茶色に染め、毒々しいほど厚い化粧をしていた。

別れぎわに鳴海は啓介の勤め先をたずね、そのうち折りを見て訪ねると約束したが、結局、姿を現わさなかった。芸能プロダクションで何か都合の悪い事件があって鳴海が責任をとらされることになったと人づてに聞いたのは、それから間もなくのことである。噂では郷里の神戸へ帰ったという。彼から便りはなかったから神戸で何をしているかは見当がつきかねた。

啓介は友子が眠ってからも仕事を続けた。

古書目録に目を通し、印刷所へ出すことになっている佐古書店の在庫目録を整理した。このところ毎晩、夜ふかしが続いている。春と秋は古本屋が忙しい時期である。佐古書店のように店売りが少ない古本屋は通信販売に力を入れなければならない。地方の大学や同業者、図書館、読書家に目録を送ってその中から買い上げてもらう。そうする一方、都内で催される大きな古書市にはマメに出かけて珍しい古本を仕入れる。好きでやっていることだから仕事を苦には思わなかったが、連日、同じことをしていると、心のどこかに（こんなことばかりしていていいものだろうか）という不安がきざすことがあった。

夜ふけ、店の片隅で机に向かって本の山に囲まれ、ペンをかすかにきしらせて古書目録の作製に没頭しているとき、その不安が頭をもたげて来るのだった。（おれは商売に精を出しているだけだ。それに不安を感じるなんてまったくどうかしてるぞ）啓介は自分で自分にいいきかせた。しかし、一度生じた不安は簡単に消えなかった。とくに街が寝静まって夜気の冷たさが膝に感じられるようになる時刻には、ともすればペンを握る手も物思いで鈍りがちになるのだった。

啓介の目に蟹江松男という老いた元流行作家の顔がちらついた。『葉の桜』に一万円札がはさまっているということを告げたときの奇妙に光る目が印象的だった。告げたあと、蟹江老人はほっとしたようだった。知っていてわざと知らぬ顔をした自分が、啓介にはうとましかった。一万円札を詩集にしのびこませてタチの悪いいたずらを自分がしかけたような気さえした。

（お兄さんも店をやるようになってから意地悪になったわねえ）

といった妹の言葉を啓介は思い出した。そうかも知れない、と啓介は考えた。自分はただの商売人になろうとしている……古本屋になるまでは一つの理想があった。扱うものは株や宝石ではない。書物である。古本屋というのは株式仲買人や宝石ブローカーとは本質的に性質の異なる人種のはずだ、と啓介は信じていた。

ところが、この道に這入って半年もたたないうちに自分は株式仲買人とさほど違わないものの考え方をするようになっている。いかに安く古本を仕入れ、いかに高く売るか。すなわち頭の中にあるのは利益だけだ。銀行預金の残高をどうやってふやすか、それだけのことではないか。こうやってあと四、五十年自分は生きるのだろうか？

啓介はむなしい気持になりペンを投げ出した。畳にごろりと横たわって天井を見上げ、ためいきをもらした。仕事に張り合いを失ったところで、他にこれといって適当な仕事のアテがあるわけではない。しかし、時として心にきざす不安はどう仕様もなかった。古書市まわり、店番、目録作り、注文の本の荷づくりと発送などで毎日が明け暮れている。夏が終ったのはつい昨日のことのように思えるのに、もう秋の半ばである。一日が過ぎるあわただしさに啓介はいきどおりに似た苛立ちを覚えないわけにはゆかなかった。

まだ二十五歳という齢ですっかり老けこみ、七十歳の老人にでもなったような気さえするほどだ。あお向けになっている啓介の手に本が触れた。なにげなく取って顔の上で拡げた。『安西均詩集』である。「花の店」「美男」「葉の桜」「夜の驟雨」という詩篇が収められ詩論「古式の笑劇」の他に自伝「貧半生の記」と作品論が加えられている。巻末には伊藤桂一という作家が「筑紫びとのこころ」と題して詩人論を書いていた。啓介は寝そべったままページをめくり、何度も読んだ安西均の詩を読み返した。

「雨」と題した詩が最初のページにあった。

ぼくはふと街の片ほとりで逢ふた
雨のなかを洋傘(かさ)もささずに立ちつくしてゐる
ポオル・マリイ・ヴェルレエヌ

仏蘭西の古い都にふる雨はひとりの詩人の目を濡らし
ひとりの詩人の涙は世界中を濡らす
どうやらその雨はぼくがたどりついたばかりの若い沙漠をも
少し。

啓介はカーキ色のくたびれたズボンをはいて人波にわけ入って行った蟹江老人の姿を思い出した。彼も一人のポオル・マリイ・ヴェルレエヌではないか。アパートの四畳半で古雑誌に埋れてラーメンをすっているヴェルレエヌだ、と思った。蟹江松男の目あてが一万円札ではなくてこの詩だとわかったとき、啓介は慰められた。人間はまだ信じられると思った。これまで何度も読み返した安西均の詩を初めて読むもののように感じた。老人ももしかしたら今頃、アパートの一室で焼酎を飲みながら昔の友達が書いた詩を読んでいるのではないだろうか。

啓介は起きあがって台所へ行き一人でお茶を淹れて戻った。（若い沙漠、か）と胸の裡でつぶやいた。自分の日常がまさしくそうではないか。夜ふけ、好きな詩集をひもとくことで得られるささやかな歓びが日々の糧を手に入れるための戦いという沙漠のオアシスだ、と思った。啓介は煙草に火をつけ時間をかけてゆっくりとくゆらした。詩を味わうには味わうための時間というものがある。いつでも読めるわけではない。啓介は自分が今、詩を受け入れやすい状態になっていることを意識した。かわいた砂が水を吸いこむように詩のイメージが体細胞のすみずみまで吸収されゆきわたるように感じた。遠くで救急車のサイレンが聞えた。犬が吠え、じきにその声もやんだ。彼は煙草の吸い殻を灰皿にもみ消し、詩集を取り上げた。自然に開いた中ほどのページに目をやると、「花の店」と題した作品があった。これは啓介が学生時代に愛した女友達と別れるとき、書き送った詩である。とうの昔に忘れたつもりになっていた女の記憶がにわかに甦り、啓介をいためつけた。しかし今夜は少しばかりの感傷を啓介は自分に許すことにした。

　かなしみの夜の　とある街角をほのかに染めて
　花屋には花がいつぱい　賑やかな言葉のやうに

いいことだ　憂ひつつ花をもとめるのは
その花を頬ゑみつつ人にあたへるのはなほいい
けれどそれにもまして　あたふべき花を探さず
多くの心を捨てて花を見てゐるのは最もよい

花屋では私の言葉もとりどりだ　賑やかな花のやうに
夜の街角を曲るとふたたび私の心はひとつだ

かなしみのなかで何でも見える心だけが。

啓介は詩集を伏せて天井を見上げた。「花の店」は女にあてた手紙の末尾に書いたのだが、手紙というものをこの春からまったくといっていいほど書いていない。仕事の上で必要な手紙なら一日に何通でも書いている。しかし、そういうものが手紙と呼べるだろうか。(謹啓、このたび貴殿よりかねてご依頼のありました網干作郎著『中世歌謡の研究』入荷致しましたので御しらせ申し上げます。外函に若干の傷みが見られますが中身に汚損はありません。昭和十年代の刊行物としては保存状態は良好と見受けます。値段は……）などという手紙ばかりである。

　啓介は新しい煙草に火をつけて詩集をめくった。夜が深くなるにつれて大気も冷えるのが肌で感じられた。「旅装」を読み、「廃駅」を読み、「追分」を読んだ。「信濃」という題の散文詩は、いつのまにか声に出して読んでいた。（……ひとところ蜜柑のやうに仄明るい　駅の構内が見える）という件りで、ふいに旅をしたいと思った。先日、新潟へ出かけた折りのことが遠い過去のことのように思われた。「北陸」を読み、永平寺にて、という副題がついた「古刹」を読み、「鎌倉」と「対馬」を読んで詩集を閉じた。吸いさしの煙草が灰皿の縁で燃え尽きていた。

　啓介は時計を見た。

　針は午前一時を指そうとしている。電話機のダイアルを回した。この時刻、岡田章雄はまだ起きて仕事をしているはずである。案の定、二回めのベルで章雄は出た。「どうせおまえだろうと思ったよ」と先方は明るい声でいった。啓介はたずねた。

「鳴海健一郎のこと覚えているかい」

「ああ、キザな野郎だったな。覚えてる」

「あいつ、最近はどうしてる。とんと消息を聞かないけれど」

「神戸に帰ったんだろ。どこかのケチな芸能プロをクビになって」

「クビになったのかい。おれはあいつが自分の方からやめたように聞いてるんだが」

「なぜ今になってあいつのことを知りたがるんだ」

「別にどうということはないんだがね。ただなんとなく」

「待てよ、そういえば急に思い出したことがある。最近どこかであいつの名前を見たような気がする。どこだったかな」

「芸能関係か」

「いや、そんなものじゃないんだ。大急ぎで調べてみる。わかったらこちらから電話をするから、おまえ、まだ起きてるだろ」

起きてる、と啓介は答えて電話を切った。半時間後にベルが鳴った。章雄の声である。

「わかったよ。あいつの名前をどこで見たか思い出せなかったもんだから、かたはしから新聞雑誌をひっくり返してたんだ。文芸界という雑誌があるだろう、あの雑誌の巻末に全国の同人雑誌評がのっている。鳴海の名前はそこにあった。神戸で出ている『海賊』という同人雑誌に発表した小説が取りあげられてるわけだ。批評は好意的だよ」

「『海賊』か。同名異人ということはないだろうな」

「別人ということはたぶんないだろう。文芸界は今月発売の号だから本屋で立ち読みでもしてみるんだな。これでいいかい」

ありがとう、といって啓介は送受話器を置いた。自分からやめたのかそれともクビになったのか、おそらく章雄がいうようにクビになった鳴海は、都落ちをして神戸で暮している今も小説を書いていたのだ。鳴海健一郎に会ってみたい、と啓介は思った。月末に大阪へ行く用件があった。大阪の私立大学に講座を持っている国文科の教授からまとめて明治時代の大衆文学に関する文献の注文を受けていた。ようやく入手したそれを届けるついでに神戸まで足をのばしてもいい。月末の予定をくり上げて明日発つことにしようと啓介は考えた。安西均の「旅装」に始まるいくつかの詩を読まなかったならば、神戸行きを決心することにはならなかっただろう。友子が敷いてくれた夜具にもぐりこむとき、啓介はそう思った。

啓介は次の日の新幹線〝ひかり〟一〇五号で東京を発った。

午後三時には大阪で用事をすませていた。教授との打合せは簡単に終った。探索を依頼された書名リストをポケットにおさめてタクシーで大阪駅に駆けつけた。特急便を利用すれば三ノ宮まで半時間足らずで行ける。啓介は東京を離れるとき、駅構内の書店で文芸界を手に入れていた。同人雑誌評には批評の対象となった同人雑誌の発行元が紹介してあった。鳴海健一郎の住所はそこへ問い合せればわかるはずである。

岡田章雄は「好意的な批評」といったけれども、評者が鳴海の作品「仮死」に費した言葉はごくわずかで、作品のあらましをざっと紹介したあとに「注目に足りる異色の才能」とつけ加えただけであった。くさしてはいないのだから「好意的」といえばいえなくもない。しかし、同人雑誌評の最後にはベストテンとして「仮死」があげられていた。章雄はこのことを指して「好意的」といったのかもしれない、と啓介は思った。

作品は外見上は仮死状態におちいった男のモノローグで語られる。近親や知友は主人公が死んだと思いこむ。医師も死期が近いことを宣告する。主人公の意識だけは鮮明であるが、自分の状態をどうすることも出来ない。

――いかにもあいつらしい。

啓介はあらすじを読みながらそう思った。

一時間後に彼は三ノ宮の駅前を歩いていた。神戸駅に着いて「海賊」の発行元へ電話をかけると、鳴海の住所はすぐにわかった。先方は今そこへ行っても会えないといって、勤め先の電話番号を教えた。啓介はダイアルするのももどかしい思いでその番号にかけた。初めに電話に出たのは鳴海自身だった。

「佐古、さん？」

「おれだよ、忘れたのか」

「……ああ、おまえか、今どこから」

神戸に来ていると告げた。勤め先は三ノ宮の近くだという。鳴海は、

「京町のオリエンタルホテルを知ってるだろう」

といった。オリエンタルホテルは海岸寄りにある古風な格式を持ったホテルである。

学生時代に啓介は鳴海と一度そこで食事をしたことがあった。指定された五時という時刻までにゆとりがあったので啓介は三ノ宮から元町にかけてアーケード街をぶらつき数軒の古本屋をのぞいた。歩きながらなんとなく神戸がどこかに似ていると思った。海岸沿いの狭い平地に拡がった市街地、斜面に密集した建物、不規則な曲がりくねった道路、街なかに漂っている港町特有の潮と廃油が入りまじった匂い。

すぐに思い当った。初夏に訪れた長崎の街と雰囲気がそっくりなのである。

啓介は海が見たくなって海岸通りへ出た。中突堤の関西汽船の乗り場まで足をのばしてみた。フェリーは出港したあとらしく待合室はがらんとしていた。潮の匂いが濃くなった。カモメの鋭い啼き声が耳をうった。啓介は待合室のベンチにもたれて、港に停泊している大小さまざまの船を眺めた。旅をしているという思いが胸に拡がり、つかのま、彼を幸福にした。

啓介は三ノ宮駅ちかくの書店に売ってあった「海賊」を手に入れていた。カモメの啼き声を聞きながら鳴海の小説を読んだ。読み終ったとき、うすやみが港の海面に漂い始めていた。これは鳴海の文学的進歩だろうか、それとも変化だろうかと啓介はオリエンタルホテルへ向かって歩きながら考えた。啓介には「仮死」よりも鳴海が大学新聞に書いた処女作の方がずっとましに思われた。技巧的には「仮死」がすぐれている。文章も旨くなっている。しかし、感動させる力というものは大学新聞に発表した小説により多くそなわっていた。「仮死」は作者の（どうだ、おれはすごいものを書くだろう）と鼻をうごめかしている顔が作品の裏に透けて見える感じなのである。

啓介はなんとなく浮かない気持になった。

ホテルのロビーに這入ると棕櫚の鉢植えのかげから鳴海健一郎が立ちあがって手を振った。今しがた来たところだ、と鳴海はいった。啓介が上衣のポケットに丸めて突っこんでいる「海賊」に目ざとく気づいて、

「おれの小説を読んでくれたのかい」

とうれしそうにいった。文芸界の同人雑誌評も読んだ、と啓介は答えた。

「あの小説は苦労したんだよ。七十枚を四回、書き直した。おれとしては会心の作とはいえないまでも全力投球したとはいえる。しかし『仮死』を読んでおまえがわざわざ東京から会いに来てくれるとは思わなかったよ」

「鳴海……」

啓介はあわてた。仕事で大阪へ来たついでだとはいっていないが、鳴海の小説を読んで会いに来たとも告げていない。鳴海が勝手にそうと一人ぎめしているのである。

「広告代理店という所は何かと細かい仕事が多くてねえ。自分の時間をつくり出すのがむずかしい職場なんだ。こんなにくだらない勤めは早くやめたいよ。だからこそ小説で一発当てて名前を認められなければ」

鳴海は啓介の背後に目をやって手を上げた。厚化粧をした若い女がロビーを横切るところである。女は鳴海の挨拶に対して物憂げな微笑を返した。

「あいつスポンサーの娘なんだ。することがないもんだから毎日ホテルのロビーをうろついて遊び相手を探してやがんだ。退屈だわというのがあいつのきまり文句でね」

鳴海は女の姿を目で追いながらそういった。

「実はな、今度おまえに会いに来たのは」

啓介が切り出すと終りまで聞かずに鳴海はまたしゃべり出した。

「スポンサーの機嫌をそこねるとわれわれ飯の喰いあげだからな。あの女の一言で、取れる広告まで取れなくなってしまう。こういう仕事は何かと神経をつかうものだよ。おやじは神戸ロータリークラブのボスでね。娘のいうことならなんでもきく男なんだ」

「おれ、大阪の……」

「大阪の同人雑誌はふるわないよ。文学観が旧(ふる)いからな。明治時代から一歩も出ていない。まあ連中に書けるのは大衆小説くらいのものだな」

鳴海の視線はおちつかなかった。始終、誰かを探し求めるかのようにせわしなく動いてロビーを往来する人物の上をさまよい、彼らにうなずいてみたり立ちあがって会釈してみたりした。啓介は皮肉をいった。

「ずいぶんおまえ忙しいようだな。まるで神戸の名士じゃないか」

「あっ、これはどうも」

鳴海は西洋人と談笑しながら歩いて来た恰幅のいい中年男と目があった瞬間ぴょんと立ちあがって深々とおじぎをした。「いやあ、わたしなんか」とか「先日はあれからお楽しみで」とか「とてもとてもそこまでは」とかいいながら頭に手をやって恐縮してみせたりつづけざまにおじぎをしたりした。二人づれがエレベーターの方へ立ち去ると、鳴海はどさりとソファに腰をおとし、「なんの話をしてたんだっけ」といった。

「おまえの小説の話だよ」

「そうか、そうだったな」

鳴海は緑色のハンカチで顔の汗を拭いた。

「このハンカチな、さっきの女がパリ土産だといってくれたんだ。三月に一回はあいつヨーロッパに遊びに行くのさ。ヨーロッパにはもう飽いたなんていいやがる」

「次の小説を書いてるのかい」

「次の小説？　ああ、書いてるとも。受賞したら必ず受賞第一作というのを要求されるからな」

「受賞したらだって」

「ここだけの話だが佐古、きいてくれ。おれの『仮死』がA賞の候補作になることはほぼ確実なんだ」

鳴海はソファから身を乗り出しあたりをはばかるような声でしゃべった。A賞というのは文壇でもっとも権威のある新人賞である。受賞すれば作家として認められることになる。

「へえ、A賞の候補にね」

「同人雑誌評を担当したSという批評家にこのまえ上京してお礼をいったんだよ。ウイスキーを下げて行ってね。そのときSさんがこれはA賞の候補に推薦するといってくれた。Sさんは文壇の実力者だからな。彼の推薦があれば候補になるのは確実だ、それに」

「文壇の実力者……」

啓介は選挙の話をしているような気になった。ウイスキーを持ってお礼に行くとはまるで就職の依頼と変りがないではないか、と口まで出かかった。鳴海は啓介の当惑にはおかまいなくしゃべり続けた。

「去年はA賞の受賞作はなかったんだ。その前もなかったから今回は受賞作が出る。で、選考委員の顔ぶれなんだが、あのHとMが新しくメンバーになってる。SさんはHとごく親しいんでね。Hは『仮死』のように実験的な作品に好意を持つはずなんだ」

HとMというのはかつて大学新聞の懸賞小説を審査した選考委員のはずではないか、と啓介はいった。

「そうだよ、おまえよく覚えてるな」

といって鳴海はすましている。HとMの文学的立場に共鳴できないといったのは鳴海である。処女作がこの二人に評価されたのは恥辱だといきまいたのも鳴海である。啓介はそのことを相手に思い出させようとしたが、そうだよ、といって平然としている鳴海の顔を目の前にすると、いうだけ無意味に思われた。

「おれA賞がどうやって審査されるか知らないけどさ。かりにHだけが推してくれても入賞するわけではないだろう。選考委員は七、八人いるんだろう」

と啓介はいった。

「問題はそこなんだよ、委員はHを入れて七人で構成されてる。ところがGという委員は八十五歳なんだ。いま肝炎で入院してるそうだが、どうも今度という今度は全快の見こみがないという噂が流れてる。Gのかわりを立てるのは選考が終ったあとのことになるだろう。すると委員は六人ということになる。決定は投票で下されるからHの他に三人を確保すればいい」

「Gが死なかったらどうなる」

「死ぬさ」

鳴海は細身の葉巻を取り出して口にくわえうまそうにくゆらした。

「HとMは大学新聞でおれを支持したことを覚えてるにちがいない。これで二人だ。彼らはいつも若い無名の新人に票を入れて来た。Jという委員が推して来た作品を過去にさかのぼって調べてみたら『仮死』のように実験的な作風ばかりなんだな。齢はとってるけれどもJは新しい形式の小説が好きなんだ。で、Jもおれに一票を投じるとにらんでる。もう一人Rという委員がいる。この男はKという委員と仲が悪くてね。そこがつけめなんだ」

鳴海は咽喉(のど)の奥で奇妙な笑い声をひびかせた。よくわからない、と啓介はいった。RとKが仲が悪いのがどうして鳴海に有利なのかをたずねた。

「つまりこうだ。Kという委員はおれの『仮死』をまず支持しない。彼の文学観はこういう作品を認めないんだ。投票の前に作品は討議にかけられる。Kは反対するにきまってる。そうするとKのいうことにはなんでも反対するRが逆におれの小説の肩を持つということになるだろう」

「ふうん、そんなものかなあ」

「何事も計算だよ」

鳴海はふっと煙を鼻孔から出してロビーに現われた女に手を振った。女は白い歯を見せた。あの女もスポンサーの娘なのか、と啓介はたずねた。鳴海は唇を歪めて、ただの女だよ、といい、啓介に手を突き出して、

「これで四人、HとMそれにJとRはかたい」

と四本の指を折って見せた。

「まあ一応は過半数だが四人とも意見が合うかなあ」

「そうだ、あと一人、Qという委員がいる。この男の選評をくわしく検討してみたら面白いことがわかった。Qはちゃんとした独自の定見を持たない作家でね、ある作品が委員の半分に支持されたら彼もずるずるとそれを支持してるみたいだ。これまで過去十年の例がそれを示している」

鳴海はそういって五本めの指を折った。

「いや、おめでとう。七人のうち五人もおまえの作品を支持してくれるということがわかって嬉しいよ」

「というふうにうまくゆくかどうか」

鳴海は急にわびしそうな表情になった。

「だって自信があるんだろう。『仮死』はA賞の候補作になる。なれば選考委員の過半数が投票する。まるで受賞したも同然じゃないか。ひとつ前祝いに晩飯をおごってくれてもいいだろう」

「しかし、いざとなったらどんな番狂わせが起らないとも限らないから」

「なんだい、たった今まで入賞確実といってたくせに」

「そりゃあそうだが、これはあくまでおれの予測であってね」

鳴海はソファから立ちあがって啓介に何を食べたいかときいた。啓介は夕食を鳴海にまかせることにした。二人はオリエンタルホテルを出て十分ばかり歩き、トアロードにあるドイツ料理のレストランに這入った。鳴海は主人と顔馴染みらしく、親しそうに挨拶をかわした。啓介はソーセージに辛子を塗りながら岡田章雄の噂をした。章雄の論文が学界でかなり評価されているらしいこと、日本の近代文学について近く著書を刊行するということなどをしゃべった。鳴海は聞いているのかいないのか「ふんふん」といってしきりにソーセージを頬張っている。

食事が終りかけてアイスクリームとコーヒーがテーブルに出てから、鳴海はしきりにポケットを探り出した。「どうした」と啓介はいった。

「なに、いや、困ったな。入れといたはずなんだがな」

「財布を忘れたのかい」

「そうなんだ。でもいいよ、ここはおれのツケがきくから」

「神戸はいい所だよ。ドイツ料理を食べるのは初めてではないけれども、本場のドイツ料理というのはこういうものだと思ったな。神戸へ来た甲斐があった。だからここの勘定はおれに払わせてくれ。A賞をおまえが獲得してたんまり賞金が這入ったら、そのときはおごってもらう」

「賞金は五十万円なんだ」

「本の印税も入るだろう」

「初版で十万部は売れるそうだ。ざっと一千万円、しかし税金がなあ」

「税金の心配なんか今からする必要はないさ。飲みに行こう。案内してくれ、いい酒場を知ってるだろう」

コーヒーを飲みほして啓介は陽気にいった。

「行きつけの酒場がある。そこへ顔を出してみるか」

鳴海は山の手の斜面に通じた狭い道路を啓介の先に立って歩いた。文芸界の同人雑誌評に「海賊」から取り上げられたのは自分の作品一本きりなので、取り上げられなかった他の同人からそねまれて困っていると話した。そういうこともあるだろうな、と啓介はいった。入賞したら授賞式のパーティーに啓介を必ず招待する、と鳴海は約束した。

「パーティーがあるのかい」

「あるとも、ホテルでな。文壇の有名人が来る。新聞記者もテレビ局の記者も来る。記者会見で何をしゃべるかも考えておかなくちゃあな」

「いろいろと大変だな。同情するよ」

ここだ、といって鳴海は分厚い木の扉を押した。十四、五人も入れば満員になりそうな酒場である。カウンターの内側にいる若い女をどこかで見たように思った。すぐに思い出した。ホテルのロビーで鳴海が手を振った女である。鳴海は啓介をその女に紹介した。

「お勤めのようには見えませんわね」

水割りを二杯ほどあけた頃、女が啓介にいった。鳴海はその間、五杯めのグラスに口をつけていたが、女の言葉を聞いて啓介に目をやり、「そういえばおまえの仕事をきくのをうっかりして忘れてた。今なにやってんだ」といった。古本屋だ、と啓介はいった。

「そうか。おやじさんのあとを継いだわけか。おれが受賞したら初版本を送ってやるよ。二、三年であれは値が張るものになるからな」

といった。どんな話をしても結局、鳴海にはA賞のことに結びつくのだった。「受賞したら」という言葉を、啓介は鳴海に会ってから何回、きかされたかわからない。

「受賞したら」と再び鳴海はしゃべり出した。「瀬戸内海の無人島を本の印税で買いこんで、じっくり腰をすえて長篇小説を書くつもりだ。今まで誰も書いたことのない素材を選んで一年間はそれにうちこむ」

「どうして無人島に住むのだね。不便だろう」

「おまえ、何もわかっちゃいないんだなあ、受賞したらジャーナリズムがほっとかない。やれラジオだ、やれテレビだ、新聞記者に追いかけられる、講演の依頼もまいこむ。そうやってたいていの受賞者はダメになるのさ」

「なるほど」

「小さな島が格安で売りに出てるんだ。いい所だぞう。原稿を書くのに疲れたらスキンダイヴィングが楽しめる。魚釣りも出来る。手入れさえすれば住める家があるんだ」

「おれもそういう島でのんびり過してみたいよ」

「おまえみたいな俗物にはむりだよ」

「むりかね」

「きまってるじゃないか」

啓介は十二時まで鳴海と飲み、酒場の前で別れた。鳴海はまだ飲み足りないような顔をしていた。三ノ宮駅ちかくのホテルには幸い空室があった。シャワーを浴びながら啓介はタクシーのリヤウインドーごしに振り返って見た鳴海健一郎の姿を思い浮かべた。酒場の扉にだらしなくもたれた鳴海は動き出したタクシーの方を見てはいなかった。うなだれて自分の靴を眺めていた。なんとなく啓介は、鳴海と会うのはこれで終りになりそうな気がした。もしも鳴海が四十年後に、ある古本屋で一冊の本にはさまれた紙幣に気づいたら、ためらわずにそれを抜き取るにちがいない、と思った。

# ある風土記——佐古啓介の旅(四)

「まるで雲をつかむような話じゃないか」

と啓介はいった。

「うん、まあな」

岡田章雄は浮かない表情で相槌をうって、

「しかし、手がかりがないわけでもない」

といった。

十一月の第一月曜日である。

佐古書店の休日は、月の第二第三火曜日ということになっている。中央線沿線にあるほとんどの古書店が休む日でもある。

岡田章雄は午後八時、啓介が店のシャッターをおろす直前にやって来た。折り入って頼みたいことがある、というのだ。近くの喫茶店に行って、お茶でものみながら話を聞こうという啓介に、喫茶店では人の耳があるからまずい、ここで聞いてもらいたいと章雄はいった。

（外聞をはばかることなのかい）

（実は、先日亡くなった綾部さんのことなんだ）

と章雄はいって、何から話を切り出そうかと迷っているように見えた。友子が淹れたお茶をすすり、煙草に火をつけてくゆらしながら、佐古書店の本棚に視線をさまよわせた。啓介が先に口を切った。

（綾部さん、いくつだったたっけ）

（六十二、学者としてはまだこれからという所だった。『出雲風土記註解』を新しく書き直して、来春には本にする予定で張りきってたんだ）

綾部直清は二人が学んだ大学で日本史を講じていた教授である。十日ほど前、市ヶ谷の近傍で乗っていたタクシーに大型トラックが接触し、タクシーは対向車と正面衝突して運転手もろとも即死したのだった。しらせを章雄から受けた啓介は、教授の葬儀に参列した。

喪主は綾部夫人であった。啓介が大学を卒業したとき、神田にある文芸書専門の小さな出版社に就職できるよう取りはからってくれたのは綾部教授である。岡田章雄の父親の従兄にあたる。啓介は教授のゼミナールに出たことはなかったが、章雄とつれ立って田園調布にある綾部家へ遊びに行ったことが学生時代から一度ならずあった。章雄は子供のころから教授を（叔父さん）と呼んでいた。

――鳥のような人だ、

というのが教授を見た啓介の第一印象である。

髪はふさふさとしていたが真っ白になっており、高い鼻とひきしまった唇の持ち主だった。眼鏡の奥にはよく光る澄んだ目があった。ほっそりとした体は上背があって、長身の章雄よりも高かった。遊びに行けば教授はいつも二人を歓迎してくれた。啓介が勤めることを希望した出版社への斡旋を、教授は快く引き受けた。社長が教授の京大の後輩だという。教授の口利きがなかったら、志願者の多かったその出版社には入社できなかっただろう。もっとも三年足らずで啓介は編集者になることを諦めてしまったのだけれども。

教授と夫人との間には、小児麻痺にかかって寝たきりの娘が一人だけあった。啓介はいった。

（すると『出雲風土記註解』の書き直しはどうなる。原稿は全部できあがっているのかい）

（惜しいことにあと一割がた残ってたんだ。せめて下書でもあれば、研究室の助手が手を入れて完成させられるんだが、メモ程度では仕方がない。永久に未完の労作として終ることになるだろうな）

（『出雲風土記註解』ならうちにも一冊あるよ）

（並製の方だろう）

（もちろん。特製の限定版があるということは噂には聞いていたけれど、お目にかかったことは一度もない。ずいぶん値が高いらしいな）

（見せてやろうか）

（おまえ、持ってるのか）

章雄は鞄の中から一冊の本をとり出して啓介の前に置いた。菊判総天金のどっしりとした書物である。厚さは三百ページあまり、表紙は濃紺の麻布で装幀してある。（それ、越後上布なんだ）と章雄は表紙を撫でている啓介にいった。見返しは手漉きの越前紙が使われ、本文はクリーム色のしっとりとした上質紙に印刷してあった。この紙はフランス製の輸入品だと章雄は教えた。同じ紙が、辻邦生の限定本にも使われていたことを啓介は思い出した。しかし、奥付を見ると、発行は昭和三十二年である。限定三十部、非売品、となっていた。啓介は奥付から目をあげて、

（これ、教授の蔵書かい）

とたずねた。

（そうなんだ。残ってたのは一冊きり）

（おかしいな）

（どうして）

（ここを見てくれ）

啓介は奥付を指でさした。２／30という朱墨で記入された数字である。著者の所有ならば、ふつう１／30、すなわち限定本の第一冊であるのがきまりである。啓介はそこを

不審に思ったのだった。やはり古本屋だけのことはある、自分もふしぎに思っていたと、章雄はいった。啓介が気づくかどうか知ろうと思って黙っていたのだとつけ加えた。啓介はいった。

（しかし、いい本だなあ、ほれぼれするよ。近ごろ限定本といって出まわっている本も、値段ばかり高くて中身はどうかと思うようなしろものばかりだ。天金の技術も職人が居ないから、指でこすればすぐ剝げちまう。そこへゆくとこれは本物だ）

啓介は『出雲風土記註解』の小口に塗られた金粉を指でこすってみせた。指に色はこびりつかなかった。綾部直清が学者として認められたのは『出雲風土記註解』の業績によってである。助教授から教授に昇格できたのもこの労作のためと啓介は章雄から聞いていた。執筆には五年をついやしたそうである。著者にとって記念すべき研究の成果を、限定本にしたのは納得されることである。それにしても、と再び啓介はためいきまじりにつぶやいて、『出雲風土記註解』を手にした。

（詩や小説の限定本なら珍しくないけれど、学術書の限定本というのはこれが初めてだ。限定本らしい限定本を久しぶりに見た気がするよ）

（欲しいかい）

（欲しい。しかし、手が出ない。かなりの値段だと思う。いつか古書目録を見てたら三十四、五万とかいう値がついてたな。「出雲風土記」の研究ではまだこの本の右に出る

ものはないと聞いてる）

（欲しければやるよ）

（冗談だろう、教授の形見じゃないか）

（やるかわりにおれの頼みを聞いてくれないか）

（どうせそう来るだろうと思ったよ。聞こうじゃないか。この本をただでもらえるならどんなことでもしよう）

（頼みを引きうけてくれるな）

章雄はあらたまった表情になった。にわかに啓介は相手の依頼が只事ではないと気づいた。こんなに貴重な書物と引きかえに頼む用件というのはきっと困難な事柄にちがいない。とにかく、聞いてみなければわからないのである。

（引きうけるも引きうけられないもおまえ、どんな頼みごとか内容をいってくれなくては返事のしようがないよ）と、啓介はいった。それでは単刀直入にいうと、と章雄は前おきして、

（人を探してもらいたいんだ）

といった。

（誰を）

（教授には愛人がいたんだ）

（…………）

（さきおとといが初七日だった。その晩、奥さんからこっそり呼ばれてね、話を聞いた。こういうわけだ……）

章雄は語り始めた。

綾部直清は「出雲風土記」を研究するために昭和二十年代の終りごろ、山陰地方へしばしば旅行した。滞在は短くて一週間、永くて三週間にもわたることがあった。各土地のふるい神社仏閣を訪ね歩き、郷土史家の話を聞き、その地の大学にある史学科の研究室や図書館で資料を集めた。夏の休暇はほとんど研究旅行についやされた。

教授はそのころ旅行先である女性と親しくなったらしい。名前は今もわからない。山陰地方の大学には、教授と同期の友人や大学時代の教え子で助手か講師を勤めている人物がいたから、その関係かも知れない。土地の事情にくわしい、それも若い女性が、教授と行を共にするうち、どちらからともなく惹かれるようになったということが考えられる。

（待ってくれ）

と啓介はいった。

（『出雲風土記註解』が出たのは、昭和三十二年だ。研究には五年かかったといったろ。そうすると昭和二十七年以降の話だな。相手の女性が当時二十歳だと仮定しても、今は

四十六歳ということになる)

(早まらないでくれ。その女性を探してくれとはいってない)

(なんだって)

(昭和二十七年に教授は三十六歳だった。既に妻子がある身で当の女性とどうなるものでもないだろう。風土記の研究があらかた終ったときが、その女性と別れるときでもあった。しかし、教授は女が自分と別れたあとで子供を産んだことを知らなかった……)

(どうもおまえの話は腑に落ちないな。さっき、その女性の名前はわからないといった。ということはどこに住んでいたかも見当がつかないということなんだろ。それなのになぜおまえはくわしい事情を知ってるんだ。いや、教授の奥さんはどうして知ってたんだ)

(だから落着いてこちらの説明を聞いてくれといってるだろう。奥さんが事情を知ったのは、教授が話したからなんだ。事故の数日前にね。ただし、細かいことまではしゃべらなかった。二十数年前、自分がある女性を愛して子供を産ませたこと、それだけ。打ち明けるきっかけになったのは、郷里の綾部市に持っていた山林が、県に買収されて住宅地になったため、まとまった金が入ることになったからなんだ。教授はその代金のうちいくらかを子供に贈りたいと考えた。奥さんにとってはそれこそ寝耳に水だった。どんなにショックだったか。で、教授はいっぺんにありったけの事実を話すのを避けて小出しにしゃべるつもりだったのだろう。奥さんが知ったのは、夫が助教授時代に裏日本のある町で女性を愛したこと、子供がいること、女性は子供の父親が誰であるかを死ぬまでしゃべらなかったことだ）

（死んだのか）

（別れて十五年後にね。田舎町で二十数年前にいわゆる未婚の母になるということが、どんなにスキャンダラスなことかはおまえにも想像がつくだろう。その女性は両親に問いつめられても父親の名前を明かさなかったらしい。自分から家をとび出したのか、それとも勘当されたのかは知らない。とにかく家を出て京都で働きながら子供を育てたわけだが、その子が十五の年に病死したということだ。実家の両親も年月が経つうちに怒りが解けたのだろう。母親を失った娘をひきとって育てた。しかし、何年か前に両親は亡くなって、今その家は娘の伯父とかが継いでいるらしい。探してもらいたいのは、教授の娘なんだ。奥さんはその子がどんな女性なのか知りたいといってる）

（教授が亡くなったのは全国紙の死亡欄で報じられたはずだよ。娘さんは自分の父親が誰であるかということは母親から知らされているはずだ。だとしたら、新聞で教授の事故死を知ることができただろう。葬儀にもこっそりと参列してたんじゃないかな）

（それはどうだろうか。娘さんが全国紙をとっていないということも考えられる。今は実家を出て都会、たぶん京都か大阪だろう、そこで自活しているらしいんだ）

（しかし、葬儀には二十代の女性もかなり来てたぜ。おれは大学の教え子だと思ったんだけれど。あの中にまざっていてもわからない）

（お二人の話を黙って聞いてると……）

いつのまにか友子が傍に坐っていて口をはさんだ。（……章雄さんは教授の奥さんが話したことを全部、その通りに受けとってるみたいだわ。つまり、あたしがいいたいのはこうなの。亡くなる直前に教授が打ち明けた事実に奥さんがいくらか推測をまじえたものを章雄さんは聞いてるわけ。お兄さんはそれに章雄さんの推測がまた加わった話を事実として聴いてるように思えるの。だから、ここで話の骨子を整理してみたらどうかしら）

（友子、おまえ……）

啓介が妹の口を封じようとすると、章雄が（友ちゃんのいうのももっともだ）といった。

（その前に、こちらの疑問にも答えてくれ、奥さんはなぜ娘さんを探したいんだ。教授の遺産を分けてやりたいのだろうか）

（いや、実はその逆なんだ。奥さんにのこされたのは体が不自由な寝たきりの娘さんだ。教授が生きているならともかく亡くなった以上、遺産を分けてやりたくはないらしい。ただ、教授が娘さんを認知しているなら、法律上、その人は請求する権利を持っている。

相手がどういう女性かを知りたいというのが本心なんだろうな）

（しかし、認知しているかいないかは重要なポイントだと思うよ。その子の素姓は語らなくても認知のことは一番に告げてたんじゃないかな）

（奥さんは教授から認知しているかいないか聞いてらっしゃると思うわ。女がまっ先に気にすることですもの。あたしが妻の立場になれば）

（綾部さんが娘さんの存在を知ったのはつい先頃なんだ。認知の手続をとりかけたとき、あの事故にあった）

と章雄はいった。

（奥さんにとって有利なのは、山林を売った代金があるということを先方に知られていないということではないかしら。大学教授の遺産なんて世間の常識ではたかの知れた額だわ。亡くなったからといって向うが財産の分与を請求するとは思っていないと踏んでいらっしゃるはずよ。ただ、いつなんどき名のり出られるか不安ではあるわね）

と友子はいった。啓介はたずねた。

（奥さんは教授の持ち物を整理したんだろう。女性からの手紙とか、教授の日記は残されていなかったのかい。奥さんは何もかも整理したがっているように見えたんだが）

手がかりになるような日記や手紙はなかったと、章雄はいった。

ふつうは葬儀のあと一か月ほど経ってから蔵書を処分するものなのに、未亡人は五日後に啓介を呼んで書斎の本を売り払った。夫の書物が残っているのを見るのはつらいからというのが、その理由だった。もっとも、蔵書の大半を占める日本史の専門的な学術書は大学の図書館がまとめて買い取った。啓介に一任されたのは、残りの雑書類である。研究の余暇に、教授がひもといて疲れを癒すよすがとなったらしいゴヤの画集や夏目漱石の全集、教授が趣味で集めていた日本の古地図、版画のコレクション、竹久夢二の絵(大半はニセモノだった)などであった。

量はかさばりはしたけれども全体として大した額にならないことがわかった。えり分けている啓介の傍に、未亡人はつききりでじっと彼の手許に目をそそいでいた。彼はなんとなく落着かなかった。死者の蔵書やコレクションの処分をまかせられるのは初めてではない。しかし、その場合、家族はたいてい別室に居て、啓介の見積もりが終ってから姿を現わすのが常であった。綾部夫人のように立合うのはこれまでになかったことである。

啓介は貴重な書物をくすねないかと見張られているように感じ、やや不愉快だった。生前の教授が長い時間をかけて蒐集し、大事にして来た古地図や版画、読みふるした書籍を、死後一週間と経たないうちに未亡人はあっさり手放そうとしている。夫の所有していた物が残っているのを見るのは辛いからといってはいたが、それは表向きの口実で、内心は自分を裏切った夫に対する憎しみゆえにこれらの物をさっさと売却しようとしていたのではないだろうかと、啓介はいま考える。

（で、いかほどになりますの）

綾部夫人は詰問するような口調でいった。

啓介は見積もり額を口にした。

（エ？　たったそれだけ）

（夢二の絵はニセモノなんです。それに古地図も本物らしく見えますが、ずっと時代が下った頃に刷られた複製品なんです。ぼくの見立てに納得されないなら他の業者を呼んでいただいても結構です。書籍の方は目いっぱいに評価させてもらいました）

綾部夫人は疑わしそうに啓介と書籍の山とを見くらべた。啓介は一つの情景を思い出した。学生時代、彼が章雄と共に綾部家に招かれたとき、教授は珍しい古地図を手に入れたといってはしゃいだことがあった。正保年間つまり江戸時代の前期、十七世紀の半ば頃に大阪で刷られた丹後と若狭の地図である。京都の古書店で見つけたと、教授はいい、（どうだね、いいものだろう）と啓介たちに自慢した。

地図を撫でさすって喜んでいる教授の傍で奥さんも幸福そうに微笑していた。目を細めて夫と古地図の両方をかわるがわる見つめ、夫と声を合わせて笑いもした。それがあの変り様はどうだ。教授に子供があったということを知って愛が哀しみに、そして憎しみに変質したのだろうか。三十数年間の結婚生活は結果として憎しみしかもたらさなかったのだろうかと、啓介は思った。さむざむとしたものを今となって背筋のあたりに感じないわけにはゆかなかった。綾部家に本の処分のことで呼ばれたときは、教授の隠された秘密は知らなかったから、未亡人がひややかに夫の形見を始末するわけがわからなかった。

書物を用意して来た段ボール箱におさめながら、啓介は生前の教授とすごしたある一日のことを思い出した。

――詩を書いている、しかし、将来は長篇小説も書いてみたい。

といった啓介に教授はいったのだ。

(アーネスト・ヘミングウェイの小説論をきみ知ってるかね)

(ヘミングウェイの？　いいえ、知りません。彼の『老人と海』や『移動祝祭日』なら読んだことがありますけれど)

(ヘミングウェイは語っている。長篇小説の終り方は二つしかないとね、つまり結婚か死か)

秋のよく晴れた午後であった。風邪をこじらせて寝こんだ教授を見舞うために啓介は章雄に誘われて田園調布の綾部家を訪ねたのだった。病気は快方に向かっており、教授は縁側の籐椅子に腰をおろし、赤い毛布で下半身を包んで、庭を見ていた。ガラス戸ごしに明るい十一月の陽がさしこみ、教授の白髪を輝かせた。

（わたしはヘミングウェイの小説をあまり読んでいないんだよ。『老人と海』は面白いかね）

（傑作といわれていますが、ぼくは『移動祝祭日』の方が好きです。パリで暮した若い頃の生活を書いた短篇集なんです）

（小説論の中でヘミングウェイは言葉をかえてこうも語っている。文学の主題はただ二つ、愛と別れだともね）

（愛と別れ、か。それが結婚と死ということになるんですね）

啓介は『武器よさらば』の結末を思い出した。キャサリンが死んだ病院をあとにして、主人公が濡れながらホテルへ歩いて帰る光景である。そう教えられてみれば思いあたるふしが多い。『誰がために鐘は鳴る』のラストシーン、『陽はまた昇る』の結末などいずれも作者の小説観の反映ともいえる。

（短篇はどうなんでしょう）

と啓介はいった。教授はぼんやりとガラスごしに庭の葉鶏頭を見ていた。啓介の質問は耳に入らなかったらしい。見ているのは葉鶏頭ではなかった。目の焦点は定まっていなくて、ぼんやりともの思いに耽っていたようである。しばらくして教授は我に返り、

（きみ、いま何かいった？）とたずねた。啓介は教授が考えていたのは「愛」についてだろうか「死」についてだろうかと、思った。あるいはまったく別のことだったのだろ

うか。

「大変なことをお引きうけしたものだわねえ」

と友子がいった。

章雄が帰ったのは十一時すぎである。啓介の手許には、限定本『出雲風土記註解』が残った。教授の娘を見つけることができてもできなくても、この本を啓介にくれると章雄は約束した。啓介としても仕事があるから、何日も店をあけるわけにはゆかない。明日の休日と次の一日くらいで探し出さなければならないのだ。啓介は章雄にいった。

（おまえが奥さんから頼まれたんだろう。おまえが探しに行けよ。娘さんと血のつながりもあることだし）

（初めはそのつもりだった。しかし、今月の下旬に学会がある。運営事務局の責任者にされちまったし、研究論文の発表もしなくてはならないんだ。きょう、大学で決まったことでね。どうしても時間を割けないんだよ。わかってくれ。その娘さんを探し出せると実は期待していない、本当の話が。奥さんも探してみて居所がわからなければ諦めがつくのさ。死亡記事が新聞にのってから九日は経っている。本人がもし父親の事故死を知ってたなら、とっくに現われたにちがいないさ。そうでない所を見ると、知らないでいる公算が大きい）

（古本を探すのならともかく、相手は生きている女だからなあ。気が重い仕事だよ）
（わかる、恩に着るよ。費用はもちろん出させてもらう。休業で生じた店のロスは埋め合せる）

章雄はそういって分厚い札束をおさめた封筒を手渡した。金の問題をいってるのではないのだと、啓介はいった。しかし、心が動かないでもなかった。毎日、客からの依頼で古本を探している。口ではぼやいたものの、たまには古本と性質の異なるものを探しに旅に出るのもよかろうと考えたのだ。

章雄はわずかではあるがいくつかの手がかりを示した。『出雲風土記註解』の限定本には扉の裏にＡ・Ｙへという献辞が刷りこんであった。綾部教授が精魂こめた労作を捧げた相手はＡ・Ｙというイニシアルを持つ人物なのである。恩師か？　初めに章雄は常識的な線を考えたという。しかし、恩師ならばイニシアルですませずに姓名を記してさしつかえがない。友人か同僚でもそうだ。隠す理由などは考えられないのだ。奥さんの名前は由江である。音は合う。奥さんに、このＡ・Ｙとは何者なのかとたずねられて、おまえに捧げたのだということができる。それでも疑問は消えない。Ａ・Ｙとせずに、妻へ、と書いてなぜいけなかったのか。病床にある娘さんの名前は由子である。それもわが子へ、と記してもよかったのだ。

（おれの勘だがね、このＡ・Ｙなるイニシアルを持つ人物こそ、教授が愛した女性だと

思う）

と章雄はいった。『出雲風土記註解』の第一冊はその女性が持っていたはずだともつけ加えた。A・Yが死んだ現在、娘さんが所蔵しているだろう。

（手がかりがたったそれきりではどうしようもないよ。山陰地方にA・Yという女性はいくらでもいただろう。娘さんの名前はわからないのか）

（母親の名前がわかれば探り出せるのじゃないかな。で、もう一つの手がかりというのは詩集なんだ。おまえが先日、綾部さんの蔵書をひとまとめにして買い取っただろう。あの中にあると思う。越後上布で表紙を装幀した例のあれ）

章雄に促されて啓介は段ボール箱の古本を探した。まだ整理していなかった。『出雲風土記註解』を手にしたとき、どこかで見たような気がしたのは、教授の蔵書の中に同じ布地で装幀された一冊の本があったからだということに思い当たった。詩集はすぐに見つかった。四六判の大きさで、厚さは三十ページしかない薄い詩集である。「八雲（やくも）」というのがその題名であった。著者は与謝文子。八雲たつ、は出雲の枕詞である。

（これがねえ）

啓介は『八雲』をめくった。そして、見返しの紙が『出雲風土記註解』と同じ手漉きの越前紙であることに気づいた。本文の紙質も同じである。扉の裏、ちょうど『出雲風土記註解』の扉の裏にA・Yへと献辞が刷られた箇所に〝N・Aの思い出に〟という一行があった。買い取る折りには目に入らなかったのだ。

（実はね、この詩集が手がかりになるのじゃないかと考えたのはわけがあるんだ。一昨年だったか、おれ綾部さんのうちに一人で遊びに行ったことがあった。近世文学関係のある資料を借りようと思ったのさ。教授はその日、不在でね、あらかじめ電話で用件を告げたら、細君に告げておくから書斎に入って必要な書物を何冊でも持ち出してかまわないということだった。そういうことは何も初めてではなかった。高校生の頃からよく本を借りにあそこへ押しかけたものだよ。勝手知ったる他人の家、というわけだ。で、奥さんに家へ上げてもらって、書斎で本を探したらすぐに見つかった。退散しようとして何気なく机の上を見ると、この詩集が広辞苑の上にのっかっていた。パラパラとめくって面白そうだったからついでに借りて帰ることにしたんだよ。与謝文子という詩人なんて聞いたことがないけれども、一つ二つ詩を読んでみたら興味が湧いたのさ。ところが、その晩、うちに綾部さんが血相を変えてやって来た。『八雲』という詩集を机の上に置いていたのが見えない。おまえが持ち帰ったのじゃないかというんだな。目の色が只事ではなかったよ。おれは慌てて詩集を返した。そんなに大事な本だとは知らなかったといって、平あやまりにあやまったもんだ。今まで何べんも綾部さんの留守ちゅうに貴重な資料を借りたことがあった。日本に四、五点しかない古文書とか、時価五十万円もする室町時代の写本とかね。一度だって綾部さんは厭な顔をせずに貸してくれた。それがどうだ。無名の女流詩人の薄っぺらな詩集を持ち出したからといって、あたふたと駆けつけるなんて、どうかしてると思わないかい。電話をおれにかけて、あの詩集を借りたのならうちへ持って来いといえばすむことじゃないか。有名な詩人の初版本でもないんだぜ。かりにそうであっても綾部さんが蒼くなって取り返しに来ることはありえないんだ。見ろ、『出雲風土記註解』の表紙と同じだろう。見返しも本文も紙が同じだ。たぶん、教授が自分の限定本をこしらえてあまった越後上布と紙を作者に分けてやったんではないだろうか。N・Aというのは、直清綾部のことだろう。奥付を見てくれないか）

啓介は奥付をあらためて、意外な事実を発見した。詩集『八雲』は『出雲風土記註解』よりも早く刊行されているのである。

前者の発行は、昭和三十一年七月三十一日、京都の丹後書院ということになっており、後者は昭和三十二年七月三十一日、ちょうど一年おくれて、東京は神田の文林書房という聞いたことのない出版社から出ている。啓介は章雄にそのことを指摘した。

（丹後書院か、なるほどね。丹後出身の誰かが創設した小さな出版社だろうな。越後上布や越前紙は女流詩人の方が先に使って、残りを教授にゆずったわけだ。奥さんが提供した話なんだが、綾部家に丹後の宮津から、昭和四十年代の半ばまで、年に一回、贈り物が届いてたんだそうだ。中身はどうということもないありきたりの品物でね、海苔とか若布とか。ところが差出人の名前が書いてない。ただ、消印はいつも宮津なんだそうだ。教授は奥さんに昔の教え子だろうといってたというのだが）

（しかし、越後上布や越前紙という線はどうなる。その女性、ええと……）

啓介は詩集の著者名を明りにかざして読みとった。

（与謝文子、か。文子はあやこと読むんだろうな。与謝文子が新潟か福井の人ということも考えられるよ。宮津の人とは限られない。それに丹後は出雲のずっと東に離れているし）

（あくまでこれは推測だが）と前置きして章雄は自分の考えをのべた。越前紙はただいい和紙として用いただけで、与謝文子の土地とは関係があるまい。越後上布はもしかしたら文子が身につけていたものではないだろうか。小包を京都からではなく、宮津から送り続けたのは、かつてその地で教授との間に忘れがたい何かが起ったことを相手に思い出させるためである……

京都市下京区西洞院七条南というのが、丹後書院の住所であった。啓介は京都の市街地図をひろげて、その場所を確かめた。二十年以上も昔におそらく自費で刊行された詩集のことを、丹後書院が覚えているだろうか。また丹後書院は今も営業を続けているだろうか。西洞院七条は京都駅のすぐ近くにあった。東本願寺と龍谷大学にはさまれた位置である。啓介はふと思いついて、電話機に手をのばし京都市の案内を呼び出した。丹後書院の電話番号をたずねた。しばらくして返事が返って来た。啓介が声に出していう丹後書院の番号を友子がメモした。たっぷり五分間、啓介はあおむけに寝そべり天井を見つめて考えこんだあと、友子にいった。

「時刻表を持って来てくれ。明日の新幹線でとりあえず京都へ行ってみる。手がかりが丹後書院で切れたら諦めて、その日のうちに帰ってくるよ。何かわかったら宮津まで足をのばすかも知れない」

「本気なの」

「本を探すだけが古本屋の仕事じゃない。人間っていつも失った何かを探しながら生きているような気がする。そう思わないか、友子」

「かっこいい」

友子は笑いながら啓介をひやかした。

「お兄さん、ときには商売人らしくないこともいうことがあるのねえ」

翌朝、八時十二分東京発の〝ひかり〟六五号で啓介は京都に向かった。

鞄に入れているのは、『出雲風土記註解』に詩集『八雲』と京都の市街地図である。与謝文子はあやこでなくてふみこかも知れない。そうすると丹後書院を訪ねる意味はまったく無い。しかし、さし当たりこうする他に何の仕様もないのだ。啓介は座席にもたれて『八雲』を読み返した。昨夜、寝しなにひと通り目を通したのだ。詩はほとんど文語体で書かれている。「わが風土記」というのが冒頭の詩である。

　　わが風土記

吾背子(わがせこ)とひと夏
めぐり歩きし
八雲たつ出雲の国
きみは指さして告ぐ　かつてありし
烽(とぶひ)、郷(さと)、正倉(みやけ)、また駅家(うまや)のあと
わがまなざしに映るは
いにしへの
それのみかは
彼のひとにつきしたがひて
山を過ぎ
磯辺を辿る　ただ見る

道のほとり、綾なる萩の
清らなる色を誇れり

「綾なる萩」「清らなる色」が綾部直清の姓名をよみこんだものと解釈できないこともない。啓介は昨夜、自分が口にした言葉を反芻した（人間っていつも失った何かを探しながら生きているものだ）。友子からひやかされはしたけれども、そして当り前のことながらやや気はずかしい思いを味わったのだが、今でもそう信じている。与謝文子は綾部直清を失い、綾部直清は与謝文子を失い、教授夫人は夫を失い、与謝文子の娘は母を失っている。自分が二十六年間の人生で失ったものは何だろうかと、啓介は考えた。考えることが怖しいように思われた。幼年時代の無垢、少年時代の夢とあこがれ、父母、友人たち、愛した何人かの女たち……

つかのま、啓介は詩集を閉じて、自分自身のもの思いに耽った。生きることが失うことであるとすれば、失うことが生きることでもあるといえるだろうか。綾部教授がヘミングウェイについて語った言葉を思い出した。長篇小説の終り方は、結婚か死か二つしかないと。文学の主題は愛と別れであると。籐椅子にかけて庭の葉鶏頭を眺めながら教授はそう語った。あのとき、教授がうつろな目でガラス戸越しに見ていたのは、葉鶏頭ではなくて、彼自身を愛した女だったのかも知れない。

啓介は詩集を開いた。
「距離」と題した詩を読み始めた。

風土記にいふ寺社のありか
郡　家(こほりのみやけ)よりの向ひとへだたり
たとふればすなはち
出雲国楯縫(たてぬひ)郡
新造院沼田(ぬた)郷
郡家の正西(まにし)六里百六十歩にありと
ああ、わが背子
たまゆらの夏、終りぬれば
去りがてにきみ帰りゆきぬ
不尽(ふじ)のかなた
武蔵国
わが心の東北(うしとら)数百余里

啓介は次のページをめくった。「距離」の次は口語体の詩である。「八雲」に口語体の詩は一篇しかなかった。題は「遍在」という。

あなたが去っておしまいになると
野にも山にも
あなたがいっぱい
海にも荒地にも
あなたが見える
あなたがわたしの土地にいらっしゃると
ただそこだけに……
野山も海も空虚に変る
あなたは必ず去っておしまいになる
いたる所に遍在する
あなたを残して

〝ひかり〟六五号は午前十一時五分、京都駅に着いた。啓介は歩いて駅前の大通りをつき切った。丹後書院は七条警察署の角で左に折れたビル街の一角にあった。四階建の細長い建物である。一階が車庫に二階が医薬品をおろす会社の事務室にあてられており、丹後書院は三階にあった。古ぼけた扉をあけると、内部は机を二つ置いた狭い部屋である。一人だけいた中年の女が啓介を見つめた。社長に会いたいと、啓介はいった。衝立の向うから五十代の痩せた小柄な人物が姿を現わした。すすめられた木の椅子に腰をおろして啓介は詩集をとり出した。

「これはおたくで出された本ですね」

「どれ拝見」

社長は『八雲』を手にとって懐しそうに表紙をさすった。確かにうちが刊行したものだ。丹後書院を創立したとき、最初に手がけた物がこの詩集だ。もっとも著者の自費出版ではあったのだがとつけ加えた。

「これがどうかしましたか」

「与謝文子(あやこ)という作者について知りたいのです」

「……与謝さんは亡くなりました。かれこれ十年、いや、そんなにならないか。萩ちゃんが十五の齢だったから」

「萩ちゃんとおっしゃると」

「娘さんです、萩子さん」

「なるほど。今どこにいらっしゃいますか」

「失礼ですが、あなたは」

社長はテーブルの隅に置いてある啓介の名刺にちらりと目を走らせて「佐古さんはどうして与謝さんのことを知りたがっているのですか」とたずねた。目に警戒する色が浮かんだ。事務をとっている窓ぎわの中年女も顔を伏せたまま耳をそば立てているようである。啓介は一瞬、迷った。本当のことを告げてしまおうかと思いもした。

「与謝文子という詩人の作品に感心したのです。作品に感動すれば作者のことをもっと良く知りたいと思うのは人情ではないでしょうか。萩子さんという方に会っていろいろとたずねたいことがあります。おすまいはどちらでしょう」

社長は啓介の目をじっとのぞきこんでいた。警戒する色は薄れていたが、啓介が本当の事情を語っているとは信じていないように見えた。社長はいった。

「いくら払いました」

「え？」

「『八雲』を買ったんでしょう。これは非売品として五十部しか刷らなかったものです。わたしが一冊、残り四十九部はみんな与謝さんが持ってゆき、詩人仲間や恩師に贈ったと聞いています。これが流れ流れて東京の古本屋さんの手に落ちたわけですが、あなたはいくらで買ったんですか」

啓介は実際の評価額を三倍して答えた。

「ふうむ」

といって社長は満足そうにためいきをついた。『八雲』の真価が二十数年後に認められるのは、版元として嬉しいことだと、つぶやいた。警戒する様子は完全に消えていた。腕時計を一瞥して、「萩ちゃんはいるかな」と独り言をいい、電話機のダイアルをまわした。

「杉山ですが、萩子さんはいますか」

社長は先方にたずねた。うん、うんとうなずきながら相手の話を聞き、送受話器を戻した。向き直って啓介にいった。

「ときどき萩子さんはうちへ見えるんですがね。昼は『京都ナウ』というタウン雑誌の編集を手伝って、夜はスナックで働いています。いまは外まわりに出て不在だそうですが、三時までには帰るそうです。寺町はご存じですか」

「河原町の近くでしょう。大体わかります」

「河原町二条に郵便局があります。その近くに〝ザンボア〟というレストランがあって『京都ナウ』の発行所はレストランの隣です」

そういって社長は立ちあがった。啓介は扉に手をかけた。

「しかしなんですな佐古さん。あなたがいらっしゃるのがもう八年早かったら、つまり与謝文子さんの存命ちゅうだったらと思いますよ。与謝さんが書いた詩はあれ一冊きりです。でも八年経っても認められたことに変りはないのですから与謝さんも本望でしょう。とくにあなたのようなお若い方にね」

啓介はかすかに胸が痛んだ。

午後三時まで啓介は京都の市街をぶらついてすごした。A・ハクスレーが（さびれた鉱山町のようだ）と京都の街について評したのはいつ頃のことだろうかと思った。迷路のような東京の街並に慣れた啓介に、きちんと碁盤目状に仕切られた京都の街がいつものことながら快い秩序感を伴う刺戟を与えた。（こんな街では嘘をつくのも容易じゃない）と啓介は考えた。四条河原町の小さなレストランでおそい昼食にカレーライスを注文し、まわりのテーブルから聞えて来る柔らかな京都弁を愉しんだ。ゆきずりに聞える京都弁はすてがたい味わいだが、いったんこの地の古本屋の口から出ると用心しなければならない。啓介はこれまで何度か馬鹿ていねいな京都弁でまるめこまれて、古本の取引でひどい目にあっている。

食事をすませ、四条河原町をのぼりくだりして古本屋の棚をひやかした。めぼしい本は一冊もなかった。神保町並の値段である。腕時計の針は三時を指そうとしていた。

啓介は新刊書店で買った『京都ナウ』の十二月号を拡げて編集部の電話番号を調べ、公衆電話のダイアルを廻した。男の声が返って来た。与謝萩子さんを、というとすぐに明るい女の声に代った。

「杉山さんからうかがってましたわ。母のことでわざわざ東京からいらしたんだそうですね」

「ぜひお目にかかりたいのです」

「長い時間でなければ」

「京都ホテルのロビーでお待ちします。目じるしに『八雲』を持っています」

標準語を使っても訛りは京都のそれだった。

その女は山吹色のセーターに濃い緑色のスカートをつけていた。啓介はロビーに這入って来る客がひと目でわかるような位置のソファに、『八雲』を持って坐っていた。電話をかけてから半時間が経っていた。女は啓介の前で立ちどまった。啓介は立ちあがって、

「与謝萩子さんですね」

といった。二人はソファに腰をおろした。

先に口を開いたのは萩子の方である。

「母のことで何かおたずねなさりたいことがあるとのことでしたわね」

「ええ」

啓介は萩子をまぶしそうに見て『八雲』に目を落とした。切れ長の澄んだ目がまっすぐに啓介へそそがれている。唇に薄く紅を塗っているだけで他に化粧はしていない。声

はよく透るアルトだった。（似ている……）直感的にそう思った。肉の薄い鼻筋から上唇にかけての線が教授とそっくりだった。萩子は啓介の言葉を待っている。やっとのことで彼は切り出した。

「丹後書院の杉山さんとお母さんとはお知合いだったんですか」

「同郷なんです。母は宮津の生まれでした。杉山さんもそうです。小学校時代からのお友達と聞いています。それが何か」

「これに見覚えがおありでしょう」

啓介は鞄の中から『出雲風土記註解』を取り出して萩子に手渡した。萩子は手の書物と啓介の顔を交互に見くらべた。表情がやや硬くなった。かすれた声で啓介にたずねた。

「どうしてこれを」

「著者である綾部直清の蔵書でした」

「綾部……」

「与謝さん、あなたのお母さんからこれと同じ本をゆずり受けていらっしゃるのではありませんか」

「わたしは母の詩集のことだとばかり思ってここへ参りましたの」

「詩集のことでもあります。『八雲』は綾部さんが大事にしていた、ただ一冊の詩集でした。ぼくも詩を拝見しましたよ」

「あなたは確か古本屋さんだとか、杉山さんがそうおっしゃっていました」

「詩を読むのが好きな古本屋がいてはおかしいですか。なかなかいい詩ですね。古風なようでどこか新しい感じがする」

『八雲』から顔をあげると萩子の目に射すくめられ、啓介は慌てて視線をそらした。

「佐古さん、本当の御用をいって下さいませんか。綾部さんが亡くなったことなら存じています」

啓介は床に落とした詩集を急いで拾い上げた。萩子は（綾部さん）といって父とはいわなかった。啓介はよわよわしくつぶやいた。

「そうですか。ご存じでしたか」

「佐古さん、綾部さんとはどういうご関係ですか。京都へいらしたのは詩集のことではなくて別の目的がおありだったんでしょう」

「実は……」

「大体、見当はつきます。新聞で綾部さんが亡くなったのを知ってわたし上京したんです。お墓に花をお供えしました。あなたは『出雲風土記註解』のことをさっきおたずねでしたね。亡くなった母が大事にしていました。ですから母を葬るとき、お棺の中に『八雲』といっしょに収めました。母はわたしにあのご本をとっておくように堅くいいつけてたのですが、わたしには意味のないものです。こういう考え、間違っていますかしら」

「意味のないもの、ですか」

「だってそうでしょう。母にはいってみればあのご本は命にも換えがたい何かでした。その話を初めて母から聞いたのはわたしが中学に入った年です。宮津にあるわたしの伯父の家では、今も綾部さんと母との関係を知りません。母は亡くなるまで綾部さんのお名前を打ち明けませんでしたから。でも、そういうことはわたしにはどうでもいいことです。母には母の信念があり生き方がありました。母の遺志ですから、綾部さんのお名前をわたしも実家の伯父に告げようとは思いません。ご免なさい。つい興奮してしまって」

　萩子はボーイが運んで来た紅茶を取り上げた。砂糖を入れずに紅茶だけひとくちすすって次に輪切りのレモンをつまみ、端をかじった。「おかしいですか、わたし、こんなふうにしてレモンを食べるの好きなんです」

　萩子はいたずらっぽく肩をすくめて見せた。硬い表情が和やかなものに変った。啓介は自分の冷えたコーヒーをすすった。

「あなたもお砂糖を入れないんですか」

　という萩子に、新幹線の車内で売っているコーヒーは別だと啓介は答えた。あれは砂糖を入れなければ飲めない。

「今年は、あなたで三人目」

「え、なんのことです」

啓介はきき返した。萩子は笑いながら、コーヒーをブラックで飲む男の人は意外に少ないものだ。去年は十一月までに、そういう男を五人見かけた。今年はあなたが三人目だと、いった。啓介はいった。

「コーヒーをブラックで飲む男ってそんなに少ないですか」

「それはもう。コーヒーには、お砂糖を入れるものと決めこんでるみたい。本当は紅茶もコーヒーもお砂糖なしの方がおいしいのに」

さっきまでチェックインする客でたてこんでいたロビーが静かになった。啓介が見まわすと、客はフロントの前に二、三人たたずんでいるきりで、ロビーに人影は認められない。ホテルではこんな瞬間が一日に一度はあるものだ。啓介は静寂に支配されたロビーが好きだった。彼は萩子に会ってからまだ煙草をのんでいないことを急に思い出した。くわえてマッチ箱をあけると空になっている。目ざとく気づいた萩子が、ライターをさし出した。礼をいって煙を吐き出しながら啓介は煙草をすすめた。萩子は自分はすわないのだ、仕事がらライターを持ち歩いているだけ、といった。

啓介はソファに深くもたれて煙草をくゆらした。一本すい終ったときには再びロビーは客で騒々しくなっていた。啓介は短くなった煙草を灰皿にこすりつけてから萩子にいった。

「ぼくがなぜ京都に来たか話すことにします。お察しの通りなんです」

岡田章雄が語った話の内容をかいつまんで話した。萩子はソファの上で体を二つに折り上半身の重みを膝についた肘で支え、うつむいて聴き入った。長い髪に隠れた顔の表情は見えなかった。啓介は章雄の話から遺産に関することだけを除いてあらかた萩子に明かした。

「……というわけなんです。最初から何もかも話すべきでした」

「わたしときどき考えることがあるんです。母は不幸だったのだろうか、幸福だったのだろうかって。母は学生時代に綾部さんを知って、わたしの知る限り亡くなるまで他の男性と交渉を持ちませんでした。実家が宮津の旧家でしたから、父なし児を産むなんて大変なことだったんです。もちろん両親、つまりわたしの祖父母ですわね、両親に反対され義絶されて京都へ出ました。あとで母の兄が財産のうちいくらかを分けてくれたそうです。そのとき、何かと母の力になったのが杉山さんです。母は丹後書院で働きました。しかし、子供を育てられるような給料を出せる会社じゃありませんものね。今だって経営は楽じゃないんですが、当時はもっと苦しかったんです。で、五、六年で杉山さんの所をやめ、料亭とか旅館で働きました。でも、もうこんなこと、みんな終ったんですわね。わたしは自分のことを幸福だと思っています。病身でもないし、人を好きになれるし……綾部さんには小児麻痺で寝たきりのお嬢さんがいるんですってね。お気の毒だわ」

「会いたいと思いませんか」

「どなたに」

「綾部さんの娘さんに」

「いいえ」

萩子は言下にきっぱりと否定した。

「その煙草を一本いただける？」

啓介がさし出した煙草に火をつけて萩子は吸いこんだ。軽く目を閉じてこめかみを細長い指で押さえた。めったにすわないのだが、ときには二、三本のむことがあると、萩子はいった。体に毒になるものが、どうしてこんなにおいしいと感じられるのだろうともいった。啓介はその言葉を聞いたとき、ふと萩子が誰かを愛してのっぴきならない破目におちこんでいるのではないだろうかと思った。その男が誰であるかは知ることができない。啓介はにわかにどう仕様もない淋しさを覚えた。同時にいわれのないねたましさを未知の男に対して感じている自分をこっけいにも思った。（わたしは幸福だ）といった萩子はまるで逆のことを告白したのではないだろうか。そして目の前にいるのは与謝萩子ではなく、若い日の与謝文子であるように思われた。

# 本盗人——佐古啓介の旅(五)

啓介は机の上に拡げた『古書通信』を読むふりをしながら、それとなく客の挙動を目で追った。

赤いブレザーコートにチェックのスカート、ありふれた女子大生の身なりである。年の頃は二十歳前後のようだ。髪は短く切っている。ブーツはよく磨かれていた。靴音をしのばせて本棚の前をいったり来たりしている。

その若い女はきのうも来た。

おとといも来た。

きょうで続けて三回めになる。古本は一冊も買っていない。

初めて佐古書店に姿を現わしたとき、若い女はかれこれ半時間も本棚の間をうろついたと思う。何か探し物をしているのなら、目あての本が佐古書店にあるかないかは、そのときわかったはずだ。探している本が見つかっても、値段が高くて手が出ない場合に、諦めかねて何回も足を運び、その本を手に取ってページをめくるということは珍しくなかった。あげく、啓介にその本をさし出して、いくらか値段をまけてくれないかと交渉する客もあった。

若い女はそうではないようだった。

特定の本を書棚から抜き取って見るということはしないからである。ほとんど書棚の前にたたずんで本の背文字を読んでいるだけだ。合間にちらちらと啓介の方をうかがった。啓介と視線がまじわると、あわてて顔をそむけた。挙動だけに限れば、万引きをする客に似ている。店主のスキを見て、すばやく古本を小わきの鞄にすべりこませる。あるいは手にしたクラフト紙の封筒におさめる。現場を目撃しなければ、鞄や封筒の中をあらためるわけにはいかない。

万一、鞄をあけさせて本を盗んでいないとわかったら、大変なことになる。すみませんでしたと、頭を下げたくらいで客の気がすむものではない。一度、啓介は失敗したことがある。会社員ふうの若い男が長い間、本棚の前で立ち読みしていた。視線が絶えず動いている。動作にも落着きがない。啓介がいる店の奥と出口の方へ注意を払っているように見えた。

もう一人の客が反対側の書棚の方から啓介に声をかけた。小栗虫太郎の『オフェリア殺し』がここにあったはずだが、見えないところをみると売れたのかと、きいたのである。昭和十年に春秋社から出たそれは、かなり値の張るしろもので、店の奥に造りつけのガラス戸棚にしまってあった。啓介が立ちあがって戸棚の中をのぞきこみ、稲垣足穂の『一千一秒物語』のかげに隠れている『オフェリア殺し』を取り出して客に手渡したとき、会社員ふうの若い男はそそくさと店を出て行こうとした。

本棚を見た。

彼が読んでいたのは立原道造の第一詩集『萱草に寄す』のはずだった。そこが歯の抜けたような隙間になっている。菊倍判で紙装のわずかに二十四ページの詩集だが、百十一部しか出ていない限定本である。

（待って下さい）

啓介は男の腕をつかんだ。

（なんだね）

男はひややかに啓介をみつめていた。待てといわれるのを予期していたような口振りだった。鞄をあけて見せてくれと、啓介はいった。

（鞄をあけろだって？　それはまたどうして）

（返して下されば何もいいません。あれは高い本です）

（まるでぼくがおたくの古本を盗んだときめつけているように聞えるじゃないか。よろしい、鞄をあけてやろう。しかしだね、本を盗っていなかったらどうする。ただではすまさないよ）

男の口調は自信満々だった。さては……啓介はにわかに心細くなった。しかし、さっきまであった詩集が消えているのは事実だった。男は黒い豚革の鞄をあけて啓介に示した。書類の束、週刊誌、折りたたみ傘、競馬新聞、鞄の中身はそれだけだった。

（さあ、どこでも調べてくれ）

男は上衣を脱いだ。『萱草に寄す』は見当たらなかった。

（おまえさんは何かい、客を見れば泥棒あつかいするのかね。え？）

男は威丈高になった。

啓介はもう一度、書棚を点検した。『萱草に寄す』はやはり消え失せている。男がいましがた手にしていたのは確認している。あちこちと書棚を見まわしていると、その詩集を並べていた二階下の棚に発見した。丸谷才一の『笹まくら』と『たった一人の反乱』の間に押しこんであった。やられたと思ったのはそのときだ。

男はわざと店主の注意をひいて本を盗んだふりをし、鞄の中身をあらためさせるつもりだったのである。啓介はまんまと男の仕掛けたワナにはまったと思った。口惜しかったけれども仕方がない。

（おいおい、どうしてくれるんだよう。このまま帰れというつもりか）

啓介は唇を嚙んだ。千円札を数枚、封筒に入れてさし出した。（なんだ、これぽっちかよ）男は紙幣を目で数えて不平をいいかけたが、それでは警察へ行こうと啓介が開き直ると、（今度から気をつけるんだな。きょうのところは勘弁してやる）と捨てぜりふを残して店を出て行った。

あとになって事件を知った友子は啓介に喰ってかかった。

（なにもお金を出すいわれはなかったのよ。その男、初めから金が目当てでやったことじゃないの。すみませんといって相手が承知しなかったら、警察なりなんなり行こうといってやれば良かったのよ）

（そうだな）

（今になってそうだなもないわ。あたしがいたらうんととっちめてやるのだった）

（実はな友子、この頃、店の本が何冊か盗られたもんだから、気が立ってたんだ。犯人はてっきりそいつだと思ってね）

（盗られるのはしょっちゅうのことでしょう。お父さんの代から）

（そうなんだが、おやじの頃と違って高い本ばかり狙われるのさ。一月分の儲けなんか軽く吹っとんでしまう。今まで黙ってたけどな）

佐古書店ではよほど高価な本でないかぎり奥のガラス戸棚にしまわない。安部公房の『時の崖』は四百三十五部の限定本である。雁皮紙で造られたその本を啓介はむぞうさに本棚に並べていた。一万二千円の値札をつけた『時の崖』がいつのまにか消えているのを発見したのは、一週間ほど前のことだ。

自分が留守をしているときに、友子が売ったのかと思って調べてみた。売れていたのなら値札の半片があるはずである。裏表紙に濃紺のシールを貼りつけており、客に渡すとき値段を記した部分を剝ぎとるのがきまりだ。本の裏表紙には、佐古書店のシールだけが残ることになる。しかし、半片はなかった。さりげなく友子にもたずねてみた。一万二千円の限定本が売れた場合は、友子にしても兄に報告するに決まっている。

消えたのは『時の崖』だけではなかった。内田百閒の『新方丈記』初版も見えなくなっていた。昭和二十二年に新潮社から刊行されたものである。啓介は八千円の値をつけていた。谷崎潤一郎の『鍵』も姿を消していた。昭和三十一年に中央公論社から出たもので、棟方志功の装幀した本である。これには七千円の値札を貼っていた。

ガラス戸棚の中から消えた本もあった。

与謝野晶子の『みだれ髪』である。明治三十四年に、東京新詩社から刊行された本で、こういうものには古本市場でもめったに出会わない。亡くなった父が戦後まもない頃、東北の田舎町で掘り出してきたもので、啓介は店を継いだとき、七万円という値札に貼りかえていた。売れなくても良かった。父が自慢していた逸品だったから、飾っておくだけで店の格を示すことになると思った。

それが無い。

啓介は色を失った。

誰が、いつ、と考えても、まるっきり見当がつかなかった。

店の本棚は毎日、点検する。埃を払うために掃除機をかける。作業ちゅう無意識に本の背文字を読んでいる。どこにどんな本が並んでいるか啓介は覚えこんでいた。かりに不意の停電があったとしても、啓介は手探りで目ざす本を抜きとることが出来るという自信があった。

十一月に入ると、古本屋は格段に忙しくなる。デパートでの古書即売市が終ったかと思えばすぐに神田での古書市があった。目録作りと伝票の整理、組合の会議などで、啓介は目がまわる思いだった。ひまひまには地方から来た注文品を荷づくりして発送しなければならない。午後は店番を友子にまかせて出かける日が多かった。

盗られたとすれば妹がいたときのことだろう。友子は店番をしながら退屈をまぎらわすために、アガサ・クリスティーのミステリを読む。注意の半ばは客に向けているとい い張るのだが、やがてひきこまれて物語に熱中すると、店の客など忘れてしまう。本人はそんなことはない、クリスティーを読んではいても店番をしていることを意識していると主張するけれど、怪しいものだ。

名探偵ポアロが灰色の脳細胞を使って、誰が犯人かを当てる最終章を読んでいるときに客の挙動に気を配ることなんか、出来っこないと啓介は思うのだった。本が十一月に入ってから盗まれたのは確かだ。十月末に啓介は在庫を調べていた。一冊ずつ目を通したわけではないが、高価な本はチェックした。そのときには『新方丈記』も『みだれ髪』も『時の崖』も『鍵』もあった。盗まれたのはだからそれ以降ということになる。

友子が店番をしていた折りにかすめられたのか、自分がいるときに持ち去られたのかは、はっきりしないけれども、それらの古本が消えているのは事実だったから、啓介は緊張せざるを得なかった。

新刊書店でも古本屋でも、万引きされるということは同じだ。新刊書の場合は、売り上げの二パーセントにも達するときがあると、神田の大書店の店長がぼやいたのを啓介は聞いたことがあった。その大書店と、規模の上では格段のへだたりがある佐古書店のようにちっぽけな店で、高価な本ばかりが狙われた以上、今までのようにぼんやりと机に頬杖をついて、今度はどこへ旅行しようかと思案したりするわけにはゆかない。目を光らせて客の一挙一動を油断なく監視しなければ店は立ってゆかない。

啓介はそれが憂鬱だった。

本好きの、しかも古本が好きな人間に悪人はいないというのが、亡き父啓蔵の決まり文句だった。啓介も父の口癖を信じていた。父の代に本が盗まれなかったわけではない。しかし、盗まれた本は『ニンニク健康法』とか『愉しいサイクリング』とかいう安っぽい実用書にかぎられていたから、さして弊害はなかった。

一万円前後の本となれば話がちがってくる。

啓介は本盗人に肚をたてた。同時にいささか感心もした。間口一間半、奥行き二間半ていどの狭い店で、あるじの目をかすめて本を懐中にする技術に舌を巻いた。

（しっかりしてよお兄さん、泥棒に感心しても仕様がないじゃないの）

（うん、まあ、そうだがな）

（ガラス戸棚の中に入れた本まで盗られるなんて。お兄さんがその調子では、今にうちのめぼしい御本はみんな持って行かれるんじゃないの）

（現場を押さえなければ仕方がないよ）

そういうやりとりがあった。友子は自分が店番をしていた間に盗られたことはありえないと信じているようだったが、ここで争ってみても仕方がないと啓介は思った。

若い女は右肩にハンドバッグをかけている。

左腕に教科書らしい数冊の本をバンドでくってかかえている。

詩集や小説の初版本を並べた棚の前に立って、背文字を読んでいる様子だ。啓介は目の端で女の姿をとらえて注意を怠らなかった。まともに顔は向けないようにしている。客は店主がじろじろ見ると、監視されている気分になって居心地が悪くなり、さっさと出ていくものだ。見ないふりをして見る、それが店番のこつだと、啓蔵が教えたことがあった。旅館の番頭が泊まり客の品さだめをするようにあからさまに見たら、本を買うつもりで店に足を入れた客も、落着かなくなって買う気をなくすものである。

若い女は初めて佐古書店に現われたときから、啓介の注意をひいた。

ふだん見かけない顔だったからではない。容貌が美しかったからでもない。なんとなく挙動に落着きがなかったせいである。

おととい、その女が店を立ち去ったとき、啓介はすぐさま本棚を点検した。なくなっている本はないかを調べた。消えている本はなかった。二回めのきのうも同じだった。女は夕方、佐古書店に現われ、いっとき本棚の前でうろうろして出て行った。そのあと、啓介は入念に本を調べた。盗られたものはなかった。

この女が犯人なのだろうか？

そう思っただけで啓介は息苦しくなった。

心臓がふくれあがって咽喉もとまでせりあがったような気分になった。挙動は腑に落ちないけれど、若い女はどう見ても本泥棒のようには思えない。一、二度、目が合ったとき、女は怯えたような表情を見せた。しかし、女の目は涼しく、濁りがなくて、暗いかげりは認められなかった。

特定の本を探しているのなら、最初の日にあるかないかはわかったはずだ。もし、その本が棚にあったのなら、何度も手にとったはずだ。女はそうしていなかった。たまに抜き出す本は一冊ずつ別々で、同じ本を二度も取ることはなかった。

啓介は思い切って声をかけた。

「何かお探しの本でもあるんですか」

女がぎくりと体をこわばらせるのがわかった。啓介を見て顔を左右に振った。

「いいえ、ただ見てるだけなんです」

「学生さん？」

女は青山にある大学の名前を答えた。

「こちら、いい本が揃っているようですわね」

「それほどでもないんですが」

ほめられると啓介はまんざらでもない気持だった。店構えは小さくても、内容では中央線沿線のどの古本屋にも負けないとひそかに自負している。啓介の代になってから、父の遺した貯金のうちかなりの額を、高い古本の仕入れに費していた。初めは収支あいつぐなわないことを覚悟している。しかし、必ず近い将来に、投資した分は利益となって回収できると信じていた。

「お客さん、きのうもお見えでしたね」

「ええ」

女はややうろたえたようだった。啓介と言葉をかわすハメになったことを当惑しているようにも感じられた。啓介はこの女子大生が本泥棒だと思いたくなかった。意志の強さを表わしているような固く結んだ唇、よく手入れされた髪、化粧のあとはまったく見られないが透きとおるほどに白い頬などを見ていると、けち臭いコソ泥まがいの行為をするとは考えられなかった。

——女ってやつは外見で判断できない。

というのは大学院で勉強している啓介の友人岡田章雄が先日もらした言葉である。研究室のロッカーや教授の個室でひんぴんと盗難事件があった。盗難といえば大げさだが、紛失したのは一万円未満の小銭である。鍵をかけ忘れたロッカーがよく狙われた。犯人はまもなくみつかった。教授の助手をしている女性で、章雄と同じ大学院生であった。無口でおとなしい女性で、教授の信頼はあつかった。ロッカーをあけて岡田章雄の上衣を探っているところを、偶然に部屋へ這入った二人の学生に発見されなかったら、彼女が犯人だということを誰も信じなかっただろう。

——女が信じられなくなったよ、

事件のてんまつを語った章雄は、さいごにそういって溜め息をついた。

「お客さん、おといもうちに見えましたね」

啓介は話しかけた。それには答えずに女は、ではまたと、口の中で低くつぶやいて足早に佐古書店から出て行った。赤いブレザーの肩に十一月の弱々しい光が落ち、一瞬、啓介はまぶしいものを見たように思った。黒いと見えた髪はやや茶がかっていた。

啓介は引きずられるように店の前へ出た。

赤いブレザーを来た女は雑踏を縫って街路の向こうへ歩き去っていた。人ごみに見え隠れする女の後ろ姿を彼は見送った。三日続けて佐古書店を訪れたのに、女は一冊の本も買わなかった。いったい何をしに来たのだろうと、啓介は考えた。その間、なくなった本もなかった。

夕食をすませた頃、岡田章雄がやって来た。浮かない顔をしている。食事はすませたのかと、啓介はきいた。まだとっていないが、食欲はないという。体の具合でも悪いのかと、友子がたずねた。章雄は黙って肩を落とした。

「病気だったら医者にみてもらえよ」

と啓介はいった。

「病気じゃないったら」

「じゃあ、どうしたんだ。黙っていてはわからないじゃないか」

「おれにもわからない」

「心配事でもあるのかね。溜め息ばかりついていないで洗いざらい話してみたらどうだ」

「話してもおまえわかってくれるかな」

「話してくれなければわからない。いったいどうしたというんだよ」

啓介はいらいらした。

「実はな……」

章雄はいおうかいうまいかとためらっているように見えた。友子がいれたお茶を少し口に含んで、また深い溜め息をついた。啓介は小学生時代からの友人である岡田章雄が、これほど思い沈んでいるのをかつて見たことがなかった。

「友子、片づけものが残っていただろう」

「ええ、そうだけれど」

友子は心配そうに章雄と啓介を等分に見つめた。しばらく二人だけにしてくれないかと、啓介は妹に頼んだ。章雄が話をしにくいのは友子が傍にいるせいと思われたのだ。店に客は絶えている。啓介はわざと快活な口調で話しかけた。また古本のことで地方へ旅行に出かけてくれというのではないか、章雄が来るとどうせそういうことになるのが決まりだったからと、いった。

章雄はむっつりとしている。

「旅行ならよろこんでするよ。北海道へでも沖縄へでも」

と啓介はいった。

「旅行してくれと頼みに来たんじゃない」

「じゃあ何を頼みに来たんだい」

「何も」

「ははあ、教授と折りあいが悪くなったんだな。前からぼやいてたっけ」

「教授とはこの頃うまくいってる」

「いい加減に話してくれよ。おれは気が短いんだから」

客が這入って来た。章雄は開きかけた口をつぐんだ。中年の労務者である。草色の汚れた作業衣にゴム長をはいている。彼はつかつかと本棚の一角めざして近づき、すいと古本を抜きとって啓介の前に置いた。三好達治の『測量船』である。しわくちゃの千円札が二枚詩集の上に重ねられた。

紙幣をさし出した労務者の指は節くれ立っており、黒っぽい油と煤にまみれていた。男の吐く息には焼酎の匂いがした。啓介は『測量船』をていねいに包装し、釣り銭をそろえて手渡した。

「ありがとうございます」

「これ、前から欲しかったんだ」

労務者は上半身をふらりと泳がせて立ち直り、詩集を大きな手で叩いた。酔いで充血した目には穏やかな光があった。啓介は黙って微笑した。労務者は掌にのせた百円玉を数えた。

「釣りをまちがえてやしないかね。三百円のはずだがここには五百円ある」

「ほんの少しですが気持だけ勉強させてもらいました」

「おまえさん、商売が下手だね」

「ひいきにして下さい」

「おれは土方だよ」

「そのようですね」

「土方でも詩を読む。読んで悪いということはないだろう」

「いいことです」

「おれ、三好達治のファンなんだ」

「ぼくも好きですよ。まだ生きてらっしゃるときときどきうちへお見えになりました。おやじと話が合って、酒がお好きな方でしたよ」

「おれも酒が好きなんだよ。おまえさんもやるかね」

「ええ、まあ」

「そのうち飲もうな」

「いいですね」

「酒を飲むために生きてるようなもんだ。しかし、詩も読む」

　労務者はひげだらけの顔をほころばせた。じゃあまたといって右手を上げ、くるりと振り向いて店から立ち去った。男のがっしりとした背中を二人は見送った。

「人は見かけによらないもんだよ。古本屋をやってると、いろんな人間が来る。このあいだ来た客なんかどうみても銀行の支店長か一流商社の課長みたいな風采でね。いっけんインテリふうという感じだった。古雑誌をひきとってくれないかというんだよ。段ボール箱で四、五箱あるからというので、近くだったから自宅まで行ってみた。それがおまえ……」

古雑誌といってもバカにはならない。思いがけない掘り出しものをすることがある。ましてて相手はいかにも読書人らしい教養のありそうな中年男である。齢の頃は四十七、八歳だったろうか。

啓介は書斎に通された。TVとステレオがありヴィデオデッキもあった。洋酒棚には中身がぎっしりつまっていた。本棚には百科事典が並んでいて、本と呼べるのはそれだけだった。他の書物は処分したのかと、啓介はたずねた。（処分？　いや、初めからこれだけだよ）男は不思議そうに啓介をかえりみた。百科事典がひとそろいあれば本は買わなくてもいいではないかと、つけ加えた。

啓介は絶句した。

壁ぎわに段ボール箱が積み重ねてあった。

中をのぞいてみた。ぜんぶ劇画と漫画の週刊誌である。啓介は総合雑誌か文芸誌と期待していたので、しばらく呆然とした。売れないこともないが、面白い取引きではない。

劇画雑誌を専門にあつかう同業者の顔を思い出しながら啓介はおびただしい週刊誌をあらためた。下着一枚の女が縄で縛られた写真集もまざっていた。鎖で巻かれ、天井の梁に吊り下げられた裸体の女の写真集もあった。

（あまり高いお値段にはなりませんがねえ）

と啓介はいった。男は細身の葉巻をくゆらしながら、革張りのソファに腰をおろして、値段はいくらでもいいと答えた。

（実を申しますと、うちはこの種の雑誌をあつかっていないんです。しかし、他の店で処分されても大した額になりませんですよ）

（雑誌というものはきみ、ほうっておくとじきに溜まるものだな。狭い書斎では置き場所に困る）

男は葉巻の煙を輪にした。

結局、段ボール箱の中身は啓介が引きとることになった。小型トラックで佐古書店へ持ち帰った週刊誌の山を啓介はざっと分類して同業者を呼び寄せた。タカが劇画雑誌と見くびっていたのだが、思ったより良い値で処分することが出来た。これも商売だと、啓介は自分にいいきかせなければならなかった。

「外見はまったく大学教授みたいだったよ。それが百科事典きりしかない書斎で目をギラギラさせてコミック雑誌を読んでるのだからな」

と啓介はいった。

「おれ、結婚しようかと思うんだ」

「やぶから棒に、なんだい」

「まじめなんだよ」

章雄は眉間にたてじわを寄せた。

「相手は誰だ。おれの知ってる女の人かね。いずれ会わせてもらいたいな」

「会ってくれるか」

「しかしおまえ、何があったんだ。結婚しようとしてるのにおまえの顔色はぜんぜん冴えないよ。まるで無期刑を宣告された囚人のような顔つきだ。その相手というのは……」

とつぜん、啓介の脳裡にひらめいたものがあった。章雄がなぜやるせなさそうな表情でいるのかも理解できた。その相手というのはロッカーの小銭を盗んだ女だろうと、啓介はいった。章雄はうなだれていた顔を上げた。顔に意外そうな表情が拡がった。

「そうなんだ。しかし、どうしてわかる」

「カンだよ。なんとなくな」

「落合遼子というんだ。東北の田舎に帰っちゃったよ」

女が盗った金はわずかな額だったので、保証人である教授が被害者に弁済したそうである。女の方も所持金の他にある程度の金を教授に返したという。教授がすべてを内々のうちに解決した。女は助手の職を辞任して郷里へ去った。そういう事件が起る前から女を好きだったのかと、啓介はたずねた。

「嫌いではなかった。しかし、感じのいい女性だと思うくらいでね。結婚したいとまでは考えていなかった。自分でも不思議なんだ。気持の変化がね。盗癖のある女をどうして好きになったのか。おれは彼女を憐んではいないつもりだよ。憐みを愛情と混同してやしない。そんな動機で結婚できるものではないから」

「結婚というのは人生の一大事だしな」

　啓介は店と居間を仕切った障子のきわに友子がたたずんでいる気配を感じとった。いつのまにかこっそりと忍び寄って来て、二人の会話に耳をすませていたのだ。

「落合遼子は両親の家がかなり広い田畑を持った農家なんだ。生活に困って金を盗んだのじゃない。女にはよくあるだろう。ふとした出来心というやつ。衝動的な。あれに負けたんだと思う。そう考えるとむやみに気になって仕様がないんだ。おれが傍についていてやりたい。おれがいたら盗みなんかさせない」

「おれはどうかと思うな。出来心にせよ何にせよ、盗みは犯罪だよ」

「わかってくれないんだなあ。警官みたいなことをおまえいうじゃないか。おれの気持を、おまえだったらわかってくれると思ったから、ここへ来たのに。時間の無駄というものだった」

章雄は立ちあがった。

「待ってくれ。もう少し話したいことがある」

啓介はひきとめようとして、章雄の上衣の裾をつかんだ。章雄はすげなく啓介の手を払って店を出て行った。啓介はぼんやりと店の前に立ちすくんだ。夜の光が溢れている街路に章雄の姿はたちまち遠ざかって見えなくなった。彼は迷っているのだと、啓介は思った。親身になって章雄の悩みをもっと聴くべきだったと、後悔した。結婚を決意しているのだったら、ああまで悩みはしないだろう。

啓介はゆっくりと自分の店にひき返した。

時刻は早いけれどもシャッターをおろすことにした。きょうは商売する気分ではない。シャッターを閉じ、ガラス戸を引いて、明りのスイッチに手をのばした。習慣的に本棚を見まわした。スイッチを押す直前、それが目にとまった。啓介は初め錯覚かと思った。本棚に近よって調べた。内田百閒の『新方丈記』である。井伏鱒二の『夏の狐』と宇野浩二の『思ひがけない人』の間からそれは背文字をのぞかせている。

啓介は念のため抜きとって点検した。

裏表紙に佐古書店のシールが貼ってあった。きょう、本棚をすみずみまで調べたときには見あたらなかったのだ。いつ、ここに押しこまれたのだろう。めぼしい客を思い返してみた。何人かの客が古本を売りに来た。買いにも来た。みな近所に住む顔なじみである。

岡田章雄ではない。彼はきょう本棚には一指も触れなかった。ほろ酔い機嫌の労務者でもなかった。彼は手ぶらで店へやって来た。一人ずつ消去してゆくと結局、のこるのは赤いブレザーコートを着た女子大生しかいない。

――やっぱり、あの女が犯人だったのだろうか。本を盗みはしたものの、罪の意識に耐えかねて、こっそりと返しに来たのだ。

初めはそう思ったが、腑に落ちなかった。わざわざ返しに来るというのがおかしい。小包にして送ればすむことなのだ。見つかる危険を冒してまで、盗んだ本を棚に戻したのはなぜだろう。

女子大生は教科書の上に『新方丈記』を重ねて持ち、啓介が気づかないうちにそれを本棚へ収めたのだ。すると、残りの三冊も彼女が盗ったのだろうか。啓介は再びスイッチの所へ戻り、こぶしでトンと叩いて明りを消した。

「そうなの、戻ってるの」

友子は啓介から『新方丈記』のことを聞いて本棚へ見に行き、首をかしげながら居間にひき返して来た。本が戻っているからといって、必ずしもあの女子大生が犯人とはかぎるまいという。啓介は日ごろ友子の意見を尊重して来た。男が考えつかない見方を口にしてはっとさせられることが多かったからだ。

「別人が盗ったのを女が返しに来たとでもいうのかい」

と啓介がいうと、はっきりしたことはいえないけれどもと前置きして、友子は女子大生を本泥棒ときめつけるのは早まっているような気がすると、いった。

「根拠はないの、女の直感っていうのかしらね、なんとなくそう思えるだけ」

「おれもそうなんだ」

「お兄さん、あの学生が好きなんでしょう。わかるわよ」

女はこうだからと啓介は苦笑した。話につじつまが合わない上に、とんでもない論理の飛躍があると指摘した。友子はうっすらと笑って、いった。

「今度、あの人が来るのを楽しみにしてるんでしょう」

「もう来ないよ。おれがトンマな店番だと見抜いてはいるだろうが、二度も危ない橋を渡るようなことはしないだろう」

「賭けましょうか。来るか来ないかを」

「何にする」

「洋画のロードショウ。あの人がまた来たらあたしに映画をおごってちょうだい」

「来なかったら」

「来るわよ」

友子は自信たっぷりだった。

一週間たった。

啓介はなるべく外出を見あわせて、電話ですませられる用件は電話ですませた。自分が店をあけている間に、女子大生が来はしないかという不安があった。客が店に這入ってくるつど、あの女子大生ではないかと思った。日が過ぎるにつれて、女の顔はますます鮮やかになった。店番をしながら女と交わした短いやりとりを何べんも反芻した。

通っている大学は教えられたけれども、名前がわからない以上、問合わせられはしない。まさか校門の前で見張るわけにもゆかない。啓介は『新方丈記』を調べた。裏表紙のシールは値札がついたままだから、佐古書店の外へ持ち出して、よその古本屋へ売り払ったのを買い戻したのではない。それはわかる。

啓介はページをめくった。読む気はなかった。手紙か紙片でもはさんでありはしないかと思ったのだ。それらしいものは無かった。さいごのページまでめくって、もう一度、第一ページに戻った。黒い筋が目にとまった。一本の頭髪である。啓介は眉をひそめてそれをつまみあげた。長さは十センチほどである。髪の毛がはさまっていたページを見た。煙草の灰がくっついている。ビスケットの粉のようなものも付着している。

啓介は『新方丈記』が持ち出されるまで、こんな物はページにくっついていなかったことを知っていた。『私は一千万円をこうして貯めた』とか『梅干健康法』とかいう安本ならともかく、古本市場に出まわる機会も稀な書物は、本棚に並べるときページをあらためて書きこみや汚損が無いかを調べるのがふつうである。あの女がビスケットをむしゃむしゃ食べながら読むとき、髪の毛が落ちてページにはさまったのだろうかと、啓介は思った。女は煙草も吸うのだろうか。

啓介は髪の毛を明りにかざした。

　匂いを嗅いでみた。かすかにトニックの匂いがしたように思った。女の髪は茶がかっていたようだ。この頭髪はまっくろである。ちぢれてもいない。短く刈った女の髪には全体に軽くウェーヴがかかっていた。

「友子、ちょっと来てくれ」

啓介は妹に頭髪を示した。

「それ、なあに」

友子は気味悪そうに髪の毛をみつめた。

「これは男の髪か女のか見当がつかないかい」

「男の人のもののようだわね」

「なぜ」

「だって、毛根がついてるでしょう、硬くてふといわ。女の髪って男の人のより柔らかいものよ。ああ汚い、手を洗ってこようっと」

友子はさっさと台所へひっこんだ。

女はA学院大の学生である。男はビスケットを食べ、煙草をのむ。これだけでは何の手がかりにもならない。啓介は『新方丈記』のページからビスケットの粉と煙草の灰をクリーナーで落とし、髪の毛を屑籠にすてた。『時の崖』と『みだれ髪』『鍵』の三冊が、女とつながりのある男によって持ち去られたかどうかは、まだ確証がなかった。まったく二人と無関係の別人が盗んだ可能性も残っていた。いずれにせよ、待つしかない、啓介はそう考えた。

店の前を赤いものが横切った。

啓介はあわててとび出した。

例の女子大生が通りすぎたのかと思ったのだ。ブレザーコートは同じ赤だったが、似ても似つかぬ女性だった。啓介は力なく店へ帰った。電話が鳴った。岡田章雄の声である。

「この前はすまなかった」

「おれの方が悪かったんだよ。あれからしばらくたって電話したらおまえ、秋田へ旅行したんだってお母さんから聞かされた。女の人に会いに行ったんだな」

「秋田の能代なんだ。ずっと北の方、海岸寄りの」

「知ってる。で、どうだった」

「本人が会いたがらないので弱ったよ。二日めにやっと一時間ほど会って話が出来た。おれの気持は嬉しいが、自分には資格がないというんだな。どうしておれが結婚したいというのかわからないんだそうだ」

「そこのところを旨く説明してやれば良かったのに」

「説明できないんだ。自分でもなぜ遼子さんを好きになったのかわからないんだから」

「仕様のないやつだ。しかしまあ、根気よく努力してみるんだな。おまえにその気があればの話だが。十一月の東北は良かっただろう」

「景色なんか目に入るもんか。そんな気分ではなかったよ。旅行なんて気持のゆとりがなければ空間を移動するだけのことだ」

「遊びに来ないか。こっちにも聴いてもらいたい話がある」

「身を固めようというのかい。おまえはおれとちがって一家の主だから早めに結婚するがいいよ」

「そんな話じゃないったら」

「旅行から帰ったばかりなんだ。疲れているし、調べ物も溜まっている。来週の初め頃寄らせてもらうよ。じゃあ」

啓介は電話を切った。章雄の声に疲れが出ていた。能代くんだりまで出かけて、彼はたった一時間しか落合遼子と会えなかったのだ。啓介が電話をかけたのは章雄が店へ来た翌日である。そのときは既に秋田へ発っていた。往復の二日をさし引いても、ほぼ五日間は能代のたぶんホテルに章雄は滞在し、女と会おうとしたのだ。話によると、じかに会えたのは一時間という。のこり三日間はしきりに電話をかけて会おうとつとめ、結局は願いがかなえられず東京へ帰って来たのだろう。疲れるのは当然という気が啓介にはした。

それにしても落合遼子という女性は、岡田章雄にとってよっぽど魅力があるらしい。どんな女なのだろう。うす暗い店の奥で啓介は章雄が能代まで会いに行った女性の顔立ちを空想した。しかし、目の裏に甦るのは赤いブレザーコートを着た女子大生だった。

「お兄さん、ごめんなさい」

表から友子が駆けこんで来た。買い物籠を下げている。どうしたんだときく啓介に、彼が頼んだ書籍小包を買い物のついでに郵便局へ持ってゆくのを忘れていたといった。

「そんなことか。おれが行って来るよ。友子、すぐに帰るから店番しててくれ」

「寄り道しないでね。お夕食の支度がありますから」

啓介は書籍小包を自転車の荷台にくくりつけて走り出した。郵便局までは一キロほど離れている。中身は北海道の旭川市に住む中学教師が佐古書店の目録で注文して来た吉岡実の詩集『僧侶』と庄野潤三の随筆集『クロッカスの花』の二冊である。奇妙なとりあわせではあるが、吉岡実と庄野潤三という個性的な作家を愛読する北国の教師に、啓介は商売気ぬきで淡い友情を覚えた。もしかしたらこの教師は啓介と同じ年齢ではないだろうかと注文の葉書を読みながら考えた。筆蹟がどことなく若さを感じさせた。不便な土地でその教師は東京の古本屋から送られてくる目録にささやかな慰めを見出しているのだ。（旭川にはまもなく初雪が降ります）葉書のすみにはこういう一行が書きそえてあった。

郵便局に這入って啓介は小包を受けつける窓口へ進んだ。さいわい混んでいない。三人の男女が啓介に背中を見せて順番を待っている。その一人を見て啓介は棒立ちになった。

あの女子大生だ。

きょうは黒いブレザーコートを着ている。スカートの柄はこのまえと同じである。髪の形と色は見まちがいようがない。啓介はこっそりと女の後ろに歩み寄った。郵便局員と何か話しあっている。局員はいった。

「小包を書留になさりたいのなら、おたくの住所氏名を記入してもらわなければ困ります」

「どうしても記入しなければなりませんか」

　女子大生は困惑したような口調でたずねた。常識だろうと初老の局員はたしなめて茶色の紙で包装した四角な包みを押し返した。女の肩ごしに啓介は小包の宛名を読みとった。杉並区阿佐谷北一の一六の五、佐古書店御中。

　女子大生は小包を両手で持ってカウンターの端に歩いて行った。啓介はすばやく彼女の後ろに移動し、料金表を読むふりをしながら思案した。本当の住所氏名を書くだろうか。その可能性は小さい。局へ提出する証明書に偽名を書いたってわかりはしないのだ。彼女を横目でうかがった。佐古書店に宛てて送る小包の中身は消えた三冊の本のはずだ。もしもここで彼女を見失ったら再び会える機会は訪れないだろう。彼女は赤い紙片に考え考え何やら書きつけ、小包をかかえて窓口に戻ろうとした。啓介はその前に立ちふさがって声をかけた。

「切手を貼る必要はありませんよ」

　女は目を一杯に見開いて立ちすくんだ。小包を胸にしっかりと押しつけた。外へ出ないかと、啓介は誘った。ふり向いて出口へ向かった。後ろからためらいがちについて来るブーツの音を耳で確かめた。

　郵便局の近くに小さな喫茶店があった。啓介は店の奥まった所に女子大生を導いた。彼女は依然として小包を両手で胸に抱いている。奪われまいとでもするように。客はカウンターに一人しかいなかった。啓介は椅子に浅くかけた女子大生をみつめた。

「小包をいただきましょうか。宛名はうちになってるようですから。ここでお会い出来て良かった」

そういわれて女は初めて自分が抱きかかえている小包に気づいたようだった。すばやくテーブルに置いて目をそらした。

「『新方丈記』を返したのもあなたでしょう。小包の中身は『時の崖』と『みだれ髪』それに『鍵』ですね。返してもらえれば何もいうつもりはありません」

啓介は息をのんだ。女がぐらりと上半身を傾け、テーブルに突っ伏すような恰好になったのだ。女はしばらく啓介に身をかがめて体を持ち上げた。

「すみませんでした」

かぼそい声で女はつぶやいた。

「あなたがあやまることはないでしょう。本を盗ん……本を持ち出した当人ではないんだから」

女は目を伏せている。

「誰なんですか」

ウェイトレスがコーヒーを運んで来た。しばらく沈黙が続いた。啓介の方が先に口を切った。

「あなたは本を古本屋から持ち出すような人じゃない」

「さあ、どうですかしら」

「誰をかばってるんです。なぜ、かばう必要があるんです。お金なら少し持合せがあります。本を盗んだことで生じた損害というかご迷惑というか、お金で弁償できるものならさせていただきたいんです」

　女はハンドバッグを開いて折りたたんだ千円紙幣を何枚か取り出した。啓介はあわててそれを押しとどめた。金を要求しているのではないと大声でいった。カウンターの客がふり向いてこちらに目をやった。

「じゃあ、あたし、これで失礼します」

　女は立ちあがった。啓介は待って下さいといった。女は十秒ほど突っ立って啓介を見下ろしていたが、がくりと椅子に崩折れた。椅子がそこになければ、床に倒れてしまいそうなすわり方だった。まぢかに見ると、女の顔にはやつれがうかがわれた。目のまわりに薄い隈がある。女はコーヒーカップに指をかけた。カップと受皿が触れあって鋭い硬質の響きを発した。女は指を慄わせていた。

「さしつかえがなかったらあなたのお名前を聞かせて下さい。お厭でしたらいいんです。むりにいってもらおうとは思っていないんですから」

　と啓介がいい終らないうちに女はコートの内ポケットから学生証を出してテーブルの

上にのせた。啓介は名前をたずねて後悔した。素直に相手が告げるとは予想していなかったのだ。女が犯人ではないという思いは学生証を見たことでいよいよ強くなった。杉並区荻窪五の二一の一七翠苑荘、笠原恭子。翠苑荘という名前からして女性だけが暮らすアパートらしかった。啓介は学生証を笠原恭子に返した。

「本の話はもうやめにします。しつこくたずねて気を悪くなさったでしょう。あやまります」

「あなたが詫びをおっしゃることはないんです。あたしたちが……」

女は口をつぐんだ。あたしが悪いんですといい直した。アパートに住んでいるところを見ると地方の出身なのだろうと啓介はいった。

「困ったな、すぐに質問調になってしまう。別に他意はないんです。ぼくは旅行が好きなもんだから、地方の出身と聞けばそこがどこなのかたずねるのが癖になってましてね」

「九州なんです。九州の長崎」

「田舎を持っている人は羨ましいなあ。ぼくは東京の生まれです。学生時代に友達が夏休みに入って田舎へ帰るのを見てわびしい思いをしたもんです」

「田舎って東京の人が思ってらっしゃるようないい所じゃありませんわ」

「ぼくの父は長崎出身なんですよ。あなたの話し方を聞いておやじのことを思い出しました。おやじは若いときに上京して東京は長いんですがね。死ぬまで九州弁の訛りがとれなかった」

　啓介は今年の初夏、長崎へ行ったことを思い返した。灰色がかった薄茶色の石畳を敷いた南山手の坂道から見た港の光景や、中島川にかかった石造りの眼鏡橋を懐しく思い浮かべた。

「あなたが長崎の方とは意外でしたよ。東北のご出身かと見当をつけてたんです」

「『新方丈記』を持ってお詫びにうかがったんです。あのときはあれ一冊きりしか手許になくて。本棚に押しこむのではなくて、ちゃんとお渡ししてあやまるつもりでした。でも勇気がなくてあんなことに」

「本の話はもういいといったでしょう。持ち出したのはあなただとは思っていません。仮りにあなただったら、四冊いっぺんに返しに来たでしょうから。本を盗むのにスリルを覚えている男、人生に退屈してるのかな、まあ、そんな男を考えています。あなたの親しい友人かも知れません。しかし今となればどうだっていいのです」

　女は目を宙にさまよわせている。焦点の定まらない目が見ているのは女の恋人にちがいないと啓介は思った。うっかり者が店番をしている古本屋から高価な書物を盗み出したと、自慢たらたら古本を見せびらかしている男の顔を想像した。読書家ではあるはずだ。自分の才能とある種の魅力を過信している若い男。啓介はそいつを憎んだ。憎しみがあまりに強く、みぞおちに焼けた鉄を当てられたような痛みを感じるほどだったので、啓介は見たこともないその男に自分は嫉妬しているのだろうかとさえ思った。笠原恭子はたぶん男の留守を見はからって四冊の本を手に入れたのだろう。

「今年はわりと旅行する機会が多かったんです。神戸とか京都、新潟、長崎にも行きましたよ。いい街ですねえ。また出かけたいな。今度は仕事なしでゆっくりと街をぶらつきたいもんだ」

「長崎がそんなに気に入りました？」

「おやじの生まれた土地だと思うと、初めて訪れたという気がしませんでした。あれはどういうんでしょうね。ずっと以前に一度、見たような感じがしたんです。そういうことがあるでしょう」

「佐古さんが長崎にいらっしゃったとき、あたしが帰ってましたら街をご案内したいわ。お邪魔でなかったら」

「ぜひそう願いたいものですね」

女は手帳を出して長崎の住所を書き、そのページをちぎり取って啓介に渡した。電話番号も書きそえてあった。

「ぼくの友達がね、さいきん秋田へ旅行したんです。能代を知ってますか」

「能代……あたし東北は不案内なんです」

「帰って来たそいつに、東北の秋は素晴しかったろうっていったら、気持にゆとりがなければ景色なんか目に入りはしないって、そっけない返事でした」

「大学をやめて郷里へ帰ろうかと思ってるんです。東京の生活がつくづく厭になって、疲れているのかも知れませんわね」

　笠原恭子は手のひらを頰に当てがった。細長い指で目蓋を軽く押さえもした。啓介は黙っていた。岡田章雄と落合遼子のことを考えた。遼子も恭子のように（東京の生活がつくづく厭になっ）たのだろうかと考えた。章雄たちは遠からず結ばれそうな気がした。遼子が強引に会おうとしないのが、章雄の気持を受けいれている証左である。章雄にまったく心を動かされていないのならば、求めに応じて何回も会っただろう。

　そして笠原恭子と本泥棒の見知らぬ男の場合は近いうちに関係が破綻するように思われた。根拠はなかった。長崎に帰りたいと恭子がつぶやくのを聞いただけでそう思った。啓介は他にどんな話をしても章雄と遼子のことだけは恭子に語るまいと考えた。恭子を前にして初めて啓介は、章雄が遼子を心の底から愛していることを思い知った。

　啓介と向かいあった女は、スプーンで飲みさしのコーヒーをかきまわしていた。さっきまで認められた体の硬直した線はすっかりとれていた。恭子は顔を上げないでいった。

「旅行はいつも一人でなさるんですか」

「まあ大体、一人の方が多いようですね」

「二人でなさるのが好きだから？」

「別にそういうわけでもない。自然と一人でするハメになってしまうだけのことですよ」

女は上目づかいにちらりと啓介を見た。

「こういう言葉をご存じですかしら。旅は一人に限るって」

「旅は一人に限る……」

「戯曲を書き批評もする日本の作家がいった言葉です。妙に忘れられないんです、その一句が。旅は一人に限る。なぜなら、二人でしたならばもっと愉しいにちがいないと思うことが出来るから、というのです」

「なるほど。で、あなたはどう思いますか。やはり旅は一人に限ると信じていますか」

という啓介の質問に、恭子は微笑して答えなかった。

# 鶴——佐古啓介の旅㈥

啓介は長崎駅前の高架広場の上にたたずんだ。午後七時四十五分、急行〝出島〟からおりたばかりである。

風が鉄柱で支えられた広場を小きざみにふるわせるほど強く吹いた。啓介はコートの襟を立てた。

初めて長崎を訪れたのは今年の五月である。望月洋子にたのまれて、伊集院悟という詩人の肉筆原稿を手に入れるために来たのだった。首尾よく肉筆原稿を手に入れて列車に乗ったとき、いずれ近い将来、この街を訪れることがあるかもしれないと思った。ちゃんとした根拠があるわけではなかったが、父の啓蔵は長崎生まれである。

若いときに上京して以来、一度も故郷へ帰らなかった。長崎の思い出も子供に語らなかった。啓介は大学を出るまで、父のそうした態度をあれこれと詮索する気が起きなかった。自分のことで頭がいっぱいだった。つとめていた小さな出版社をやめ、父のあとをついでから半年以上たっている。まがりなりにも佐古書店の主人となり、見様見真似で古本屋をいとなんでみると、理想と現実のへだたりをつぶさに思い知らされた。

啓介はわずかな身の回り品をおさめた旅行鞄を足もとに置いて、夜の街を眺めた。初めて来たときも、見知らぬ土地のような感じはしなかった。父が生まれ育った街と思えば、どことなく懐しいのである。

長崎駅でおりた旅行者は、いったん高架広場にあがり、そこから四方に通じた歩道橋を渡って駅と向かいあった通りにおりる。

十二月。

高架広場は背をかがめて足早に歩く人波で溢れていた。啓介のようにぼんやりと突っ立っているのは、他に一人もいなかった。父が長崎へ二度と帰らなかった理由が、古本屋を経営しているうち啓介の疑問の対象として、しだいに大きくなった。やがて再訪することになるだろうと予感したのが、実現したわけである。父がなぜ故郷をすてたのかを今度つきとめることができるという自信はなかった。

しかし、いくらか手がかりはあった。その手がかりをたよりに街を歩いてみて、父の過去にまつわる謎を解明できたら満足だが、解明できなかったとしても、それはそれで仕方がないとも考えた。啓介はただ長崎へもう一度来たかっただけのことだ。伊集院明子はどうしているだろうと、思った。詩人の妹である。たしか、〝エミイ〟という酒場で働いていたはずだ。明治の初期に長崎市の南山手に住んでいたイギリス人の血を引いているだけあって、大きな目とやや肉感的な唇の形が印象に残っている。

駅のプラットフォームまで見送りに来た明子は啓介にいった。今度は仕事を持たずに遊びに来るようにと。車で案内してやりたいともいった。第一回の長崎旅行は仕事のためであった。二回めは仕事とはいえないが、遊びともいえない。啓介は身ぶるいして、旅行鞄を取りあげた。厚手のコートを通して風の冷たさが身にしみた。交通公社に依頼したハーバーサイドホテルというのは、駅から歩いて十五分の距離である。あらかじめ市街地図で位置をたしかめていた。

五月に泊ったGホテルは、港を見おろす丘のはずれにあり、長崎でも有数の高級ホテルである。旅費宿泊費のいっさいを出したのは望月洋子であった。今度のように自分のためにする旅行ではぜいたくなど許されない。ハーバーサイドホテルは名前こそいかめしいが、船員相手の古びたちっぽけなビジネスホテルであった。

電車通りにそって歩いた。

潮の香りと廃油の臭いが入りまじった風にもまれるようにして歩いた。旅行にあてたのは二泊三日である。啓介が東京を発ったのはきょう土曜日の午前九時であった。月曜日の朝は長崎をはなれなければならない。

チェックインすると507の番号札がついたキイを渡された。五階が最上階である。窓の外には港の黒い水が拡がっていた。夕食は新幹線を博多駅でおりたときに買った幕の内弁当ですませていた。

とりあえず熱い風呂にひたり、旅の疲れをいやした。十一時間も列車のきゅうくつな座席にかけていると、体にこたえる。筋肉がこわばり、骨の髄まで疲れがしみこんだように感じられる。啓介はとっぷりと全身を湯に沈めて、これからの予定を考えた。

ぐずぐずしてはいられない。

調査のためにまるまる使えるのは明日一日かぎりだ。

風呂からあがると、啓介は旅行鞄の中から、濃紺の美濃紙で装幀された新書判大の和本を取り出した。四つ目綴じで表紙には細長い短冊が貼ってあり、手書きの墨文字で「歌集　友鶴（ともづる）」と読まれた。ぜんぶで三十ページの薄い本である。

啓介はベッドに寝そべって歌集のページをめくった。新幹線〝ひかり〟の車内でも、くり返し目を通したのだが、本が造られた土地で、しかも歌集の題名がそこから由来する港の近くで読むことに特別の感慨があった。長崎港は地形的には溺れ谷である。長い二つの岬にはさまれた形で奥深く湾入した港のはばは狭い。「鶴の湊（みなと）」というのが旧い呼び名であったという。鶴の長いくちばしに港をなぞらえたのか、羽根を拡げた形に似ているからそうなのかは啓介はわからなかったが、父の生地である長崎の海にそのように優しい名称がついているのを知るのはいい気持だった。

歌集のなかに父啓蔵が作った短歌があった。

（おやじが短歌を詠んでいたんだって）

啓介は妹の友子に告げた。

（信じられないわ。何かのまちがいではなくって？）

友子はおどろいた。歌集を開いて初めて兄のいうことがまちがいではないと認めたが、当初は半信半疑だった。啓介が大曾根家から帰った夜のことである。兄妹は一冊をおたがいに手に取り、その晩はおそくまで眠らなかった。

大曾根辰次は父の数少ない旧友の一人である。一週間まえ啓介に電話をかけて来た。永年、住んでいた小石川の家を売り払って八王子のマンションに引っ越すことにした。ついては蔵書の大部分を処分したいので引き取りに来てもらえまいかというのである。大曾根辰次は父の葬儀にも列席した。仕事以外のつきあいを啓蔵はほとんどしなかったから、故人の友達として焼香したのは大曾根辰次だけであった。彼が友人を代表して弔辞を読んだ。

小石川あたりまで啓介がさしせまった用事をうっちゃって出向いたのは、そういう義理もあったためだった。

掘出し物はもともと期待していなかった。四十年以上も税理士として生きて来た人物の蔵書に、めぼしい本があるとは思っていなかった。そして事実、これはという出物は見当たらなかった。『税法大全』とか『会社経営の要諦』とか、それも新版なら売れるけれども十年も昔の版である。実用書というのはそうしたものだ。えりわけながら啓介はがっかりした。段ボール箱に五箇分はあろうと思われるほどの分量である。これでは運送店から借りた小型トラックの謝礼と油代にしかならない。『相続税の実際』『税務必携』『贈与税の抜け穴』などという書名を見るだけで啓介は頭が痛くなって来た。

(早いもんだねえ、おやじさんが亡くなってもう半年か、いやもっとなるかな)

(八か月になります)

(啓介くんといったな。こうして見るとあんた、おやじさんにそっくりだね)

大曾根老人は啓介の傍でのんびりと煙草をくゆらしていた。

(せっかくですが、御本はあまり値が張りませんですよ。この種の専門書は新版しか買い手がつかないんです。法律は年々変りますから。歴史の専門書なら版がふるくてもいいんですが)

(そんなものだろうね。わしも高く売れるとは思っていなかった。しかし、ちり紙交換に出すよりましだからね。マンションが広かったら払い下げはしないんだが、二ＬＤＫでは夫婦で住むのがやっとなんだ。とても本を置けるような余地はない)

(で、これだけですね)

啓介は念を押した。蔵書をひとまとめに処分させられるときの決まり文句である。始めの見込みより高く売れないと知った所有者は、売るつもりのなかった蔵書を持ち出して処分本に加えることがある。そんな書物のなかにえてして掘出し物がまざっているものだ。せんだって啓介は近所の不動産業者から蔵書の処分をたのまれた。書物は大半が不動産取引きの実務に関するものばかりで、あてにしていなかったので格段に失望もしなかった。失望したのは不動産屋の方で、相手は古書と名のつくものはどんな種類の本でも売れるものと予想していたらしかった。

（たったそれだけかね）

彼は落胆の色を隠さなかった。屑屋に売るような値段ではないかと不満そうにいった。古紙の相場が落ちているから今どきは屑屋も古本にはいい顔をしないと、啓介はいった。

（他に何かありませんか）

（ないこともないが、あんなの売れやしないだろうと思ってとっといたのがあるよ。一応、見てくれるかね）

不動産屋は奥の部屋からひと抱えの書物を運び出して啓介の前に重ねた。『小久保県維新記』という和本で、表紙は紙魚と雨もりでぼろぼろになっている。小久保県というのが明治初年にできた千葉県の一部旧称であるのは啓介も知っていた。当時は行政区画とその名称が土地によってひんぴんと変っている。杉並区役所の公印が押された昭和二十年代の区地図、『佐倉藩分限帳』『松尾藩御法度集』などというしろものを手に啓介は不動産屋がどうしてこんなものを持っているか見当がつきかねた。地方史の研究家には、とくに千葉県関係には貴重な資料である。

啓介が思いきった値をつけると、相手は相好をくずした。

（わたしがなぜこんなものを持ってたかって？　商売ですよ商売。うちは里が千葉でしてね。父の代からあちらで商売をやってた。土地山林の売買にはもめごとがつきものなんだ。先祖代々わが家のものだったと主張している土地が、よく調べてみるとそうではなかったりしてね。戦前は遺産を分配する段になって訴訟沙汰になることが珍しくなかった。戦後は地籍番号が整理されて、そういう争いは減ったけれどね。で、この『佐倉藩分限帳』だが、これは藩士の名簿なんだ。家老から平侍までのサラリーがのっている。五百二拾石、鈴木親重、わかるね、終りの方にゆくと金一枚三人扶持とかいう可哀想な男がいる。ほら、この松下幸之進という男。幕末は物価があがったから、生活は楽じゃなかったと思うよ。金一枚三人扶持でどうやって妻子を養ってたんだろうねえ……）

（お話の途中ですが「分限帳」と土地の正当な所有者と、どんな関係があるんですか）

（父から聞いた話なんだ。戦前の民法では親の遺産は長子相続ということになっていた。今は子供が法的には平等の相続権を持っている。父が関係したのは元佐倉藩士であった旧家の遺産分配問題だがね、土地山林を長男が相続することになったとき、分家が相続権を主張した。その旧家は本家とは名ばかりで、正当な権利はわが方にあるといい出して訴訟を起したのさ。くわしい経緯は省くがね。父はその旧家と縁続きでもあったんでいろいろと資料を集めて、土地の正当な所有権が誰にあるかを調べた。「分限帳」にのっている身分で本家と分家の知行がわかる。「御法度集」は今でいえば地方の条令だな。たとえばここに……）

といって不動産屋は虫喰いだらけになったページの一か所を太い指でさした。

（文久三年八月御条目条々としてこんな文章がある。「このたび仰し出でられ候の御法度書のおもむきは毎度、庄屋、組頭の立合いによって小百姓どもに読み聞かせ相守らせるべし」。いいかね、次が肝腎だ。家の修理、山林の伐採も書面で許可を願わなければならないというくだりがある。もちろん田畑の修復もだ。父が文書を調べてみると訴訟の対象となった山林の伐採許可を願い出た書付が出て来た。文久三年というのは、ええと、明治の前が慶応で）

（万延、文久、慶応の順でしたね。万延元年が一八六〇年です。次が文久ですから文久三年といえば一八六三年ということになりますね）

（きみ、若いのにくわしいなあ）

『万延元年のフットボール』は大江健三郎の小説である。学生時代に啓介はこの作家の初期作品『死者の奢り』や『芽むしり仔撃ち』を愛読したものだ。『万延元年のフットボール』までほとんど新作が出るたびに買って読んでいる。幕末の年代にくわしいのは万延元年が一八六〇年にあたることを知っている程度で、それ以前は弘化と嘉永はどちらが先であるかも知らない。

（江戸時代にできた家系図の少なくとも八割はにせものといわれているんだよ。先祖をもっともらしくでっち上げるのが流行したんだな。今でも似たような時勢だがね。だから昔の系図だけでは本当の家系というのはつかめない。かえってこんな「分限帳」やら「御法度集」が役に立つということだよ）

不動産屋から買い取った古文書は千葉の県立図書館に出入りする古本屋が、かなりいい値で引き取ってくれた。むやみにこのような例があるわけではないが、啓介には勉強になった。大曾根家で山と積んだ反故同然の古本を前にして（で、これだけですね）と念をおしたのは、そういうことがあったからだ。

小型トラック一台分の古本を買いとろうというのに、売り物になるのがたった三冊というのは情けない。大内兵衛著『財政学大綱』は昭和六年刊の初版、島恭彦著『財政学概論』も初版ではあるがずっと新しく昭和三十八年刊、いずれも岩波書店の刊行である。ハンセン著『財政政策と景気循環』は都留重人訳の日本評論社から昭和二十五年に出版されたものだ。経済学の専門書ばかりを扱っているTという古書店主が、業者だけの集まる先日の市で、探している本のことを話題にした。三冊はTが手にいれたがっている書物に含まれていた。たいした額にはならないが、『贈与税の抜け穴』などという屑本よりはましである。

（あいにくだがこれだけなんだよ）

大曾根老人は気の毒そうな顔をした。奥さんが紅茶とせんべいを運んで来た。

（おまえご覧、啓蔵君とそっくりだろう。こうやって古本をためつすがめつしている顔つき。わしはさっきから血は争えないものだと感に耐えんのだ）

（そりゃあ、親子ですもの。当たりまえですわねえ。でも、こんな古本、お荷物になるばかりで、かえってご迷惑じゃありませんの）

品のいい奥さんが夫をたしなめ顔で笑いかけた。大曾根老人は父と同年だった。奥さんも啓介の母と生まれはさほど違わないはずだった。啓介は紅茶をすすりながら二人を見くらべ、夫婦というものは永年、生活を共にするうちおたがいに似てくるという話は本当だと思った。大曾根老人と奥さんは兄と妹のように似ていた。啓介は夫婦というものの不思議さを考えた。彼の母は八年前、啓介が高校を卒業した年に亡くなっている。飲みほしたカップを置いたとき、母の面影がよみがえった。友子のことを思い、妹がいずれは結婚する相手の男はどんな人間だろうと感傷的になった。

（啓蔵君の若いときがあんたそっくりだった。そうしてきちんと畳に正座して目を伏せた感じがね）

（父の若いときのことをご存じですか）

啓介は顔を上げた。そういえば大曾根老人も生まれは長崎だと何かの折りに聞いた覚えがある。知ってはいたが、父の秘密めいた過去と大曾根老人のことを結びつけて考えたことがなかったのだ。

（あまり良く知っているとはいえないがね。歌会のときに同席することが多かった。彼は、いやおやじさんはあんたみたいに膝をくずさずにね、他の連中がくつろいでいるときでも、自分はこの方が楽だといって作歌したもんだよ）

（父が歌を？　短歌を詠んでたというんですか）

（おや、知らなかったの。歌集もあったろう）

（歌集？　何という歌集です。ぼくは一度も見たことがありません）

（変だな。待ちなさい、わしが取って来る。おやじさんの蔵書にあるものと思ってたんだが）

別室に去った大曾根老人はまもなく濃紺色の表紙をつけた和本を手に戻って来た。『歌集　友鶴』である。

（この題名は啓蔵君がつけたんだよ。初めから説明すると、昭和十一年ごろ長崎の新聞社に短歌を投稿する常連たちが集まって同好会を作ったんだ。「玉波会」といってね。医者あり造船所の工員あり、軍人もいたしバスの運転手も学生もいた。多彩な顔ぶれだったよ。わしが啓蔵君と知りあったのはその会でね。歌の好みが一致したのかウマが合うというのか、だんだん親しくなった）

（「玉波会」というのも父の命名ですか）

大曾根老人は大声で笑いだした。下手の横好きが月並な歌を作ることから「波」が、その歌も玉石混淆であろうから、せめて「玉」でありたいという願いをこめて自分が「玉波会」と命名したのだといった。

（父は何かわけがあるらしくて、長崎には二度と帰らなかったんですが、大曾根さんは理由をご存じですか）

（それがねえ、啓蔵君が上京したのはたしか昭和十……）

（十三年です。父が三十歳のときでした）

（奥さんは東京の方をもらったんだね）

（ええ、母は本郷の生まれです）

（会は二年足らず続いたかな。わしは昭和十一年の暮れに上京して東京の税理事務所につとめるようになった。十三年に啓蔵君と音羽のあたりでばったり出くわしたときはびっくりしたもんだ。長崎には住みたくなくなったといったのを聞いたきりでね。わしが居なかった間に何があったのか別に考えてみもしなかった。当時はね。彼も上京して一旗上げる組だと思った。あとになって何か事情があるらしいとうすうす感づきはしたけれども、本人がいわないのだから仕方がない。そのうちとうとう聞きそびれてしまった）

大曾根老人は昔を思い出しているのか、顎を斜め前に突き出し、目を細めてつぶやくように語った。奥さんはいつのまにか別室に引っこんでいた。移転の支度に忙しいのだろう。

（これでみると「玉波会」のメンバーは十七、八名いたようですね）

（いや、もっといたんじゃないかな。その歌集はね、昭和十一年に会員が詠んだ歌の中でとくに出来がいいのを幹事が選んで記念に製本したんだよ。選に洩れた人もいたわけだから二十人は越えていたと思う）

（きさらぎの都に火筒鳴るといふ我ひたぶるに旋盤につく、これは一体なんのことです。父の名前で出ていますけれど）

（あんた昭和十一年は何の年だと思う。二・二六事件の年だよ。今の若い人が、〝これは一体なんのことです〟では困るじゃあないか）

（なるほど……旋盤につくとありますが父は工員だったんですか）

大曾根老人は妙な顔をして知らなかったのかときいた。啓介は父の若い頃のことは何も知らないといった。

（おやじさんは優秀な旋盤工だったんだそうだ。仲間の工員がもう一人メンバーに加わっていた。もっとも、実は長崎でもかなり名の知れた海産物問屋なんだが、三男坊の気楽さというか機械が好きだったのか、造船所に就職してね。くわしいことは知らないけれどその程度は聞いていた。しかし、おやじさんは自分のことについては話したがらな

い人だったな。わしが知ってたのはそのくらいだなあ。教えてあげられることがもっとあったらいいんだが）

（父の家はどこにあったんでしょうか）

（「玉波会」の例会は、会員の自宅でもち回りというしきたりだった。啓蔵君は当時、家を出て工員の独身寮で暮らしていたから、彼の家では開かなかったと思う。ただ、なんでも県庁の近くの江戸町か築町か、そんな所に大きな家があるとは聞いていたよ）

　県庁は原子爆弾の落下地点から遠くない。しかし江戸町と築町は啓介の記憶によれば県庁のある丘のかげに位置しているから直接の被害は少なかったはずである。炎上したのは熱線と爆風をもろに受けた県庁の北側であった。二つの町はほぼ丘の下、南と東にあたる。長崎市の中心地といってもいい場所である。啓介はいきおいこんでたずねた。

（すると、そのどちらかの町に今でも佐古という海産物問屋があると考えてもいいでしょうか）

（さあ、それはどうかな。戦災をこうむった街のことだから、昔と今とではずいぶん変ってると思うよ）

　父が亡くなったとき、長崎から葬儀に参列した客はなかった。当然といえば当然である。しかし啓介はどこかに釈然としないものを感じた。もちろん父は一介の平凡な古本屋にすぎなかったので、新聞の死亡欄に名前が報じられることはない。かりに身内が長崎に生きていたとしても、啓蔵の死去を知ることはできない道理であった。啓介は念のため、ある全国紙の広告欄に父の会葬御礼を出した。長崎から反応があるかどうかたしかめたかったのだ。結果はゼロである。山陰地方や東京の同業者からおくやみ状が数通とどいたきりだ。

（大曾根さん、「玉波会」の人たちで今も長崎に暮らしている人をご存じではありませんか。もしかしたらその人たちが父のことを思い出してくれるかもしれません）

大曾根老人はむずかしい顔になって考えこんだ。

（昭和十一、二年というと今から四十年ほど昔のことだよ。二十代の会員も六十代になっている。それに長崎は原爆で大勢亡くなっているしな。男子は兵隊にとられて戦死したのも一人や二人じゃない。会員の中でね。どれ）

大曾根老人は啓介の手から『歌集　友鶴』をうけとり、鉛筆で作者の名前に薄く丸印をつけ始めた。十五人の男女のうち十人に丸がついた。賀状のやりとりをしていたのがこの十人で、やがてそれが家族からの死亡通知に変ったのだという。あとの五人は消息不明である。

城嶋　郁彦　二十二、三歳　推定
宿輪（すくわ）賢一郎　三十歳前後　〃
佐野　敏文　二十五歳前後　〃

苑田みち子　二十歳前後　〃
御厨朋子　二十歳前後　〃

（この人たちの住所、つまり当時ですね、この五人がどこに住んでいたかはわからないものでしょうか）

と啓介はいった。大曾根老人はまったく記憶にないといった。短歌を作る席上では、作者の身分、性別、学歴いっさいを問わないのが習慣である。興味の焦点は作歌のみにあって、個人的な問題はおたがい念頭になかったといった。

（その証拠にあんた、万葉集を知ってるだろう。天皇から名もない百姓の歌まで平等に収めてある。短歌の伝統なんだよ。そうだ、平等といえば一つだけ思い出した。最初にわしがあげたこの城嶋という男ね、彼は海軍の技術少尉だったよ。造船所で軍艦建造を監督するのが任務だとかいってた。しかし、その程度の話では参考になるとは思えんなあ。海軍士官は太平洋戦争で死んでいる公算が大きいよ）

（他に何か……）

（宿輪というのは珍しい姓なんで職業を覚えている。たしか医者ではなかったかな。住所は知らない。佐野という男の記憶はないんだ。残念だがね。苑田みち子と御厨朋子ね、この二人については両方とも目のさめるような美人ということだけしか覚えとらん。例会の集まりがいいのは、二人がいるからだとうがったことをいう奴がおったよ）

（大曾根さんでしょう）

（あんたもスミにおけないね。実はそうなんだ。ただし、わしはもう女房がいたから。独り者の会員で想いを寄せてたのが居たと思うよ）

（大曾根さんはこの二人の女性の消息をまったくご存じないわけですね）

（ああ、わしは上京後につとめた会社で上役とけんかして満州へ渡ったものでね。昭和二十年まで新京にいた。戦後どうやら消息がつかめたのは、さっきの十人だけ。だからこの五人が生きているという保証はないんだ）

（父は当時、独身だったわけですが、この二人のどちらかに好意を持っていたようなふしはありませんでしたか）

（さあ、啓蔵君は……それればかりはなんともいえないね。彼は酒をやらなかった。会が終ればさっさと帰ってたようだったよ。残った連中はささやかな宴を張るのがしきたりだった。その二人は残る組だ。酒席のあと片づけをしなければならんからね。ただ、いえるのは苑田嬢と御厨嬢の家では例会を一度も催したことがないということだ。会員が遠慮したんだね）

（だから住所はわからないということですね。二人は働いていたんでしょうか）

（看護婦と教師ではなかったかと思うんだが、うろ覚えだよ。どちらがどの仕事かはいえない。どうして二人のことにこだわるのかね）

（きれいな人だとうかがったものですから。二人の年齢はどうでしょう）
（会員の中で最年少ではなかったかな。あんたは若いからまだ人生の残酷さがわからない。いしても六十すぎのお婆さんだよ。共に二十代の初め頃、でもかりに生きているといかね、無常ということは生ある者が死ぬことではない。美しいものが醜くなることだ。わしはそう思っている。死が無常なら木が枯れるのも無常ということになる。そもそも……）

大曾根老人はたっぷり一時間、七十五年の歳月を生きた結果、会得したという知恵を啓介にひろうした。啓介は大曾根老人の話を上の空で聞いた。しびれた足をもてあまして一刻も早く相手の話が終ることを祈り続けていた。老人は記念にと『歌集　友鶴』を啓介に贈った。地獄の苦痛にまさる足のしびれを我慢した甲斐はあったわけだ。

啓介は歌集をテーブルに置いて窓の外に目をやった。

対岸は三菱造船所である。

巨大なガントリークレーンが林のように立ち並ぶ工場はひっそりとしている。ドックには一万トンくらいの貨物船が数隻這入っているだけで、熔接の火花がまばらに明滅していた。オイルタンカーのブームが去った今、造船所に往年の活気はないようである。啓介が知っている長崎三菱造船所は、テレビのドキュメント番組でしかないが、ドックは真夜中でも船舶の建造で白昼のように明るく照明されていた。城嶋という海軍少尉は、かつてあの工場にいたのだ。戦争を生きのびていたならおそらく少佐か中佐にはなっていただろう。

啓介は一階のロビーにおりた。

電話帳をひろげて、まず城嶋の姓を探した。城島というのは長崎市に十四人いたが、城嶋姓はない。宿輪という姓は一軒もなかった。佐野という姓は多かった。五十九人もいた。佐古姓は案外に少なく五つしかない。啓介は五軒の番号を用意した手帳にメモした。

苑田姓を探した。ちょうど七十軒。みち子という名前ではのっていない。次に御厨姓を探した。三十四軒、朋子の名前が出ていないのは思った通りだ。合計すると百六十八軒、一人ずつ電話をかけて問合わせるのに、一回平均三分として百六十八軒ぜんぶにかけるとすれば、八時間と二十四分かかる計算になる。時計を見た。九時十分である。とりあえず佐古姓から始めることにした。伊良林（いらばやし）町に住む佐古博という人物は食料品という業種がかっこの中に記してある。まず、そこへかけた。啓介の父の名前を告げ、昭和十五年前後に江戸町か築町に佐古という海産物問屋を営んでいた家に心当たりはないだろうかとたずねた。

「昭和十年前後ですか。うちがこの商売を始めたのは七年前からです。わたしは博多から引っ越して来た者でしてね。ええ、四十年も昔の長崎のことは、かいもく見当がつきません。築町に海産物の店ならありますよ。でも佐古という名前の店は聞いたことがありませんな」

滑石の二軒、河口、江里町の佐古家もみな心当たりがないといった。最初の糸が切れた。啓介は自分の部屋へ戻った。ベッドに横たわって父の戸籍抄本を取り出した。東京を発つ三日前に区役所で手に入れたものだ。祖父は佐古啓吉、祖母は弥生、啓蔵の出生地は明治四拾壱年壱月弐拾日長崎市万才町参拾壱番戸となっている。万才町は江戸町と築町に東と南が接した丘の上の一帯で、今は長崎の官庁街となっている。市役所は、原子爆弾で消失したと聞いている。祖父母の名前をたよりに戸籍を調べるのは原簿がない以上は不可能である。

啓介はコートを着てホテルを出た。

港を背後にして市街の中心地へなだらかな坂道を登った。右手にそびえているのは県庁の建物である。中庭に植えられた棕櫚の葉が木枯しに乾いた音をたてていた。登りつめた所に啓介がかつて泊まったGホテルがあった。道はそこから賑やかな街へ向かって下っている。風がコートの裾をはためかせた。丘のふもとが築町である。左手に大きな市場がある。魚のはらわたが腐ったような臭いがした。干魚とかまぼこの匂いも漂っている。店はどこもシャッターをおろし、人影は少なかった。啓介は築地の魚河岸を思い出した。雰囲気がよく似ているのである。角がまるくすりへった敷石の上に点々と光るものがあった。屋台ラーメンの明りにそれはにぶく光った。魚のうろこである。

啓介は大通りを横切った。

通りと並行して流れる中島川にかかった橋の上で立ちどまって手すり越しに水面を見た。黒い水が街の灯(ひ)を反映し虹色に輝いている。潮が満ちる時刻らしい。廃油を浮かべた水は五彩に光った。ぼんやり見下していると、伊集院明子のことを思い出した。〝エミイ〟といった酒場にまだいるかどうか。手近の公衆電話に歩み寄って、手帳にメモしていた番号をまわした。

電話の相手が代るまでにしばらくかかった。音楽と笑い声が受話器の向こう側から聞えた。啓介は明子が出るのを待ちながら、深い徒労感を味わった。今度の長崎旅行はムダ足に終ったような気がした。明日一日でなんらかの手がかりがつかめるかどうか心もとなかった。

明子の声が返って来た。

「まあ、佐古さん。覚えていますとも。で、今どちらから」

「浜町というのかな。アーケード街の入り口です。そこの煙草屋から」

「お一人？」

「ええ」

「もしよかったらいらっしゃいませんか。お会いしたいわ」

「忙しいんでしょう」

「それほどでも。先日のことでお礼を申し上げたいし」

「お礼だなんて。ぼくは何も……」

「〝エミイ〟の場所、覚えていらっしゃる？　忘れてらしたらタクシーに乗って銅座町の〝エミイ〟とおっしゃれば、たいていの運転手が知ってます。じゃあ、お待ちしてますわ」

啓介はうろ覚えの道筋をたどった。まがりくねった迷路のような一廓(いっかく)である。タクシーはどれも客をのせていて止めようがなかった。ぐるぐる歩きまわって、いつのまにか同じ場所に戻ったりした。みちばたで酔っ払いが盛大にへどを吐いていた。

啓介はもう一度、明子に電話をかけた。

「そうですの。じゃあ近くに大きなキャバレーか何か見えません？　その名前をおっしゃって」

啓介はあたりを見まわした。小さな酒場ばかりぎっしりとたてこんでいる。比較的大きい酒場の名前を告げた。

「グラナダ。まあ、すぐ近くですわ。そこで動かずに待っていらして。あたしがお迎えにあがります」

五分とたたないうちに明子が人ごみの向こうから現われた。白っぽい和服姿である。化粧が初めて会ったときよりは濃くなったようだ。さりげなく啓介の腕をとって、〝エミイ〟とは反対の方へ歩き出した。小さなカウンター酒場へ案内した。店をあけてもかまわないのかと、啓介が心配すると、気にするには及ばないといった。

その酒場は空いていて、カウンターについているのは客が一人きりだ。明子は奥のボックスに啓介をかけさせた。酒場の女主人とは知りあいらしく、二言三言かるい冗談のやりとりをした。

「今度はお仕事でなくて見物にいらしたんでしょうね」

「仕事ではないんですが、見物ともいえないんです」

「とおっしゃると」

「なんといえばいいのかなあ。家庭の事情というか、そのう……他人にはあまり興味のないことですよ」

「さっぱり見当がつきませんわ。いつまでご滞在ですの」

「月曜日の朝、発ちます」

「じゃあ、明日の午後は車でご案内できるわ。約束だったでしょう」

「それが、調べ物があるんです」

「調べ物というのをうかがってはいけないかしら」

明子の目を啓介はのぞきこんだ。お座なりでいっているようには思えなかった。啓介は手短にわけを話した。明子は煙草を灰皿でもみ消した。細長い白い指である。小銭を持っているかと啓介にたずねた。電話をかけるのだという。硬貨を手渡すと、明子はすいと立ちあがってカウンターの赤電話を取り上げ、しばらく相手と話した。

明子は首をねじって啓介の方を見、目で招いた。送話器に手で蓋をしていった。

「東亜海産という会社の社長さんなの。築町にあった佐古乾物店を覚えていらっしゃるんですって。さあ」

啓介は明子と代って自己紹介をした。

「佐古啓介さん？　名前の方は覚えとらんのだが、佐古という乾物店なら築町にあったよ。うん、海軍に食品を納入する指定業者になってね、昭和十年ごろだったかな。正確な時期は何分もう昔のことだからはっきりせん。戦争末期にはわれわれ商売があがったりでね。なぜかって？　きみいくつ。二十六か。配給制ですよ、食料品はみんな切符がなければ買えんようになった。軍の指定業者には優先的に物資がわり当てられたが、減る一方でね。築町に今はない。そうだろう、あれは昭和十九年ごろ、空襲が激化したので、おまけに商売も開店休業同然になったので、松山町あたりに移転したという噂だったよ。わしが知ってるのはそれだけ。きみ、明子に……伊集院さんに代ってくれんか」

啓介は明子に送受話器を渡した。

奥のボックスに腰をおろして、東亜海産の社長と話している明子の白いうなじを見つめた。明子は送話器を両手で囲うようにして、小声でしゃべっている。社長という男の声は、しわがれてはいたが底力のあるひびきを持っていた。話はなかなか終らなかった。明子は啓介が渡した十円玉を形のいい指でつまんで落としている。その十円玉を啓介はにわかに惜しいと思った。

明子が何を話しているかは啓介の所まで聞えなかったが、おおよその察しはついた。

翌日、啓介は諏訪神社の近くにある森で囲まれた県立図書館を訪れた。

佐古家が松山町へ移転したのなら、啓蔵の身寄りが長崎に生存していないのは確実である。松山町は原子爆弾が投下された中心地なのだった。史料室へ行く前に、一般閲覧室のカードをめくり、原爆関係の資料から調来助編『長崎爆心地復元の記録』をえらび、借り出して読んだ。日本放送出版協会から昭和四十七年八月に刊行された本である。

ページをあけると一枚の紙片が机の上に落ちた。四つ折りになった地図である。「長崎市原爆被災市街復元図」というタイトルが地図の上に横書きで入り、中央に松山町の地図が一軒ずつ姓を書きこまれて印刷してあった。昭和二十年八月九日、原子爆弾が炸裂する直前の町並が啓介の目の前にあった。

山口、本多、辻野……

啓介は探した。

爆発点は町の上空およそ五百メートルである。その真下に黒い二重丸がしるしてあった。

かまぼこ屋、郵便局、時計店、米屋、建具屋、歯科医、雑貨店……各戸には職業も記してある。佐古家はあった。ただし、乾物店という記入のないところを見ると、その頃は商売をやめていたらしい。造船所に近いゆえにB29の落とした爆弾のそれ弾を受けるのをおそれて、当時は郊外であった松山町へ引っ越したのが、かえって被爆するうき目を見ることになったわけだ。

啓介は金物店と床屋にはさまれた佐古という家をしばらく見つめ、それから地図をたたんだ。今になって思い当たるのは、父が毎年八月九日に家をあけて寺へ行く習慣があったことだ。啓蔵は妻方の菩提寺に佐古家の墓地用に一画を買っていた。上京するとき携えて来た両親の分骨を、啓介の母と所帯を持ったとき、そこにおさめた。長崎へ帰る意志は初めからなかったのだ。

啓介は四階の史料室で、昭和十年の長崎日日新聞を借り出した。現在の長崎新聞の旧称である。大曾根老人によれば、この新聞の短歌欄に投稿する常連が「玉波会」をつくったという。

啓介は黄ばんでもろくなった古新聞をそっと一枚ずつめくった。短歌が掲載されるのは毎週の日曜版である。五人の姓名と当時の住所がわかるかもしれない。わらをもつかみたい心境だった。短歌だから良かった。これが俳句だったら作者は本名でなくて俳号を用いる。そうなったらお手上げだと思った。昭和十一年という年がどんな時代であったかが新聞をめくるうちにわかって来た。

昭和十一年つまり一九三六年はロンドン軍縮会議の年である。二・二六事件のあと、広田弘毅が内閣を組閣している。広田弘毅は戦後、東京裁判で戦犯として絞首刑の判決をうけたことを啓介は思い出した。

内務省のメーデー禁止令が三月に出ている。七月、スペインで内乱が始まる。十一月、日独伊防共協定調印。十二月、西安事件。ベルリンオリンピックもこの年である。啓介は新聞の綴じこみを返した。苑田みち子の名前が八月の第三日曜日の短歌欄にのっていた。住所は興善町となっている。佐野敏文の短歌は十二月の第一日曜日に掲載されていた。住所は鍛冶屋町となっている。

さっそく市街地図でたしかめた。ありがたいことに、両町は旧市街の区域に入っており、原子爆弾の被害はうけていない。

苑田みち子が独身を通したのならともかく（目のさめるような）女だったというから結婚しているはずである。しかし、興善町の苑田家へ問い合わせたら消息がわかるはずだ。啓介は一般閲覧室へおりて行って分厚い電話帳をめくった。興善町に苑田という姓はなかった。啓介はがっかりしたが、四十年前の住所が変るというのは考えられることである。かといって八十軒の苑田姓をもつ家へ、順に電話で問い合わせる根気はなかった。

鍛冶屋町に佐野姓があるかどうか。

啓介は失望するのに慣れていた。期待をかけずに電話帳をめくった。ためいきをついて、ページを閉じた。膝から力が抜けてゆくように感じられ、模造革張りの長椅子にすわりこんだ。手がかりはこれで切れた。諦めはついた。やるだけのことはやったのだと自分にいいきかせ、煙草を取り出して火をつけた。

足音が啓介の前でやんだ。

「佐古さんじゃありませんか」

蒼白い顔にうっすらと無精ひげを生やした四十代の男が、書類のフォルダーを小わきに立ちどまり、啓介を見おろしている。田村寛治である。今年の初夏、伊集院悟のことで彼に話を聞いたことがあった。この町で詩の同人誌「光芒」を主宰して、図書館につとめるかたわら自ら詩も書いている人物である。

「しばらくでしたね。今度は何か……」

「古新聞を見に来ました。ちょっと知りたいことがありまして」

「ここで立ち話もなんですから、五階へ行きましょう。喫茶室があります」

啓介はなぜ東京からやって来たかを田村寛治に隠さなかった。明子にもわけを打ちあけたからこそ、佐古家の消息がわかったのである。

「なるほど。ううん、五人の消息は不明というわけですな。四十年ほど昔の話だしなあ。ぼくが赤ん坊だった時代のことだ。電話帳や地図をたよりにする方がムリというものですよ。しかし、待って下さいよ。『玉波会』といいましたね。手がかりがないでもない」

「というと」

「ぼくは明治以後の長崎市における詩人たちの作品と生活を調べているんです」

「詩人じゃないですよ。短歌の同好会」

「まあまあ早合点しないで。実は近代長崎の文芸史をうちの図書館が編纂することになりましてね。来年の春には刊行の運びです。文学史といっても詩あり小説ありでしょう。短歌も俳句もめいめいその道にくわしい人が分担して執筆したんです。原稿はもう出来あがっています。校正刷りをきのうざっと読んだばかりなんだ。短歌の部を調べた人はたしか、あれは……。どうですか、ぼくといっしょに来てくれませんか」

　二人は立ちあがってエレベーターの方へ歩き出した。

「短歌の部を受けもったのは杉山というおじいさんなんだが、この人が凝り性でねえ。本来なら今年の十月に近代長崎文芸史は刊行の予定だったんですよ。杉山さんの原稿だけ遅れに遅れてとうとう来春にのびちまった。だからわれわれ杉山さんをひやかしたもんですよ。五分前精神の海軍さんがそんなことではどうするって」

「杉山さんは海軍にいたんですか」

「中佐でした。もう、いいおとしです」

二人はエレベーターの外に出た。史料室の奥に職員の部屋がある。田村は自分のデスクにかけて啓介に椅子をすすめた。書物と紙片の山をかきまわして、「あったあった」とつぶやきながら、一束の印刷物を啓介の前に置いた。三百ページほどの校正刷りである。

「近代長崎文芸史　短歌篇　杉山郁彦」

杉山という姓に啓介は心当たりはなかったけれども、郁彦という名前は五人のリストの最初にあった。海軍中佐であったという。偶然の一致だろうか。啓介はページを繰る手ももどかしく校正刷りをめくり、昭和十年前後のくだりに目を走らせた。

田村寛治も啓介の肩ごしに校正刷りを読んだ。「玉波会」にふれた箇所は、わずか数行にすぎなかった。

「……かくして、清新の気風を起すかに見えた有志の創作活動も、時局の推移によって解散のやむなきに至り、同人は四散して再び結集することはなかった。『玉波会』もその一つである。……」

啓介は杉山郁彦の住所を聞いた。

「一応たずねてみるのもいいでしょう。住所はわかっています」

田村寛治は手帳を開いて電話番号と住所を教えてくれた。すぐに立ちあがろうとする啓介を手で制して、卓上の電話を取り上げ杉山家へかけた。

「いるという話です。きのうはここに見えてたんですがね。ええ、かくしゃくたるもんですよ。あれで七十近いご老人とはとても見えません」

西山町は県立図書館がある立山町の北に接している。歩いて行ける近さである。目じるしに教えられた西山神社はすぐにわかった。杉山家は神社の裏手にある古びた木造二階建てである。案内を乞うと、背の高い痩せた老人が上がり框に現われた。戦前に建てられたらしい家の構えである。玄関はうす暗かった。

啓介は自分の名前を告げ、「玉波会」のメンバーであった佐古啓蔵の息子だと名のった。

「佐古君の息子さん。覚えとるよ。さ、そんな所に立ってないで中に入りなさい。ぼくのことがよくわかったな」

「田村さんから校正刷りを見せていただきました。失礼ですが、どうして父のことをご存じでしょうか」

二人は居間のテーブルをはさんで向かいあった。灯油ストーブの上にのせられたやかんが白い湯気を立ちのぼらせていた。杉山老人は戸棚から茶碗を二個とり出してテーブルに並べ、紅茶のバッグを一つずつ入れてやかんの湯をそそいだ。砂糖つぼを茶碗の間にすえて蓋をあけ、啓介にすすめた。

「おっと失礼、スプーンを忘れてた。としをとると物忘れがひどくなる。わびしいもんだねえ」よくみがかれたティースプーンを戸棚の抽出しから出して、かちりと啓介の受け皿に添えた。

「そのスプーン、戦争ちゅうにジャワで買ったものだよ。本国へ引揚げたオランダ人が捨て値で売ったものらしい。太平洋戦争におけるぼくの唯一の記念品だな」

「あのう、父のことですが……」

「きみが図書館を出てから、ぼくは田村君へ電話をかけた。としをとると知らない人間に会うのがおっくうになる。佐古という男が訪ねて来るというが、どこの何者だ。来るのは勝手だが、会うか会わないか決めるのもわしの勝手だろうとね。素性の知れない客をぼくの都合もきかないでよこすとは何事だと少し文句をいってやったよ。すると田村君がきみのことを話してくれた。初めからそういえばいいのに」

「あなたが城嶋さんですね」

「そう、戦後、復員したら家内が原爆で亡くなっておってね。よくあることだ。今の家内と再婚したとき、家内の姓に変えることになった。城嶋、そう、ぼくは『玉波会』の会員だった。きみのお父さんのことは知っているよ」

潮灼けした赤黒い顔をななめに傾けて杉山老人は目を閉じた。閉じた目をすぐに開いた。鋭い口調でいった。

「きみ、紅茶がさめる」

「は、はい」

啓介はあわてて紅茶を取り上げた。つかのま、艦長から命令された水兵になったような気がした。


啓介はゆっくりと坂道を歩いて下った。

諏訪神社の西に沈みかけた日が、敷石のつぎ目に濃い影を刻ませていた。風はなかった。啓介は時計を見た。

杉山郁彦と啓介は四時間あまり話したことになる。ビスケットと紅茶で昼食をすませるのが自分の習慣だと杉山老人はいった。彼から聞いた話を反芻しながら、ハーバーサイドホテルへ戻ろうとしたが、夜を鳥籠のようなせまい部屋ですごすのも気づまりだった。伊集院明子の顔を思い浮かべた。しかし、東亜海産の社長とかいう男と、しのび笑いをもらしながら電話で話していた明子の後ろ姿を思い出すと、〝エミイ〟へ行く気になれなかった。

パンタグラフに青白い火花を散らしながら路面電車が走りすぎた。

その火花を見たとき、啓介は笠原恭子のことを思った。大学をやめて郷里の長崎へ帰ると告げたのは十一月である。住所と電話番号を記した紙片を啓介に与えていた。啓介は赤電話のダイアルをまわしながら考えた。笠原恭子に会えなかったら、さっさと駅へ行って夜行寝台でもいいから東京へ帰ることにしよう。聞き覚えのある声が返って来た。

「笠原でございます」

啓介は長崎に来ていると告げた。

「諏訪神社のふもとです。ここは何ていう町なんだろう。伊勢町かな、それとも新大工町」

啓介は片手に持った市街地図をのぞきこんだ。恭子の家は鳴滝町である。

「街を案内してくれるとおっしゃったでしょう。あの話、まだ有効ですか。いや別に見物に来たわけじゃないんです。晩飯でもつきあってもらえたらたすかるんだが」

「そこに地図をお持ち」

「ええ」

「諏訪神社を背にして左へ歩けば、商店街があります。そこから見えるでしょう。アーケード街です。東の方へアーケード街を歩くと左手に天満宮があります。その前に〝カルダン〟というレストランがあります」

十五分後に啓介は、〝カルダン〟で笠原恭子と再会した。見ちがえるほど明るい表情である。別人のように思われた。啓介は自分が人懐しい気分におちいっているから、恭子がそう見えるのだろうかと思った。

「ぼくの推測を聞いてくれますか」

「推測？　なんのことでしょう」

「彼とは別れたんですね」

恭子はかすかに表情を硬ばらせた。じっと見つめている啓介の顔をまともに見返してうなずいた。

「彼がスリルを楽しむためにわざと古本を盗んだ。あなたは彼がなぜそんなことをするか理解したくて、わざわざ危険をおかしてうちにこっそりと本を返しに来た。盗むのも、気づかれないように本を戻すのも、スリルは同じですからね」

「その話はもうやめて下さらない」

「気を悪くさせてご免なさい。でも、話してしまわなければぼくの方がおさまらなかったんです」

料理を食べながら啓介は長崎の印象を語った。この次こそ仕事ぬきで来て、あちこちを見てまわりたいものだといった。

「あら、お仕事でいらしたの」

「いや、仕事なんていうもんじゃないんだけれど」

啓介は長崎へ来たわけをかいつまんで話した。

「で、杉山さんの話で何もかもおわかりになったというわけなのね」

「何もかもというわけじゃないんですが、何せ父の家は全員松山町で亡くなっていますからね」

啓蔵は御厨朋子を愛し、結婚する約束をかわした。じっさいに結婚したのは啓蔵の兄、啓次郎である。

（そんなばかな）

と啓介は杉山老人にいった。

（啓次郎という人は遊び人でね。丸山という遊廓が長崎にあったんだが、そこでは誰ひとり佐古啓次郎の名前を知らない者はなかったほどだ。どういうきっかけで啓次郎さんが御厨朋子の心をひるがえさせたのかはぼくだって知らない。婚約者の実家へ挨拶に来た御厨朋子をひと目みて惚れこんだのかもしれない。男女の仲というのは他人があれこれと想像をたくましくしたって……）

（でも）

（御厨朋子は啓次郎さんの子をみごもっていたんだ。啓蔵君にしてみればこの世は闇という心境だったろうよ）

（しかし、父は三男でした。長男は）

（啓太郎という人だ。この人は病身でね。胸が悪かった。家を切りまわしていたのは啓次郎さんの方だ。海軍の軍艦に食料品を納入する指定業者の許可をとったのも次男の力だよ。当時、軍に出入りする業者になるというのは大したことだった。日支事変が始まったのは翌十二年、そういうご時勢を考えてみたまえ。軍事予算は年々ふくれあがる。ぼくも軍人のはしくれではあるがね、陸軍のやり方には批判的だった。しかしここできみに昔の話をしても仕方がない。啓蔵君は兄のやり方と意見が合わないというよりも、ものの考え方すべてがちがっていて、家を出ていたんだ。彼は社会主義者だった。今でいえばコミュニストに近い。二・二六事件を知ってふんがいした彼とぼくは意気投合したものだよ。考えられるかね。海軍士官と造船所の旋盤工が、共に国の行く末を心配しているなんて。昭和十年から十一年にかけて、その頃まではわずかながら自由なものの考え方ができるゆとりがあったんだ。

そんなばかなと、今きみは怒ったように口走った。

啓蔵君の若いときそっくりだよ。とくに怒ったときの表情がね。きみ、いくつになる）

（二十六です）

（ぼくが知っていた啓蔵君と大体ちかい年齢だな。ぼくは軍人といっても技術将校だから、近代戦というものの勝敗を決するのは科学の力と資源だと信じていた。技術屋でなくても素人にだってわかる理屈さ。ぼくは日本の科学の水準と資源の量を、素人よりいくらかくわしく知っていたというにすぎないよ。支那と、今は支那なんていうと怒る人がいるが、昔は支那といった、その支那を相手に戦争を始める兆しがあった。満州事変で味をしめた陸軍の一部軍人がね。「玉波会」はただの短歌会じゃなかったんだ。もちろん短歌は好きだが、それは表向きのことであってね。会員の中には何人か社会主義者がまざっていた。治安維持法というものが発布されて十年もたった時代だよ。短歌の同好会を装って、こっそりと連絡をとりあっていた。特高の目をごまかすために）

（城嶋さん、いや、杉山さんは軍人だったんでしょう。軍人は社会主義者を国賊と見なしていたんじゃないんですか。大杉栄を殺したのも陸軍の将校という話ですし、杉山さんは父たちの活動を黙って見てたんですか）

（組織立った活動ではなかったんだ。日本という国を愛することにかけては、ぼくも啓蔵君も志を一つにしていた。ぼくは彼らと立場がちがうけれど、国を滅ぼすのは陸軍ではないかという危惧はひとしく持ってたな。ぼくみたいな海軍士官は他にもいたよ）

（そのことを『近代長崎文芸史』にお書きになれば良かったのに。「玉波会」はただの趣味人の集まりのように書いてあります）

（証拠がない。彼らは集まって情報を交換するだけだった。パンフレットなどに印刷して、国政を批判でもしてみたまえ。たちまち手が後ろへまわる。いったろう、ただ話をするだけだと。もし紙きれ一枚でも彼らの運動のあかしになるものが残っていたら、ぼくは「玉波会」のことを書いていただろう。今となれば、あれは短歌同好会の集まりにしかすぎなかった。そのかわり啓介君、ぼくはきみに話したよ。古本屋だといったね。何かの折りに紙屑の山の中から「玉波会」の誰かが書いたささやかなアジビラが出てこないとも限らない。ぜったい出てこないとはいえないよ）

（さあ、どうですか）

（証拠が出てこないときみが思いこんだとき、きみはただのどこにでもいる古本屋になってしまう。けちくさいその日暮らしの小商人（こあきんど）に成りさがるんだ。お父さんは恋人に裏切られたから長崎に死ぬまで帰らなかったときみは思うかね。たしかにそれもあっただろう。啓蔵君は無念やるかたなかっただろう。しかし、女のことで腹に一物なんていう人ではなかったよ、きみのお父さんは。

　すまん、がらにもなく演説してしまったようだ。ぼくもそろそろあの世へゆく時が近づいた。同期の連中で、戦争を生きのびたのは二割といなかった。いい奴ばかり先に死んじまったよ。ぼくみたいに無能な老いぼれが永生きするなんて、人生は皮肉なもんだ。

　実をいうとぼくはきみを見て安心したよ。啓蔵君の人生がそれなりに一貫していたと思えてくる。古本屋にしかできない文化の継承というものがあるんじゃないだろうか。不幸なことにきみたち若い世代の人たちは、全体主義の怖さを知らない。活字の中でしか知らない。平和のありがたさよりも平和の退屈さしか知らない。怖しい時代になったものだと思うけれど、ぼくにしてみれば、永くは生きられないんだから、全体主義、いやファシズムといいかえようか、その恐怖を味わうことは二度とないだろう。一度でたくさんだよ、あんな時代は）

杉山老人はしゃべり疲れたように見えた。

啓介の話を聞き終った恭子はいった。

「佐古さんはどうお思いになるの。お父さんが長崎へ帰らなかったわけは、フィアンセに裏切られたからか、それとも社会主義者としてみすみす手をこまぬいて世界の動きを見送るしかなかった長崎の生活に絶望したからか」

啓介はポケットから歌集を取り出した。

「この友鶴というタイトルね。友は御厨朋子の名前からとったものだと思うんです。妹の名前も友子とおやじは名づけた。朋子さんのことは忘れられなかったと思いますよ。しかし、帰らなかった理由は結局のところぼくにはよくわからない。杉山さんの話がぜんぶ真実だとしても、事実の一面しか見ていないということはありうるな。そう思いませんか」

「ここのローストチキンいかがでした」

「ああ、うまかった」

「わりといけるでしょう。また長崎にいらしたら今度はビーフシチューを召しあがって。

とてもおいしいですから」

「今度といっても、いつのことになるかなあ」

啓介は恭子の顔から目をそらした。

「あたし、長崎で仕事を探すつもりです」

恭子は『歌集　友鶴』を手にした。友鶴というのはどういう意味なのだろうかとたずねた。啓介は友鶴の意味を知っていた。雌雄そろいの鶴のことである。転じて、良い配偶者のたとえになっている。そのことを教えようかどうしようかと啓介は心の中で思案した。

「友鶴というのは……」

啓介が説明しかけると、恭子はさえぎった。

「いいわ、あたし帰ったら辞書を引いてみます」

それがいいと啓介はいった。

# 世界の終り

（だれかが来た……）

若い男は緊張した。潮のひいた海岸に一艘の小型ボートが漂着している。おととい、ここを通ったときは見なかったから、それはきのうかきょう、この島に流れついたものだ。

櫂はなかった。

足跡は砂浜にのりあげたボートから波打際にしるされ、まっすぐ島の内陸部へむかい、丘のふもとで消えている。若い男は足跡をたどって丘へ駆けより、息せき切ってなだらかな斜面をのぼった。

「オーイ……」

こだますら返って来なかった。

島の中央には標高二百メートルほどの円錐状をなした山がある。その山の尾根がいくつかのゆるやかな丘となって起伏している。丘はみな亜熱帯性の叢林でおおわれている。若い男は丘の上に立ち目を細めて山から尾根を見わたした。周囲十キロに満たない島である。ひっそりと静まりかえり、鳥の声だけが鋭くひびく。山の裾あたりでながながと野犬の吠える声がした。

「オーイ」

さらに二度三度、若い男は丘の上から姿の見えない漂着者に呼びかけた。その声に応えるのは風にざわめく林の音だけである。男はその場にうずくまり、なおも島の内陸部をこまかく目で点検しながら額の汗をぬぐった。

およそ半時間、鳥のさえずりだけがかまびすしい林の気配に耳をすましていたが、だるそうに立ちあがって丘をくだった。砂浜のボートに歩みよって今度は考え深い表情になり、ためつすがめつボートの内外を検分しはじめた。七、八人で満員になりそうな小型ボートである。

（これはもう使えない……）

彼はがっかりしたように頭を振った。櫂を支える金具は片方しか残っていない。こぶしで船べりをたたいてみた。にぶい湿った音がする。かなり長い間、漂流していたことは腐蝕しかけた船底の木質でわかった。海藻が外側にこびりついている。この破損した状態ではかりに修理できたとしても外海の波浪に耐えられそうにない。

若い男はボートの内側に目をとめた。よく見るためにしゃがんで顔を近づける。黒いしみのようなものと見えたのは血痕のようである。それもしぶきのようにとび散った斑点だけではなく艇内のそこかしこに塗りつけた痕が見られる。

白いペイントが火災にあって焦げ、船べりには焼けた痕がある。自然な状態で海面にうかべられたのではなく、何か荒々しい暴力的な事件のさなか海へ投げだされたもののようである。ボートの内側には数箇所に強い力で加えられたへこみやひっかき傷があった。たっぷりと水を吸った船材は解体寸前というところである。

ボートの内部に残された物はなかった。シャツの袖らしい青い木綿地の布きれが船底にこびりついているだけで、これでは遠来の客の国籍すらわからない。若い男は砂浜にうずくまって、そこにくっきりとしるされた未知の人間の足跡を凝視した。

その足跡に自分の足を重ねてみる。ほぼ同じ大きさである。歩幅は小さく、この足の主が疲れていることを示していた。足跡がボートの傍から始っているところをみれば、その男は島に打ちあげられて初めてそうと知ったにちがいない。でなければ海岸ちかくでボートを棄て、陸地に泳いでたどりつくはずだから。

(やっぱりこの男も……)

若い男はボートのあちこちに残った炎の痕をぼんやりと指先で撫でた。(この男もおれと同じ災難にあって漂流することになったのだろうか)

彼は大儀そうにボートを離れ、来たときと同じ方向へ戻り始めた。砂浜から百メートルほど離れたところで、ぎくりとしたように姿勢をこわばらせて立ちどまり耳をすませた。

彼は枯れ枝が踏まれて折れる音を聞いたように思った。そこはまばらな椰子林である。しばらくたたずんで次の物音を待った。

（気のせいか……いや）

彼は不安そうにあたりを見まわした。海から吹く風が椰子の葉をゆすり、からからと鳴らした。

（だれかに見られている……）

聴覚は異常に鋭くなっていた。若い男は自分の動物的な本能ともいえる感覚を信じた。椰子林の視界はおよそ五十メートル、見通しはいい。下生えの密生したあたりに目を配って歩きだした。

背後でまた同じ音がした。

男は敏捷にふりむいて身構えた。人影はない。音の正体はすぐにわかった。椰子の実が落ちてころがっただけである。彼は安堵の溜息をついてふたたび歩きだそうとしたが、にわかに眉をひそめた。足もとにころがっている椰子の実が変に多いのである。

彼は落ちたばかりの実をひろいあげてしらべた。実が木につながっている部分が黒っぽく変色している。実のはしに黒紫色の斑点が生じていて、鼻で嗅ぐと甘い腐敗臭がある。

彼は手ぢかにころがっている椰子の実を全部しらべた。どの実にも黒紫色の斑点があって厭な匂いを放っている。かつてなかったことである。

（そういえば……）

このごろめっきり林の中の見通しがよくなったようだ、と男はつぶやいた。厚く重なった腐葉土の上にこやみなく頭上から枯れ葉がおちてくる。それも自然な落葉ではなく、葉のふちだけが濃い茶色にちぢれてめくれ、葉柄が黒く変色してわずかの風にも落ちてくる。もともと常緑樹ばかりのこの島に自然な落葉などあるはずがなかった。

若い男は林を抜けて岩の多い丘へさしかかった。ときどき立ちどまって耳をすます、相変らず野犬の吠える声がする。どこからかだれかに見られているという、背すじを虫が這うような感じは依然として続いていた。しかし足音は彼だけのもので、彼自身のたてる物音以外に林も丘もしずまりかえっている。

彼は馴れた足どりでゆっくりと丘をのぼり、いただきの岩かげに腰をおろした。眼下、北海岸に漂着したボートが眺められた。彼は手のひらで顔の汗をぬぐい、ボートの横たわっている海岸付近の丘から山裾一帯へかけてじっくりと観察した。

動くものとては風にそよぐ木の葉ばかりのようである。無人島の中央にそびえる山の次に高いのが、男の位置している丘であった。彼が初めてこの島に漂着したとき、水平線上にこの島はうずくまった犀の背のように見えたことを憶いだした。彼はボートに乗って来たのではなかった。ほとんど裸体で一本のラワン材にすがって流れついたのだった。

男は目を南海岸に移した。海に面してやや広い平地がひらけ、島の鉱山がかつて採掘されていたころの事務所と人夫達の住んだ部落の跡がある。建物はこの島を定期的に襲う台風によってほとんどトタン屋根も壁の羽目板も剝ぎとられ骨組だけになっている。男は見馴れた廃墟の光景から東の方、島の高地へ目を移そうとしてもう一度、部落のたたずまいを点検した。風雨にさらされて白茶けた建物のあたりで何かが動いた。若い男は立ちあがった。

（部落にはいつも野犬がうろついているが、あの影は野犬じゃない、たしかに二本の脚で直立した人間の姿だ……）

南海岸と男の立っている丘との間は直線距離で四百メートルはある。しかもその間にひろがる亜熱帯性の叢林からはたえまなく陽炎が立ちのぼって大気は不透明の膜となって輝きゆらめきつづける。部落の廃墟をさまようものの影はちらちらと慄え、たしかな物のかたちにはなりにくい。ボートの男が南海岸の部落へあらわれるのは自然なことだ、と彼は考えた。人間の住んだ跡というものはたとえ廃墟でも不思議な力で新しい訪問者を招きよせるものなのだ。

（おれが思ったほどにあの男は弱っていない、林を踏破して南海岸まで探検する力があったのだから、食糧を持っていたのだろう）

丘の男は波の彼方にこの島を見たとき根かぎりの力で泳いだのだった。潮流がさいわいした。彼は身を託しているラワン材ともども島の方へ押し流された。島へあがってまっさきにしたのは水を探すことだった。林の中に小川があった。立とうとしても脚に力が入らず獣のように這って小川へにじり寄り顔を水に浸してむさぼり飲んだ。渇きがいやされたと思った瞬間、意識がうすれた。

（ボートには備えつけの非常用食糧があったのかもしれない。乗員が一人きりならすくなくとも二週間は消耗せずに生きることができる……）

新しい漂着者が椰子の実を採集する必要がないほどに元気であれば、即座に島を探検しようとかかるはずだ。しかし、本当にボートの男は旺盛な体力を持っているのだろうか。以上のことはすべて丘の上の男の推測にすぎなかった。彼は小手をかざして南海岸の部落を注視した。

動くものがある。野犬の影ではなく犬の動き方とはちがった動き方をする物の影が部落の建物の間で見え隠れしている。人影はやがて元鉱山事務所の中から現れた。丘の男はかっきりと焦点のあったレンズをのぞいたときのようにそいつの姿を見てとった。見てとったとはいえ、その男は一度目をそらすとたちまち陽炎の向うにぼやけてしまうような不確かな形である。

そいつは事務所の階段をおり左右を見まわしてぶらぶらと無人部落の建物を一軒ずつ

のぞきこんでいる。ちょうど丘の男が初めてその部落を発見したときそうしたように。

（何もない、がらんどうのはずさ……）

ガラスの割れた窓と食器の破片と脚の折れた椅子とそんなものばかりが新しい訪問者の目に映ったはずである。

（小屋には食物もない、着る物もない、この島はわれわれがあの災厄にあう前から見棄てられてしまっていたのだ……）

自分自身との対話でわれわれという言葉にぶつかって丘の男は顔をゆがめた。


若い男は甲板員だった。

彼が乗りくんでいた第三永福丸は今、南太平洋の海底に沈んでいる。この年の春、進水したばかりの新造船であった。

（そうなったらどうあがいてみても仕様がない、世界の終りだもんな……）

甲板員は船が漁場を去ればそれほど仕事はなかった。船の仲間と茶飲み話に世界戦争を話題にすることがあった。船長と漁撈長と老いたコックの三人だけが戦争の体験者だった。深夜、寝苦しい船内のベッドから抜けだして後甲板にたたずみ黒い海を眺めながらタバコをのんだ。キャビンのかげに風をさけても強い空気の渦が彼をとらえた。タバコの火の粉が小さな赤い点となって流れた。北極星の位置は徐々に水平線を離れつつあった。第三永福丸の吃水は深かった。まぐろを満載して船団より二日はやく漁場を離れたのだった。この晩のことは記憶に残った。静かな日々がつづきそれが終る日に彼は北上する漁船の後甲板で、夜ふけ、風に吹かれてタバコをのんだ。それだけのことだが、あとになって甲板員はその夜のことを懐しく何度も記憶の中で反芻した。

翌朝、事件がおこった。J環礁は第三永福丸の航路の東に位置していた。甲板員は船底で排水ポンプの修理を手伝っていた。機関の発する音は鼓膜を圧するほどに大きかった。

（何かおかしい……）

と思ったのは甲板員ばかりではない。ポンプの弁をいじっていた機関士も手を休め顔をあげて上甲板の気配を聴きとる姿勢になった。若い男はハッチから頭を出して水平線上の巨大な火の柱を見た。J環礁の方向である。

乗組員はその場に化石したようにたたずんで次第にふくれあがる傘形の雲をみつめた。船長の姿は見えなかった。無線室にいた。

「実験じゃあねえんだとよ」

漁撈長が無線室から酔っ払いのような足どりで現れて、やれやれ、とつぶやいた。

「事故かな」と機関士がいった。

「とうとう例のものがおっ始ったんだよ」

漁撈長は唾を吐いた。水平線上に太陽をおおい隠す勢いで高く伸びてゆくいまわしい物の影に吐きかけるように。しかし唾は音だけで漁撈長の唇は白く乾いたままである。無線室から出てきた船長は蒼ざめていた。

甲板員のわきを通るとき、ちぇっ、と舌打ちした。船長が口にしたのはそれだけだ。船は進路を西にとり、災厄の現場からできるだけすみやかに離れるために速度をあげた。

そのときになっても若い甲板員は事態の意味がよく理解できなかった。戦争はいずれ起るだろうとは思っていたが、それは遠い未来に属することで、その前に何回も戦争の予告や前兆に立ちあうことになるだろうと考えていた。条約の締結と破棄、会談の決裂、大使の勧告、一連のそうした情勢によって人は戦争の接近をしだいに肌で感じるようになる。いわば大洪水を、暗い空から降りやまぬ長雨やじわじわと水位をあげる川面によって予知するように。

このように突然、思いがけない状態で、朝、目がさめたら水平線上に戦いと破滅のしるしを見出すことになろうとは夢にも思わなかった。

爆風と高波が第三永福丸を襲った。船長があらかじめ発していた警告で、乗組員は船内に避難していたから人員に被害はなかった。強い衝撃はキャビンの窓ガラスを割った。爆風によるもっとも大きい被害は無線機が用をなさなくなったことである。船長が通信士にたずねる声が聞えた。

「予備の機械もだめか」

「だめのようです」

無線士の絶望的な声が聞えた。漁船の乗組員全員は、この朝、海上に不吉なきのこ雲を認めたあとになっても、いつものようにめいめいの部署にあって与えられた仕事を熱心に果そうとしていた。例のもの、つまりJ環礁のいまわしい焰が世界の終りを意味するとしても、無線士は機械の修理に、機関士は機関の運転に、甲板員は漁網の整備にいそしもうとしていた。

「これからどうしますか」

甲板員は機関士にたずねた。

「どうするって、おまえ、海の上でどうしようもないだろう」

「もっと先のことだと思ったよ、戦争は」

「どのみちおれの戦争じゃない」

「できた」

甲板員は排水ポンプの弁をとりかえた。

「これより速くスピードが出ねえもんかな」

「ぎりぎりのところだ」

「無線士が予備の機械もいかれたようにいってたのが聞えたな」

「修理しているだろう」

「本当に戦争が始ったのだろうか」

「受信のまちがいだったらとおれも思うよ、環礁の核爆発がただの事故であって……」

漁撈長がハッチをおりてきて、ポンプは使えるかとたずねた。

「上甲板に灰がつもりかけているから手あき全員で流す、ポンプの準備をしてくれ」

船内にひそんでいる乗組員の知らぬあいだに、船は降灰をかぶっていた。波のしぶきとねばっこい潮風の作用で、灰は上甲板のいたるところに糊でつけたようにこびりついていた。

彼らは海水をポンプで汲みあげ、甲板につもった白い物に吹きつけて洗い流しにかかった。その作業中にも細かい糠状の灰はひっきりなしに降ってきて視界を暗くした。海は光を喪い、夕暮に似た薄明が漂っていて、蒼黒い影を帯びたうねりが船をゆすっている。日没にはまだかなりある時刻というのに日が翳った。

夜に入って第三永福丸は右舷東方海上に燃える船を見た。完全に停止したその船は炎の下で黒い輪郭を見せていた。五千トンほどの貨物船である。双眼鏡をのぞいた船長は黙って首を振った。漁船は燃える船のまわりを一周した。生存者はなかった。

九十八トンの第三永福丸がJ環礁のちかくにあって爆発の衝撃に耐えたのに、これほど大きい貨物船が同じ爆発によって燃えだしたとは考えられない。乗組員の一致した意見は、J環礁とは関係のない貨物船自体の爆発か機関の火災か、要するに事故による炎上であるという推定だった。しかし、それもこの貨物船から十海里ほど北方に、停止したタンカーを発見して疑わしくなった。

タンカーは炎上ちゅうではなかった。すでにほとんど燃えるべき物は燃えつくした残骸にすぎなかった。夜空に時おり細い火のすじを吐きながらタンカーは徐々に沈もうとしていた。船首が水に没するとき、灼熱した鉄板が水と接触しておびただしい水蒸気を噴出させた。

環礁のきのこ雲とは別にこの海域でも、これらの船の火災が証明するように、何か不吉な異変が起ったのはもはや疑う余地がない。タンカーにも生存者はなかった。第三永福丸は速度をおとさずに現場を去った。

夜が明けるまでに彼らは他に五隻の沈みかかった船を見た。水平線に日が昇った。空中に濃密にたちこめている塵埃が太陽を赤錆びた鉄板状に見せていた。

(世界の終りにふさわしい日の出だ……)

若い甲板員は思った。

「おい、見ろ」

うわずった声で調理師が包丁の先で海面をさした。乗組員は船べりに立って海をみつめていた。無数の浮遊物が舷側をかすめて過ぎた。重油が朝日をはじいて五彩に輝いた。

救命ボート、ブイ、砕かれた甲板の一部、漁網のウキ、壜、折れたマスト、食糧の木箱などがばらばらに不規則な間隔をおいて近づき流れ去り、ある海面では広い範囲にわたって波のうねりに揺られながら密集していたりした。

「——さんを呼んでくれ」

船長が漁撈長の名を告げて甲板員に命じた。彼は船室のベッドに横たわっている漁撈長を発見した。もし血の気のないむくんだ顔を見なければ、ただ横になって休息しているとしか思えなかっただろう。

異変は確実にそして急速に乗組員に現れた。漁撈長の次に船長が、その次に無線士が仆れた。つづく二十四時間のうちにほぼ年齢の順に乗組員は息をひきとっていった。髪が抜け、歯ぐきから出血し、全身がむくみ、脱力感と嘔き気を訴えるのが共通の症状だった。

J環礁付近で彼らはのがれようもなく致命的なものに汚染されてしまったに違いない。海はしだいに波が高まりつつあった。舵をとる力のある者は操舵室にこもった。甲板員は機関室におりて、うろおぼえの知識を頼りに機械の調整をした。このいまわしい症状はかつてそうであったようにゆっくりとした速さで人をおかすのではなくて、きわめて迅速に進行して生命を破壊するらしかった。

（苦しむ期間が短くてすむ、それがせめてもの幸せだ……）

と甲板員はつぶやいた。

午後になって船体の揺れは大きくなった。立って動くことのできる者は全員、台風に備えてハッチをとざし、船上の物が流されないようにロープで固縛した。ラジオが壊れた今となっては台風の進路からのがれるように操船することはできず、彼らにできたのは船をかろうじて浮べておくことだけだった。その作業ちゅうも一人二人と乗組員は什れていった。

高波が漁船にぶつかり荒々しくもてあそぶとき、船体は今にも分解しそうに激しくきしんだ。波浪というよりはもっと重い量感のあるものがたえず船体を外側から圧迫し、おしつぶそうとかかっているようであった。何人かが船上を通過する激流に洗い流された。

甲板員は水浸しの操舵室にたどりついて、空転する舵にとりついた。やがて一つの波が圧倒的な力でキャビンになだれこみ、甲板員の躰をさらって船外へ押し流した。夜明けまでどのようにして浮いていたのか、その後のことは甲板員の記憶にない。気がついてみるとひとかかえもあろうかと思われるラワン材につかまって彼は漂っていた。

流木はそれにすがりついているだけなら充分、彼を支えてくれる力があったが、疲れて上によじのぼり全体の重みを託そうとするとあっけなく一回転して彼を水中にふりおとした。甲板員はあきらめて海中に両脚をたらし、腰のベルトで上半身だけをラワン材に結びつけた。

うねりは大きかったが台風はおさまりつつあった。災厄三日めの太陽がのぼった。塩水に浸った目に朝日の光はまぶしすぎた。きのうのように赤く錆びた鉄板状の日ではなかった。風が吹き払ったものか、塵埃は空中には漂ってはいずに、すがすがしいオレンジ色の光線が海面に漂う彼を照らした。

午後、彼は自分の顔をかすめるかもめの羽搏きをきいた。まぢかに島が見えた。島をめぐる潮流が彼を海岸へ運んだ……。

林の中、小川のほとりで甲板員は眠りから醒めた。鳥の声が聞えた。林の奥に夕日が斜めの影となってさしこんでいた。彼は海の日没を見て生きたいと思い、生きのびる決心をした。

ボートの男は鉱山事務所のポーチにうずくまっている。甲板員は手製の網袋にパンの実と乾燥させた貝の肉をつめて丘をおりた。

（あいつも今となればこの島が見すてられた無人島で、おれも同じ漂着者だということを知ってるだろう……）

甲板員は事務所の屋根が見える距離に近づくと、自分に敵意がないことを知らせるために軽快な曲を口笛で吹いた。ポーチに人影はなかった。若い男は事務所前の砂地にうすくるされた足跡をしらべた。はだしの痕は空地をつききって部落の背後、小高い丘陵へ向っている。若い男はその足跡に沿って歩きだした。丘には昔、島の鉱山で働いて死んだ人夫を葬った墓地がある。

「オーイ」

彼はパンの実と貝の肉をつめた網袋を手にかざして呼びかけた。

「食べる物を持って来たぞう」

返事はなかった。野犬の咆える声が聞えた。丘の上からは朽ちかけた木の十字架が彼を見おろしているだけである。

「オーイ、腹はへっていないのかあ」

甲板員は崩れやすい砂の斜面をのぼった。

だれもいない。ボートの男の足跡はたしかにここへつづいていたのである。半ば砂に埋もれた墓標が彼を迎えた。

彼は丘のふもとを足早にかけおりる男の後ろ姿に気がついた。そいつは向うの林へにげこもうとしている。その姿かたちは確かに甲板員の呼びかけを聞き、明らかにそれを拒否しようとしている姿勢である。若い男は墓石のかげに力なく腰をおろした。

（せっかく食糧を持って来てやったのに、なんであいつ逃げるんだろう、おれを何だと思ってるんだろう）

逃げた男は林の中へとびこむとそこでやや落ちついたように墓地の方をふり仰いだ。背かっこうは甲板員とほとんど変らない。椰子の木かげに身をひそめ、後ろから追ってこないかと確かめているあんばいだ。

「ユー、フレンド、カム、バック」

甲板員は片ことの単語をならべた。日本語が通じないのかもしれないと考えたのだった。つづけて大声で叫んだ。

「ミイ、フレンド、ユー、オールライト」

敵意を持たない証拠にパンの実と貝の肉入りの網袋をさしあげ、左右に振った。木かげにひそんだ男にこちらの声は充分とどいたと思われた。言葉が理解されたかどうかはわからないが、すくなくとも丘の墓地から叫んでいることの意味は相手におぼろげながら伝わったように思われた。

ところが網袋を高くかざして見せながら甲板員が丘をくだりかけ林へ近づこうとすると、そいつはものに怯えたようにじりじりと後ずさり、やがてくるりと背を向けて林の奥へ姿を没した。

見えなくなっても甲板員はそいつが木のかげで目を光らせて自分をみつめているのを知っていた。見られているという確信があった。甲板員は墓地のいただきに並んでいる杭の一本に網袋をくくりつけた。

「ここに置いとくからな、自分でとって食べてくれ、安心しろ、毒なんか仕こんではいない、まったくおまえも疑い深いやつだ、何をびくびくしてるんだ」

甲板員は林の方へ漠然と手を振り、去りぎわに思いついて自分の住んでいる岩山の方を指した。

「おれは向うの山にいるからな、いつでもやってこいよ、わかってるだろう、この島にはおまえとおれの二人しかいないんだもんな」

甲板員はふりかえりながら丘の墓地をおりた。ふたたび部落に戻って鉱山事務所のポーチにあがり、壁ぎわに隠れた。ここから丘の網袋を見張ることができる。

まもなくボートの男は丘の墓地に姿を現わした。部落をうかがいながらためらいがちに網袋に手をのばす。口紐を解くのももどかしげに中へ手をつっこみ、中身をとりだした。口に入れる前にそいつは一瞬ある疑惑を感じたかのように中身をまじまじと眺め、鼻にもっていって匂いをかぎ、こわごわ少しだけかじってみている。

ボートの男は部落の方ばかりではなく甲板員の洞穴がある岩山の方も海岸の方も、中身をしらべるあいだ不安そうに絶えず目を配っていた。二個めを口にするのは早かった。三個め、四個めとそいつは立ったままほおばり忙しく網袋の中身を腹におさめた。

（これでおれが友達だとわかっただろう）

甲板員は丘の上から見えるようにポーチの端へそろそろと移った。乾いた板が彼の体重できしんだ。丘の男は目ざとくポーチの男を認めた。そいつはポーチの人影を見たとたん、からの網袋をほうりだし、じりじりと後ずさりしはじめた。

「オーイ、おりて来いよ、話をしようじゃないか、喰い物ならまだあるぞ、わけてやるよ」

甲板員は手招きをし、それから味方であることを示すために両手をあげて振った。丘の男は姿を消した。

「バカヤロー、おれをいったい何だと思ってるんだ、おまえをとって喰うとでも思ってるのか」

甲板員はポーチの床を踏み鳴らして喚いた。

「きさまなんか、さっさとくたばっちまえ、もう面倒みてやらないからな、せっかく運んでやった喰い物をたいらげておいてまだ信用しないのだな、畜生め、きさまがそんな気持ならおれにだって覚悟がある」

甲板員はポーチから地面にとびおり、大またで自分の岩山へ戻りはじめた。今しがた何かが彼の中に不吉な疑惑を生じさせた。さっき見たボートの船べりに付着した血痕と不自然なまでにおびえきった新米の漂着者とをあわせ考えてみるとある情景が甲板員の目にうかんでくる。

（まさか、あいつが……）

彼は部落のはずれから丘の墓地をふり仰いだ。墓標のかげにそいつの頭がのぞいている。いったん身を隠して物かげから甲板員の立ちさるのを見まもっていたのだ。

ボートの中で五、六人の男がくじを引いている情景を想像した。しるしのついたくじを引きあてた者が、自分の肉体を飢えている仲間に提供しなければならない。老いた船乗りからよくきかされた話である。

（それとも、そんなくじ引きなどという手続きなしで……）

だれかがナイフをふるって仲間に襲いかかる。危険を感じた男はオールをかまえて身を守ろうとする。波の上で揺れ動くボート、悲鳴……不意に静寂がひろがる、あらあらしい息づかい、ボートの底に犠牲者が仆れている、溜り水がみるみる赤く染まる、飢えた男たちはナイフを手に……。

甲板員は背後を警戒しながら自分の岩山へ帰りついた。洞穴は岩山の頂上ちかくにあり開口部を海に向けている。洞穴へ近づくには海ぎわの斜面からのぼってくるほかはない。海上に航行する船を見た場合、すぐ点火できるように洞穴前の空地に枯れ木の山を築いていた。その木をくずして洞穴入り口を半円形に囲むようにばらまいた。

こうしておけば夜間こっそりと接近する者があっても枯れ木の踏みしだかれる音でそれとわかる。洞穴の背後は急峻な崖である。崩れやすい砂岩質の岩肌をよじのぼることはまずできない。だから洞穴の主としては海に面した側だけに気を配っておればいいことになる。

甲板員が島のあちこちを放浪して最終的におちつくことに決めた場所がこの岩山の洞穴であった。はじめ心配したような野獣はこの島にいなかった。野犬がいた。鉱山で働いていた人間が飼っていて置き去りにしたのが、いつか野生化したものらしい。

痩せさらばえて肋骨が露わに浮きだした野犬の群が甲板員につきまとい、すきを見て襲いかかった。石と棍棒で犬とたたかった。手ごわい相手だと知ると犬たちはおそれをなして一定の距離をおき、それ以上、近よろうとはしなくなった。甲板員が叩き伏せた犬にはたちまち他の犬がたかり、われがちに喰いあらしてしまった。あとには骨が残った。

甲板員は墓地のある部分がひどく荒れていたことを思いだした。（もしかするとあいつはそれで誤解しているのかもしれないな）

飢えた犬が墓をあばいて葬られた地中の骨を掘りだし撒きちらしている。犬のしわざだと知っているのは甲板員だが、あの男にしてみれば島の事情に通じない今、甲板員を危険な先住人と見なすかもしれない。墓をあばいたのではなくて、島の中で仲間を殺して傷つけた男と考えることもありうるだろう。そう考えてはじめてあの男が異常にこちらを怖れているわけも納得がゆくというものである。

甲板員は洞穴の上によじのぼった。楯形の岩により添うように腰をおろし、南海岸の部落を眺めた。鉱山事務所付近にも墓地のまわりにも人影はなかった。

動くものといえば荒廃した空家の間に出没する野犬の影だけである。その野犬もこのところめっきり数がへったようだ。犬はいくつかの群にわかれ、それぞれ兇暴な頭目に率いられて、仲間同士、攻撃しあっているように見える。食物をねらって岩山の洞穴も襲われたことがある。洞穴の中に吊り下げた貝の乾肉や干魚が犬をひきつけたのだった。襲撃は失敗した。甲板員は洞穴の入り口を石で塞ぎ人ひとりがようやくくぐり抜けられるほどのすきまを残した。犬を撃退するのが目的ではなかった。二度と彼を襲う気をおこさせないように手ひどく痛めつけ、できるだけ多数の飢えた犬を殺すつもりだった。

最初の攻撃に失敗すると犬たちはますます兇暴になり慎重になった。洞穴の主は幾度か首すじに飢えた犬の吐きかける熱い息吹きを感じた。彼が部落の空家でひろって着ていた古いシャツは犬の爪で引き裂かれ、海草のように垂れさがった。

犬はシャツだけでなく彼の顔にも鋭い爪痕をしるした。

（犬め、犬め……）

彼は襲撃のさなか、うわごとのようにつぶやいていた。彼は棍棒で犬にたちむかった。

激しい渇きが彼を苦しめた。汗かと思ったのは犬の爪と牙で引き裂かれた傷口に滲んだ血であった。犬たちを撃退してかなりたってからそれがわかった。何気なく顔から流れおちる温かい液体を手でぬぐったら汗とはちがったねばり気があるのに気がついた……。

日が沈もうとしていた。

島の中央にそびえる円錐形の山が夕陽に染められ青紫色の翳りを帯びた。甲板員は岩山の頂上に枯れ枝を運びあげた。闇がおりるのを待って枯れ枝の山に火を放った。山の向う側斜面に隠れているのでない限り、この火は島のどこからでも見えるはずである。

（この火があの男に語りかけることができれば……）

甲板員は風のない夜空に立ちのぼる火の粉を見て願った。新しい漂着者がこの火を望見して、火の傍に友人がいると思ってくれれば、と切実に希望した。木は音をたてて燃えあがった。火の傍にうずくまって甲板員は干魚をあぶった。よく焦げた部分を指でむしって口に入れる。水とパンの実で夕食は終った。

（明日になればあいつも腹がへって食物を乞いに来るだろう、そのとき話しあっておれが危険な人間ではないことを教えてやろう、こんなせまいちっぽけな島でおたがいにびくびくしながら生きられるものじゃない）

甲板員は山とは反対側、島の西方海面を眺めた。星が満天に輝いている。西の果て、暗い水平線上に星とは異なる色のかすかな光が認められる。星のように瞬きはするが、赤っぽい橙色のあきらかに燃える火の色である。それに気づいてから三十日あまりたつ。たしかに西の方には陸地があり、陸地には人間が住んでいるのだ。

昼間、遠望すると水平線上にうっすらと墨を引いたようにかすかな陸の影がのぞいている。二週間ほど前、甲板員は山の頂上からその陸地を眺めていて、褐色の煙が幾すじか立ちのぼっているのを認めたように思った。煙の根元にはかすかに火のようなものがちらちらと慄えている。あの陸地で何かが燃えている。街か、家か、それとも森か、いずれにせよ燃える火の傍には人間がいる、と彼は思った。

島というにはあまりに大きい影である。半島の一部かあるいは大陸かもしれない。彼は漂流するまでの船の航跡を記憶の中の海図にたどった。J環礁の位置は知っていた。低気圧の進路にまきこまれるまでは、ほぼ航行方位と速度は憶えていた。無人島の位置は正確ではないが、だいたい西南太平洋のある海域に標定することができた。

海流や風の力で遠く流されたとしてもそれには限度がある。

（島であれ半島であれ、あの陸地に人間がいることだけはたしかだ）

甲板員は自分の島と水平線上にうっすらとのぞいている陸地間の距離を目測した。十海里はたっぷりとある。もしかしたら十五海里以上へだたっているかもしれない。晴れた日でなければ陸の影は見えなかった。

甲板員は陸地へ渡る方法を考えた。泳いで行くことは不可能だ。島と彼方の陸地間には強い潮流が南から北へ流れている。手段としては筏しかなかった。木を切り倒す道具がない以上、部落の廃屋をこわして、その柱と羽目板を組合せるほかはない。

彼は水平線上に陸影を見た次の日から筏造りにとりかかった。小屋に火をつけ、燃えおちた灰の中から古釘をひろいだし、それで羽目板と柱を結合させた。柱を方形の枠に組み、枠の表と裏に羽目板を張った。一週間後、一人乗りの筏は完成した。網袋に干魚と貝の乾肉をつめ、飲料水がわりに椰子の実をつんだ。渡航は失敗した。

波しずかな入り江では筏は無事に浮んだが、いったん外海へのりだすと風の穏やかな日でもうねりは高かった。岩山から見おろしていると、せいぜいさざ波のようにしか見えない波が、筏に身を託して外海へ出てみると身の丈はあろうかと思われるうねりになって彼を翻弄した。

島を離れてすぐに筏が壊れたのはむしろ幸福だった。泳いでただちに帰還することができたから。古釘はもろいうえに焼かれてさらに折れやすくなっていた。乾ききった羽目板は水を吸って重くなり、彼の体重と筏自体の重みで海面すれすれに沈んだ。波浪にもてあそばれて筏はあっけなく分解した。彼は島に泳ぎ帰り、砂浜に横たわって泣いた。

……………………

岩山の上で甲板員は回想から醒めた。

（海に浮ぶだけでは充分とはいえない）

水平線上に点々とつらなる火を眺めて考えた。潮流を乗りきり一定の進路を保持して航行できる筏でなければ意味がない。古釘で結合しては波浪の衝撃にひとたまりもないことがわかった。

（藤蔓では……？）

つる科の植物は山裾の林でたやすく採集できる。藤づるを乾燥させ、縄状になって古材木を結びあわせたらどうだろう。

（ここからあの陸地の火が見えるということは、向うからもこの島が見えるということだ。おれが焚く火も……。人間がいるのならなぜ救いにきてくれないのだろう、たすけにくる余裕がないのだろうか、あの火の傍で生活している連中は自分の生きることだけで精いっぱいで、無人島に流れついたよそ者のことなぞどうでもいいことなのかもしれぬ、しかし海辺に暮しているから舟は持っているだろう、その舟を出してくれれば、その舟にモーターがついていたら一時間たらずでやって来られるはずだ、それとも燃料が欠乏しているのだろうか……）

災厄が全世界にひろがって、人間はめいめい一人ずつ生きのびるために、遠い無人島でちらつく火なぞ関心を持つゆとりはないのかもしれない。しかし、水平線上の火は甲板員を勇気づけ励ましつづけて来た。

毎日、夕暮が訪れるたびに彼は岩山の頂上にたたずみ、西の方、〝隣人〟の火を眺めた。海をへだててあまりにも遠く離れているとしても彼らが隣人であることに変りはない。

突然、甲板員は躰をこわばらせた。闇の奥で枯れ枝が折れる音がした。彼は傍の枯れ木をつかんだ。一メートルほどの手ごろな棍棒である。すばやく焚火の傍から離れて岩を楯にし、音の聞えた方へ呼びかけた。

「おい、おまえはそこに隠れているな、ちゃあんとわかるんだ、おい、話をしよう、おれもこの島に流れついた船員だ、おい、聞いているのか」

また枯れ木の折れる音がした。その音は闇の奥を右から左へ、ちょうど甲板員が身を寄せている岩と同じくらいの大きさの岩がならんでいる斜面の方へ移動した。ボートの男も岩かげにひそんでいるのだ。

「喰い物はある、うまくはないがそれでどうにか生きてゆける、二人で力をあわせてなんとか島を脱け出そうじゃないか、おまえも西の方に火を見ただろう、人間がいるんだ、あそこへ行けばきっと船がある、国へ帰れるかもしれないぞ、おい、聞いているのか、なんとか返事をしたらどうなんだ」

甲板員は身をのりだした。相手は彼の語る言葉がわからないのかもしれない。ひと息ついて彼はふたたび闇の奥へ呼びかけた。

「ユー、フレンド、オーケー」

そう叫んで身をのりだした瞬間、額にしたたかな一撃をうけた。思わぬ方角からこぶし大の石がとんで来て彼の顔にあたったのだ。

彼はとっさに躰をまるめ、岩山から足もとの洞穴入り口へころがり、斜面をすべりおりた。石はつづけざまに彼の躰を追って投げられた。

「ストップ、ストップ」

（ここで挑戦に応じたら大変なことになる）うろたえながらもそれだけ考える冷静さは失っていなかった。彼は焚火の明りが届く圏外にのがれ、岩かげにうずくまって状況を考えた。

（まったく困ったやつだ、いったい何をかんちがいしてるんだろう、おれを食人種とでも思っているのだろうか）

投石はやんだ。しかし闇の奥にはこちらの動静をうかがっている者の張りつめた緊張感がみなぎっている。焚火の中で木がはじけた。甲板員は獣のように地に腹這い、勝手知った岩山をそいつのいると思われる方へにじり寄った。

（何か重大なかんちがいがある、それを正さなければ……）

そう決心した。ただ攻撃にさからってみても事の解決にはならない。そいつの背後から不意をついてとりおさえ、相手の自由を一時的に奪っておいて、事情をくわしく説明すれば納得するだろう。さもなければ未来永劫、このせまい島の中で相争うはめになってしまう。そうなったらたまったものではない。甲板員は自分の腕力に自信を持っていた。

ボートの男はきのう漂着したのなら永い漂流生活のはてに体力を回復してはいないはずだ。甲板員は左手に石を、右手に棍棒を持って岩から岩を伝い、そいつがひそんでいると思われる方へそろそろとしのびよった。

左側は急峻な崖である。その崖ぶちに沿って進めばすくなくとも躰の左側は安全なわけだ。焚火のはぜる音が耳についた。投石の方向から判断すると、そいつは岩山の頂上付近に位置しているはずだ。甲板員は地面に伏せ、星明りの下に黒々とそびえる岩山の斜面をすかし見た。動くものは何も見えない。

耳を地面に押しあててかすかな足音さえも聴きとろうとした。大地の重々しい沈黙が伝わって来た。海岸に寄せる波のざわめきが聞えた。彼は失望しなかった。なおもひたと耳を土にあてて静けさの底にひそむものの気配をさぐろうとした。

動いている者がいる。砂が崩れた。そいつの足が石を踏み、石がすべって砂の上できしった。甲板員はつと頭をあげて音の方向をたしかめようとした。見られていないという安心感があった。顔をあげただけでは心もとなく、上半身をもたげて闇の彼方をうかがおうとした。

風を切って何か重い物が彼にふりおろされた。甲板員は悲鳴をあげて仆れた。敵の第二撃はむなしく地面を叩いた。甲板員は崖の下まで砂礫と共にころがり落ちた。そいつは息をはずませて崖の向う側斜面をかけおりた。

甲板員は崖下の砂地に半ば埋もれて横たわった。意識は不意の恐怖で明澄になったが、躰は崖を落ちるときぶつかった岩による痛みで動かすことができない。さいわい石と砂の塊にほとんどおおわれているので、高みから見おろしてもすぐには気づかれないあんばいになっている。足音がした。

星明りの空を背景にそいつはまぢかの崖ぶちに立ちはだかっている。甲板員は目だけを動かしてそいつを見上げた。そいつは右手に棍棒をさげていた。棍棒の先端には三角形の石がついている。その石がすんでのところで彼の頭を割るところだった。

その男の顔は影になって黒い仮面のように無表情である。甲板員は息を殺してそいつが立ちさるのを見送った。そいつは右手の石斧でむぞうさにそここの岩かげを叩きながら岩山をおりて去った。去りぎわに襲撃者は洞穴の中からその主人がたくわえた干魚と貝の乾肉を奪っていった。

甲板員は足音がすっかり遠ざかるまで待った。恐怖がおさまると怒りが全身をかけめぐった。彼は砂の中から力をこめて腕を抜きだした。両肩がしきりに痛んだ。腕を伸ばしてつかまるものを探した。木の根が触れた。それをつかんで上体をもたげ、下半身を引きだした。打ち身の箇所がにぶく痛んだ。時間をかけて彼は自分自身を掘りだした。両手で自分の肩から腹、腰と脚をさわってしらべた。出血している傷はなさそうであった。

「あの野郎、どうするか見てろ……」

彼は唾を吐こうとしたが、口の中は砂だらけでねばっこい唾液が舌にからまるだけだ。甲板員は岩山をおりて海岸よりの洞穴に移った。このような事態にそなえて用意をしていた隠れ場所である。砂の上に足跡を残さないように気をつけた。

クナイ草の密生した洞穴入り口は外からは気づかれない。這って人間の両肩がやっともぐりこめるほどの入り口だが、内部は奥行きが深く、乾いた砂が床になっており、洞穴につきものの湿気もとぼしい。岩棚の下に海水で浸蝕された空隙である。彼は入り口を平らな石で塞ぎ、バナナの葉を束ねたベッドに横たわった。躰の節々が痛み、呻き声が思わず口をついて洩れた。

（あいつめ、どうするか見てろ……）

ボートの男が手製の武器をこしらえて持っていたことを思いだした。

（やっつけなければこちらがやられてしまう、今度こそひどい目にあわせてやる）

彼は自分がつくるはずの武器をあれこれと想像しながら眠りにおちた。

部落の中央広場、鉱山事務所前の空地からひとすじの煙が立ちのぼっている。煙のもとにボートの男がうずくまっていた。

甲板員は墓地の一角に身をひそめてそいつをみつめている。朝、洞穴を出てから島の反対側つまり北海岸の波打際まで密生した林の中を迂回して山裾をまわり、岩山とは逆の方向から南海岸の部落を見おろす墓地の丘へたどりついたのだった。

甲板員は敵と同じ石斧をこしらえて携帯していた。そのうえ、島の廃墟でひろった発動機のベルトを細工してつくった投石具まがいの武器も腰に巻いていた。

石を包んだベルトの両端に指が通る穴をあけた簡単なものである。素手で投げるより二倍も速く、遠くへ石を飛ばすことができる。

そいつはうずくまって何か焼いている。肉の焦げる匂いが風にのって流れてくる。もっとよく見るために甲板員は墓地の端、いちばん大きな十字架のかげへ身を移した。そいつは獣の脚のようなものを火であぶっていた。

さっきの場所からは見えなかったが、そいつの足もとには平べったくなった犬の屍骸があった。火はおそらく昨夜、岩山の洞穴を襲ったとき甲板員の焚火から盗んだものにちがいない。

（苦労して長いことかかってやっと手に入れた火を、あいつめやすやすと自分のものにしやがって……）

この無人島に漂着したとき、甲板員はマッチもライターも持たなかった。部落の廃墟にはどこを探しても火をつける道具はなかった。レンズも見あたらなかった。きわめて原始的なやりかたで甲板員は火を発生させる作業にとりかかった。枯れ葉をもみしだいて細かい粉末にし、石の上で乾かす。廃屋でひろった板ぎれにナイフでくぼみをつけ、かたい木の尖端をとがらせて両手で錐をもむようにそのくぼみを摩擦した。火を得るまでに三日かかった。初めは黒く焦げてかすかにくすぶるだけで、火がつくほどにはなかなか熱せられない。七、八枚の板ぎれをぼろぼろにしてようやく赤い火の粉がちらつきだしたとき、彼はその穴のまわりに枯れ葉の粉末をおき、火が燃え移るようにした。

やがて小さな焔をあげ始めた枯れ葉の塊をわきに用意した焚木に移した。その火は四六時中、絶えることのないようにコプラの繊維を浸した椰子油の火皿に移した。彼の両手は火ぶくれでもしたように赤く腫れた。火をおこすのに木の棒をあまりに強く回転させつづけたので……。

火盗人は犬の腿をかじっている。油断なく四周に目を配っているそいつの表情はくわしく見てとれないが年齢は甲板員と同じくらいであろう。皮膚のなめらかな輝きと敏捷な身ごなしでそう思われた。腕力もほぼひとしいのではあるまいか。ひとしいか少し上か……甲板員はそいつの盛りあがった肩の筋肉を見て憂うつそうに眉をひそめた。

かもめがそいつの頭上をかすめた。とつぜん砂の上を走った鳥の影に、そいつは犬の腿をほうりだし、おびえきったかっこうであたりを見まわした。甲板員はそいつを憐れんだ。敵意が急速にうすれた。部落の荒廃した広場でおどおどと犬の骨をかじり、鳥の影にさえうろたえている男の姿を遠くからみて、甲板員は昨夜から持ちつづけた憎しみがやわらぐのを感じた。彼は自分の手にした武器をいとわしく思った。ぎょうぎょうしく腰に巻いた投石具の重さが厭になった。

しかし、武器をすてて手ぶらでその男の前に出てゆけるほどの気持にはなれなかった。

そいつは犬の始末にとりかかった。男の持っているのはガラスのかけらのようだ。それを器用にあやつって犬の皮を剝ぎ、骨つき肉を焚火に吊した籠に並べている。

(おまえ、燻製肉をつくるつもりなら塩をすりこんで乾燥させなきゃ駄目だよ)

そいつは焚火に板ぎれをくべた。火が燃えつづけるのを見定めておいて、そいつは鉱山事務所わきの倉庫に姿を消した。甲板員はこの機会を利用して墓地の丘をかけおり、部落のはずれにそびえる給水塔のかげにとびこんだ。そいつは倉庫から出てきた。空の石油罐を二つかかえて海岸へ向っている。何をしようとしているか、甲板員にはすぐわかった。

海岸には石をかまど状に積んでいる。石油罐に海水を汲み入れてかまどにかけた。煙があがった。塩をとろうとしているのだ。

給水塔からかまどまでの間にはいくつかの廃屋があり、見通しが悪かった。甲板員はボートの男が火をたきつけるのに苦心している時を見はからって小屋から小屋へ少しずつ接近した。隙をみすましてそいつを打ちのめしこちらの実力のほどを思いしらせておいて、そのうえでこれからの共存条件について協議するのがいいと考えたのだった。

鉱山事務所の前にある小屋までたどりついて、壁ぎわから海岸のかまどの方を見たとき男の姿はなかった。（………）あわてて身をのりだし、犬の肉をあぶっていた焚火の方をのぞいた。そこにも男の姿は見えない。

不意に危険を感じ、吐き気を催すほどの恐怖にとらえられた。身をすくめて後退しようとしたとき、背後に人の気配を感じた。ものもいわずにそいつは石斧を振りかざして打ちかかった。

かろうじて甲板員は第一撃をかわした。ふたたび打ちこまれた石斧を彼は自分の石斧で受けとめた。柄を持つ手が汗ですべった。そいつは息もつかせず第三第四の打撃を加えてきた。そいつの斧は甲板員のそれよりつくりが頑丈だった。うちこまれる武器をやっとのことで支えるだけだ。反撃するどころではない。壁ぎわに追いつめられて、自分の石斧を構えようとした。石斧の柄は汗で濡れている。次に来る打撃にそなえて石斧をふりかざそうとしたとき、それは手をすべり抜けて土の上にころがった。拾おうと身をかがめたのが、結果としてはさいわいした。

甲板員の背にした小屋の羽目板が音をたてて破れた。ボートの男がそこに石斧を打ちこんだのだ。甲板員は目の前にある男の足首をつかんだ。そいつは仆れた。石斧は小屋の壁にささったままである。

そいつは仆れるなり砂をつかんで投げつけた。甲板員は目をこすり、そいつからとびすさって腰の投石具をはずした。そいつは立ちあがり、歯を剝きだして殴りかかった。

全世界が茶と黄の輝く縞で彩られた。甲板員は悲鳴をあげて目をおおった。そいつは石をはさむひまはなかった。甲板員はベルトの一端を持ってふりまわした。そいつは目の前で一閃したベルトにひるんで、一、二歩たじたじと後退した。甲板員は焼けつくような目の痛みを覚えつつも、ベルトでそいつの顔を一撃しようとした。

新しい武器の正体をそいつはすぐに見届けたようであった。そいつは両手をひろげ背をまるめて充分、甲板員との間に距離をとった。もりあがった両肩に首を埋めるようにして上目づかいにこちらの動静をうかがっている。目は依然として痛んだ。

投げこまれた砂粒が眼蓋の裏でざらつき、粘膜を刺戟してとめどもなく泪を溢れさせた。ふくれあがった視界に銀色の光が滲んだ。全世界がゆらめき、敵はゆがんだガラスを通して見るようにふくれるかと思うとちぢんだ。甲板員は大きく息をつき、投石具としては用をなさないベルトをつかんでそいつの動きを注目した。

そいつは一歩踏みこんだ。反射的に甲板員は一歩さがった。薄笑いがそいつの顔に浮んだ。甲板員はベルトでその顔をねらった。すばやく首をすくめてそいつは一撃をかわした。次の瞬間ベルトは甲板員の首に勢いあまってからみついた。甲板員は両手で自分の首にまきついたベルトをもぎとろうともがいた。

そいつは甲板員の躰におどりかかった。うしろへさがろうとしたとき、足が何かにつまずいた。そこは倒壊した小屋の跡である。散らばった木ぎれに足をとられて甲板員はあおむけに仆れた。その上にボートの男がのしかかってきた。

そいつは甲板員にまたがり両手の先に自分の全体重をかけて首をしめつけようとした。しかし首にまきついたベルトがそいつの手を邪魔した。そいつは舌打ちし首のベルトを剝がしにかかった。甲板員は躰を弓なりにそらした。そいつを押しのけようとして必死に脚をばたつかせた。

太陽はほとんど真上にあった。そいつの頭上に日はまぶしくきらめいておびただしい光を氾濫させている。のどもとをしめつけられ、こめかみが破れそうに脈打った。甲板員はそいつの手首にしがみつき、もぎ離そうとした。鉄の鉤のようにその手はかたく、しきりにかきむしってもびくともしない。

息苦しさのあまり甲板員は鳥のように両手をひろげてあがいた。視界が暗くなった。何かが手に触れた。それをつかみ、うすれてゆく意識にさからって渾身の力をふるい自分の上にのしかかっている男の頭を殴った。

にわかに甲板員の体が軽くなった。そいつは破れた砂袋のように甲板員のわきに崩れた。彼はそいつの体を押しのけ、四つん這いになってその場から逃げだした。とりもちにかかった蠅のように全身が重く、ともすれば地面に引きつけられるようである。十センチ、二十センチと這いつくばった姿勢で彼はそいつから遠ざかった。気ばかりがあせった。

笛を吹くような音は自分ののどから洩れる苦しい呼吸だった。ふいごがたてるヒューヒューという音にそれは似ていた。

彼は喘ぎながら給水塔の下まで這って進み、墓地のある丘のふもとでようやく板ぎれを杖に立ちあがることができた。彼はよろめきがちな脚を踏みしめて逃げた。しりあがりに恐怖がつのった。恐怖が彼の内部に充満し外へ溢れるとき喚き声に変った。甲板員は林の中を右に左によろけながら走り、おびえきった獣の声で叫びつづけた。

夕方まで甲板員は洞穴の中で慄えていた。熱病にかかったように悪寒が全身を這いまわった。歯が鳴った。

（なぜ、あのときひっくりかえったあいつの息の根を止めなかったのだろう……）

今になってそのことがくやまれた。甲板員は洞穴の入り口を石で塞ぎ、穴のいちばん奥にもぐりこみ、そこにうずくまった。膝頭を胸にあて、両肘を折ってわきの下に添えた。胎児の姿勢に似ていた。そうしているとしだいに慄えがおさまり、悪寒もひくようである。彼は渇きを覚えた。

彼は水をためた石油罐に顔をつっこみ、舌を鳴らして飲んだ。その水に黄金色の光線がさした。入り口のわずかな隙間から夕日が洞穴内に射しこんでいる。

（あの日の沈む所に陸地があり、陸地には人間がいる……）

かつては慰めにも力にもなったこの思いが今は少しも彼を楽しませない。夕日の輝きすらまがまがしく、いまわしい色を帯びているように見えた。

（西の土地に生き残っている人間たちともここでボートの男とまじえた戦いをくりかえさなければならない……）

そんな気がした。

世界が終ろうとしている、という思いが、乾いた砂にしみこむ水のように彼の内にゆきわたった。彼は洞穴の壁に背をもたせかけ、膝をかかえて呆然と沈む日をみつめた。

（おかしなことだ、この島にたった一人でいたときは世界の破滅を信じられなかった。新しい漂着者がやって来た今となって初めて世界の終りを痛切に感じる、そうだ、世界は水に浸った砂糖のように溶けて消えようとしている、だれが何といおうとこれは確かなことなんだ……おれはあの男といがみあい、おたがいに相手が土の上に仆れて平たくなり息を引きとるまで憎みあい、怖れあい、棍棒と石斧、裸の手と爪、歯と歯でもって息のつづく限り戦うはめになってしまった。そうなってしまったからには力を限り生きのびてやる、そうさ、生きのびてやるのだ、おれが生きるのを邪魔するやつはだれであれ容赦はしない）

甲板員は空腹を覚えた。この日、二度目の食事にしては味気なかった。彼は自分のかじっている干魚を眺めた。鼻を近づけて干魚の臭いをかいだ。生臭く腐ったものの臭いがしたからである。干魚からその臭いは発するのではなかった。海の方から吹いてくる風にのって洞穴へ運ばれてくるのだ。

彼は入り口を塞いだ石をとりのけて洞穴の外へ出た。日没後、亜熱帯に位置するこの島の夕暮は短い。夜はすみやかに島を暗くした。彼は手ごろの棍棒をたずさえて海岸へおりた。相変らず波の砕ける単調な音がする。波打際へ近づくにつれて腐敗臭はますます濃くなった。甲板員は四周に目を配り足音をしのばせて歩いていたが、砂浜にさしかかったとき、何か柔らかい物を踏みつけて思わず小さな叫び声をあげた。

大小無数の死魚が波打際を埋めている。新しい魚も古い魚もあった。すでに渚の上手では白い腹をふくらませた魚が腐臭を放っている。波が寄せてしりぞくとき砂の上に死魚の堆積をふやした。腐臭は渚に漂い、さらに沖から吹いてくる風にも含まれて流れてきた。

（この大洋いちめんに腹を上にして死魚が浮び漂い流れている……）

彼は足早に砂浜を離れやがてとぶように磯の方、彼がいつも貝を採集している海岸へかけつけた。そこにも波が死魚を打ちあげている。膝まで水につかって水底の貝をさぐった。貝は手に触れた。口をあけた貝である。水の上にとりだして貝の中身をしらべた。肉は溶けかかる寸前の粘り気をもっていた。彼は貝を投げすて、海に手を浸して洗った。手についた粘りはしつこくこすってもなかなか落ちなかった。

(考えてみれば全世界で核爆発がおこって海の魚がどうにもならないわけはない……)

甲板員は西の陸地に点々ととともった火を眺めた。

(あいつらも今ごろはきっと海の異変に気づいているだろう、さあ、これからどうする、海のものはとって喰えなくなったのだ)

風を切って何かが甲板員の耳をかすめた。

彼はその場に伏せた。間髪をいれず第二弾がとんで来た。闇の中でも正確に甲板員の位置を測定しているらしい。二番めの石は甲板員の伏せている岩にあたってそれを砕いた。甲板員は三つめの石がとんできたとき、目の前に口をあけた岩の溝に這いこんだ。

溝の底には海水がたまっている。水音をたてないように溝を伝って深みへ進んだ。波の音が彼の躰がたてる水の音を消した。彼は水にもぐって磯の外へ出た。ボートの男は海岸ちかくまで迫った林の中にひそんでいるらしい。甲板員は投石具を部落に忘れてきたことを思いだした。そいつのためにこしらえてやったようなものだ。

甲板員は砂浜に這いあがり海亀のようにじりじりと草原めざしてにじり進んだ。そいつはいた。甲板員が作った投石具に石をはさみゆるく振りながら海岸の方、さっきまで甲板員が身を隠していた岩かげをうかがっている。甲板員は足もとの地面を探した。

（木の枝か、石でもあれば……）

さっきの棍棒はどこかにおとしていた。身の丈ほどもあるクナイ草のしげみはそいつの立っている林と接している。今、甲板員の姿は草の中に没して向うからは見えないはずである。いつまでも甲板員が姿を現わさないのに不審を覚えてかそいつは林の中から磯の方へ足を踏みだし、こちらに背を向けて遠ざかりつつあった。

甲板員はクナイ草のしげみをかきわけて林の中へしのびこんだ。手さぐりで地面に落ちている木を拾いあげようとした。それは落ちている木ではなく倒木の枝だった。力を入れて引っぱったとき、それは音をたてて折れた。こちらに背を向けていたそいつがふりかえった。しかし砂浜からは林の中の甲板員を立木と識別することができない。そいつは投石具を振りまわしながら右に左に動き、林の中をすかし見た。

甲板員は部落の空地で戦ったときの疲労と恐怖から回復していた。そいつに立ちむかうだけの精力を取り戻していた。甲板員は発見されるまで待たなかった。

あくまで立木に寄りそって木の一部にでもなったかのように身じろぎもしなかったら、ついに発見されなかったろう。甲板員は野犬のように咆哮して棒をふりあげ、そいつに打ちかかった。林の外へ走りでたとき、足が蔓草にからまった。仆れたところにこぶし大の石が飛んで来た。

激しい勢いでかけだしていたから、仆れてもなおはずみがついて彼の躰は砂浜の上を敵の方へころがった。立ちむかってくると予期していても足もとをころがってくるとは思わなかったとみえて、そいつは一瞬、呆然と足もとの甲板員をみつめた。

恐怖の網がふたたび甲板員をとらえた。林の中で拾った木の棒はどこかにおとしていた。手をついて中腰になったとき、そいつのベルトが顔をねらって打ちおろされた。甲板員はそのベルトをつかんで引っぱった。そいつは奪われまいとして強く引きかえした。甲板員は急にベルトの端を手離した。そいつはベルトを持って向う側にひっくりかえった。

その躰めがけて甲板員はあらためて獣めいた叫び声をあげてとびかかった。

そいつは甲板員の胸を脚でけった。けられた方はあっけなく砂の上にあおむけに仆れた。背中で死魚がつぶれた。腐った魚の臭いが鼻をついた。汗みどろになって争っているさいちゅうに、ものの臭いがすることを一瞬不思議に思った。海の音も聞えた。

甲板員がおきあがるのとそいつが躰をおこすのとほとんど同時だった。二人は中腰になってにらみあった。投石具はそいつの手になかった。奪いあったときどこかでおとしたのだ。

甲板員は後ずさりし、男から目を離さないようにして腰をかがめ、手を伸ばして足もとの石を拾おうとした。彼が石に指をかけたとたん、そいつがとびかかってきた。二人は組みあったまま波打際に倒れた。そいつはとびかかる寸前、死魚を踏みつけてすべり、躰の安定を失っていた。だから甲板員にぶつかったとき、そいつは自分の攻撃する方向へ力を集中することができなかった。おたがいに相手を一撃する態勢ではなかった。

波が寄せてきて二人を洗った。喘いでいる甲板員の口に海水が溢れた。彼は身をおこして海水を吐いた。目にも塩水がしみた。そいつも躰を折りまげて咳きこみ、苦しそうに呻いている。ふたたび波が二人の上にかぶさった。甲板員は砂浜を林の方へよたよたと逃げた。その後をボートの男が追った。

「もう、よせ、よせったら」

甲板員は弱々しく叫んだ。ボートの男は流木をひろいあげて迫った。流木は夜目にも太く重そうである。軽々しくふりまわすことができない。そいつもかなり弱っているように見えた。甲板員は草の中へ這いこんで咳をした。高い草が彼の姿を隠した。流木を持った手が幾度かむなしく草をたたいた。

「もう、いやだ。たすけてくれ」

甲板員は草の底を這いまわり、きれぎれに悲鳴とも呻きともつかぬ声をあげた。棘のある草が彼の皮膚を引きさいた。思いがけない近さに敵は迫っていた。星明りの空を背に立ちはだかっているそいつは巨人のように大きく見えた。

甲板員は息をのんだ。そいつは得物をふりあげた。甲板員は嬰児のように躰をちぢめた。そいつは仆れている男が抵抗しないのを見てとると、いったんふりおろしかけた棍棒を持ち直し、さらに一歩近よって充分ねらいを定めて打ちおろそうとした。

仆れている男はやみくもに脚を伸ばした。その足が立ちはだかっている男の下腹部にあたった。そいつは呻き声をあげて棍棒をおとし、その場に力なくうずくまった。甲板員はクナイ草をかきわけて逃げた。林の闇が目前にあった。暗黒の影に彩られた樹木の深みがことさら優しく親しみ深く思われた。甲板員は林の中へかけこんだ。下生えの草が彼を抱きこんだ。高く張った木の根に身をひそめて草原をふりかえった。

クナイ草の茎が林の闇をすかして淡い灰色に見えた。それはそよとも動かず、ボートの男をのみこんで静まりかえっている。

（おかしい……）

甲板員は立ちどまって耳をすました。あれほど絶え間なく咆えていた犬の声がやんでいる。波打際で格闘した夜から三日たっていた。三昼夜、甲板員は洞穴にこもって出なかった。深夜、用を足すために足音をしのばせて砂浜へ出る以外は洞穴の中に隠れつづけた。

きょう、あるものの気配を感じた。世界がにわかにしんと静まりかえったような、これまでとはちがった異様な物音を耳にしたように思って外へ出てみる気になったのだった。

彼は空を見上げた。

空はいちめんに黄ばんだ光が充満している。真昼というのに太陽は見えず、夕方のように、にぶい真鍮色の微光があたりに漂っている。いつもとちがうのは空だけではない。林がすっかり葉をおとして裸の梢ばかりになっている。

彼は口を阿呆のようにあけて林をみつめた。濃い暗緑色であった木のしげみが茶褐色に変っている。彼は林の中を歩いた。

ひっきりなしに枯れ葉が彼の頭に肩に降りかかり足もとにつもった。暗い林が明るくなった。

彼は島でいちばん高い円錐状の山にのぼった。林も下生えの草も廃油の色に似た褐色に変ったため、風景は様子をかえて別の島へ来たかのように映った。胆汁を流したような光が島を包んでいる一方、海の方からは相変らず死魚の腐敗した臭いがおしよせてきた。

その臭いは三日前とは比較にならないほど濃い密度になって甲板員の鼻孔を刺戟した。海は今も砂浜に生命のなくなった屍骸をあとからあとから打ちあげている。

さきに打ちあげられた死魚は干からびてかたくなり砂の上ではや粉ごなになろうとしている。しかしその上に沖から漂ってきた死魚が重なり新たな腐敗臭を発散させた。死魚の堆積はあたかも海そのものが意志的にたゆみなくその岸辺に産みつけるものであるかのように見えた。

甲板員は山の頂上にのぼった。いただきに這いあがったとき胸が破れそうに痛んだ。

（あいつはどこへ消えたんだ……）

島のどこを見まわしても犬の影はなかった。動くものは何もない。鳥も羽搏かず虫も動かなかった。ただ海の音だけが単調に圧倒的に続いている。高みから一望した島は淡い琥珀色の光に浸って大洋に浮んだ方舟（はこぶね）のようにも見える。彼は西の水平線を眺めた。黄色い埃のようなもやがたちこめている。西の陸影はその黄色い埃の下に隠れて見えない。雲はこくこく厚くなり、夕方のようにまわりはうす暗くなりはじめた。

甲板員は山をおりた。林には強い力が働いて、木の葉を大地が吸引しているようである。枯れ葉は褐色の斑点がひろがって縁から腐りかけている。

（このぶんでは椰子もパンの実もすぐに食べられなくなるだろう）

部落は森閑としていた。倒壊した廃屋は風化の速度を速めたようで、白茶けた小屋の壁も前よりいっそう砂の色に近くなった。あらゆるものがもろく崩れやすくなり、大地に同化しようとしている。彼は波間に漂う物に気がついた。海岸から五十メートルほどの所に方形の板が揺れている。凪は渚へ吹いていた。筏はしだいに砂浜へ近づきつつあった。

彼は海へはいって筏を引きよせた。かつて彼がこしらえて西の陸地へ渡ろうとした筏の残骸だったが、彼以外のだれかによって手を加えられていた。筏の面積はひろがり厚さも増していた。板材は釘と藤づるで結合されていた。

それが一つ一つ手で動かせるほどにゆるみ全体として分解直前の状態で漂っていたのだった。波とは別に何か堅固な漂流物がこの筏を打ち砕いたものと思われる。筏の中央にはその衝撃の痕跡がある。板が割れ、木材の一部が裂けかかっている。筏のあるじは衝撃をうけたとき海に転落したのだろう。

彼は割れた板に生じたささくれの部分を無意識に撫でた。

（あいつはおれがこしらえて航海に失敗した筏の残骸を発見し、修理して海へのりだした。どこか別の島、こことは別の天地を探そうとした。あいつだってちっぽけなこの島でおれといがみあうのは好きではなかったのだろう）

彼は波打際に沿って島をひとめぐりした。ボートの男がどこかに打ちあげられてはいないかと砂浜に目を配った。波打際には大小の流木と廃油のどす黒い膜がひろがっている。その上に新しい死魚と古い死魚が重なっている。男の姿はなかった。

甲板員は流木の間に何か白い物を見つけた。まだ新しいボートである。あのしぶとい男が乗ってきたボートでなく、それはペンキの塗りも鮮かな同型の小型ボートで、水こそたまっているが破損しているようには見えない。ボートの中には水罐と防水した非常用食糧の包みもあった。彼はろう引きの包装紙を引き剝がすのももどかしく中身をとりだし口に入れた。チョコレート色の固形物は舌で柔かく溶け、濃厚な甘さを伴って胃にすべりおちた。食糧の包みは全部で四箇あった。

夜になろうとしていた。

空は光がうすれ暗い褐色の翳りを帯びている。夕日の在りかは判らない。しかし、西の水平線上にかすかな光が明滅しているのが見えた。

彼は椰子の殻でボートの水をかいだした。オールは二本ともボートの中に固縛してあった。

甲板員は洞穴にたくわえておいたありったけの貝の乾燥肉と干魚とパンの実をボートに運んだ。椰子の実も積んだ。

彼はボートを波打際から押しだした。波の強くないのがさいわいした。胸のあたりまで海に入って、充分、海岸から離れたところでボートのふちに手をかけ自分の躰を引きあげた。波の砕ける音が遠ざかった。ボートのへさきに西の水平線がありそこに点々と明滅する火が見えた。

（あそこには人間が生きている……）

島は彼の目の前に黒々としずまりかえっている。オールのひとかきごとに確実に島は遠ざかる。背後、西の水平線上に横たわる陸地の火は三つが四つになり近づくにつれてますます増えてゆくように見える。

オールの手を休めて彼は明滅する火を見やった。

（あそこにいる人間たち……あの連中とも自分は戦うことになるのだろうか、ボートのあの男と島でいがみあったように。あの火の傍で暮している人間たちが自分を優しく受け入れてくれればいいが……）

彼はつかのま、うねりに揺られてもの思いにふけった。しばらくして西の陸影に明滅する火をめざし、力強く漕ぎはじめた。

# ロバート

約束の六時はとうにすぎているのに、ロバートはなかなかあらわれない。わたしは右手に、『ライフ』アジア版を巻いて持っている。それが目じるしである。着ている濃い茶のレインコートもあらかじめ、Tが教えていることになっている。

ひるすぎから落ちはじめた雨が、夜に入ると激しくなった。駅の軒下ふかくたたずんでいるわたしの足もとにも、大粒の雨が風にはこばれてくる。

荻窪駅北口の混雑はいっこうにおさまりそうになかった。

白帽子に白い雨合羽をつけた警官が、駅前広場の一角に立って、バスの発着を整理している。彼が敏捷に腕を振るごとに、白手袋をはめた指先から透明な水滴が、きらと街の灯をうつして飛びちっている。

その光景は待ちくたびれてすくなからず屈託しているわたしをやや慰めた。

ロバートはそこに立ってわたしをみつめた。亜麻色の髪が頭にはりつき、いちめんに顔をぬらしている雨水が、とがった鼻先からゆっくりしたたりおちる。

この男だろうか？　初対面なのである。わたしたちはおたがいに向いあって相手の目をまじまじとのぞきこんだ。男は手を出した。

「ロバート、ロバート・エヤハート」

「タナカ　マモル」

わたしは、『ライフ』アジア版を持ちかえて、ぎごちなく右手をさしだした。いったいにこの西洋的習慣がなぜか好きになれない。ことに相手がアメリカ人となるとなおさらだ。

案の定、ロバートはその右手にすさまじい力をこめた。わたしは、一瞬、指の骨が砕けたかと思ったほどだ。このたぐいの握手に対抗する手だては一つしかない。前もって自分の手に満身の力をこめておくことである。

長途の汽車旅行で疲れていたせいもあった。うしろからいきなり肩を叩かれて握手するまで、ほとんど五、六秒の出来事ともいえた。とどのつまりわたしの側に充分、心の用意がなかったまでだ。

もと陸軍中尉という肩書から、わたしの想像していたロバートは、アメリカ煙草の広告に写っている金髪碧眼の、それも雄牛のようにたくましいタイプだったが、不意にあらわれた実物は、背丈もわたしと変らないくらい、肉づきもあまり良くなくて、当初の予想とかけはなれていることおびただしく、ために意外であったわけだ。わたしは足もとの旅行鞄をとりあげてロバートと肩をならべ、広場を歩きだした。彼は子音を柔らかく鼻にかけた発音でわたしに話しかけた。

「……ハスンダカ」

「チャウ?」

わたしはきき返した。食事のことだ、とロバートは言った。そう言えば昼は新幹線のビュッフェで、サンドイッチきりしかとっていない。わたしの返事を待たずにロバートは、アメリカ人特有の膝を曲げず無造作にすいと脚をはこぶ歩きかたで、道路に面したレストランへはいった。

雨は小降りになっていた。レストランの明るい灯の下で、わたしはこの先、一週間、起居を共にするルーム・メイトをつくづく眺めやった。見れば見るほど奇妙な顔である。人の顔だちは左右すこしずつ異るからこそ、そこに彼らしい個性が滲みでるものというが、ロバートのそれは顔のつくりが完全につりあっている。

話にきいていた負傷を顔にうけていたのだとしたら、執刀した整形外科医は腕前を誇っていいだろう。ととのいすぎた顔の与える効果に彼が無関心であればの話だが。よくよく目をこらさなければわからぬ所にメスの痕らしいうすい条があらわれていた。

ロバートは馴れた手つきで蒸しタオルの端をつまみ、軽く左右に振って二つに折り、濡れた首すじと顔におしつけている。もともとわたしは、このアメリカ人と同じ部屋に暮す予定ではなかった。石油のプラント・メーカーにつとめている友人のTが、しばらくホテルにこもりきりの仕事をする。

その間、わたしに自分の空部屋を提供してくれることになった。わたしの上京もTの申しでたこの好機を利用しないでは実現しなかったろう。ロバートとTは台湾で出あったという。軍を満期で除隊しており、そのときはアジア各国を旅行しながら帰国して書く本の材料を仕入れているとのことだった。

会ったとき連れ帰ったのか、あとからTを頼って日本へ来たのか、そこまではあわただしい長距離電話で話しあうゆとりはなかった。ついでに言えばわたしの町から東京へは、急行を利用してほぼ一昼夜かかる。いきおいそう気軽に上京できない道理である。

Tは電話で言った。

「ま、なんだな、毛色の変った野郎としばらく暮してみるのも一興だろうよ。くにへ良い土産話ができるだろ」

わたしは、なんということをしてくれたのだ、と恨み、

「おれの英語がひどいものだってことくらい知ってるくせに」

「問題はないと思うよ。おまえは昼間ずっと部屋をあけて、帰れば寝るだけと言ったろ。ロバートにしても、東京で戦地の垢をおとしたいだけさ。いざこざの起るわけがない」

「そうかい」

「そうさ」

Tは快活に笑った。その朗かな声をきくと、見ず知らずの街で戦争がえりの若い陸軍士官と数日をすごすのも、面白みがありそうに思えてきた。

それになんといってもわたしには、一週間の東京滞在をホテルなり旅館で暮す金がなかった。ホテルなどを利用すれば出歩く交通費もままならない。その宿泊にいる分だけ、仕事の方につかいたい……。

「ただ、ここで言っときたいのは……」

Tはさりげなくつけ加えた。

「さっきも説明したように、あそこで異常な経験、というよりひどい目に逢ってるから、ロバートがすこしばかり変ったことを言ったり、したりしても気にするんじゃないよ」

「わかった」

わたしは答えた。戦争をしてきた男だもの無理もない。Tやわたしが子供のころ、シベリヤやビルマ、はてはニューギニアからずいぶん変った連中が帰って来たものだ。気がふれたのも、手足がないのもザラにいた。少々のことで驚くものか、そう思って電話をおいたとき、ロバートとかいうアメリカ人も南から帰ってくる男になると気がついた。彼について話すとき、サイゴンという街の名をTはつかったこともあった。

勘定はわたしが払った。

七日間、顔をつきあわせるあいだがらでもあるし、ここで気前の良いところを見せておくのも悪くはない。

それにしても、あの飢えたようなすさまじい食べっぷりはどうだろう。Tが会社のスタッフと共にホテルにこもったのは一昨日ということだが、そのかん何も口にしなかったかのように皿の料理を（それはメニュを見て全部、自分で注文したものだったが）むさぼり食べるのにはわれながら目をみはった。

わたしが馬のような食欲を失ってから久しい。飢えたアメリカ人というのは、わたしには見馴れないしろものである。目がそれを認めても、頭がすぐさま納得しない。

敗戦当時、わたしの町にある海軍病院を接収しに来たロバートの父たちは、これはもう、うんざりするほど肥えふとっていた。彼ら兵士たちのたくましい肉体を包んでいる薄いからし色の制服も今にその縫目がはじけそうに見えたほどだ。

わが日本の痩せほそった大人たちを見馴れた目には驚異でなくて何であったろう。これでも同じ地球上の人間かと同胞をずいぶん情けなく思った。

ところが、このロバートときたら、手足はどこかの関節がはずれでもしたように不つりあいに長く、皮膚はつやを失って目のあたりが異様にくぼんでいる。三十前というのに老人のような猫背をいっそうかがめ、まばらな無精髭におおわれたあごをがくがくさせて、鶏の腿を喰いちぎっているかっこうを見ると、まわりでにぎやかに談笑している日本人にどうしても見劣りがする。

カウンターの方から、ちらちらとロバートをぬすみ見ているウェイトレスたちの表情にも、（呆れた）という気色が感じられる。

清潔で上質な服を着こみ、まるまると太った日本人たち。色あせた海色のシャツに骨ものぞけるほど痩せた躰のアメリカ人。いつの間に世界は、わたしが子供だったころと変ってしまったのだろう。

おそらくロバートにしてみれば、あえてこちらからたずねてみるまでもなく、このような変りようはいかにも不本意なことにちがいない。

静かな住宅街の塀に沿ってわたしたちは歩いた。雨はレインコートの生地を通し、えりもとからしみこむ水とあいまって躰は凍えるようだ。途中、何度、角を折れたのか、いくつの路地を抜けたのかおぼえていない。

これではTから所番地を知らされていても、まるっきり方向感覚のにぶいわたし一人では行きつくことはできはしない。わたしはロバートを迎えによこしたTの心くばりに感謝し、わたしを通勤者の人ごみの中から見わけたロバートにも、心あたたまる思いがした。

そこは庭のある古い西洋館だった。持主の老婆は七十あまりであろうか、あいさつをするのにも声をはりあげなければならないほど耳が遠かった。うさん臭げにわたしの姿を見る女主人をようやく納得させると、ロバートに案内されて廊下を進んだ。

彼が壁を手さぐりして明りをつけた。小さいシャンデリアがTの部屋を照しだした。

（困った）とわたしは思った。洋間であるとはTからきいていなかった。Tにわたしがきかなかったせいもあるけれど。ベッドは一つきりではないか。

「ワレワレハ濡レタ。オ前ハ疲レテイルト言ウ。入浴シナケレバナラナイ」

とロバートが言った。それもそうだ、よかろう、とわたしは応じた。銭湯はすぐ近くであるそうだ。ロバートは部屋の隅をかきまわしてタオルと石けんをとりだした。

入浴というものは奇妙な儀式で、他人と親密になるにはこれにまさるものはない。わたしは、その構えが威風堂々あたりを払うばかりの、東京の銭湯が好きだ。むかし、東京で会社づとめをしていたころのわたしが、もっとも安あがりに愉しんだのは、いつも満々と浴槽に湯をたたえた銭湯を、町から町へはしごしてまわることだった。

がらにもなくこうした懐旧の情に浸っていると、「お客さん」、呼びとめられてわたしはうろたえつつ銅貨をつかみだし、もうさっさとズボンを脱いでいるロバートの分を払った。Tの留守をしているあいだ、部屋を守っているロバートは、自分が主人でありわたしはその客なのであろう。そうすると彼の部屋へ厄介になるわたしは晩飯代や風呂代くらいは奮発するのは当然と見なされたのかもしれない。主人に対する礼という意味で。

いずれにしても、たかが十円銅貨の六、七枚である。わたしがまだシャツもとらないうちに、ロバートは浴場の湯けむりへ消えていった。なんというすばやい男だろう。これが、アメリカ式入浴法、あるいは米国陸軍士官のたしなみなのだろうか。

東京の銭湯のつねとして、飛びあがるほど熱い湯に、おそるおそる足を浸し、ようやく肩まで湯に沈めきったとき、浴客の頭のあいだ、もうもうたる湯気の奥にロバートが薄青い目でじっとわたしをみつめているのに気づいた。

「ハーイ」

わたしが自分を認めたと知ると、ごく陽気に彼は口を利いた。あまつさえロバートは目と唇をゆるゆると細めにかかった。瘦せこけた顔に寄ったしわが、うっすらとほほえんでいる表情らしいとわかるまでにはしばらくかかった。わたしはうなずいてみせた。湯は充分あたたかく、ロバートの蒼白い黄ばんだような皮膚にも、みるみる鮮紅色の血がのぼってきた。変ったやつ、とTのいうのはもっともだ。それでもこの程度ならそれほどのことはないじゃないか、わたしはそう考えた。

勝手のちがうのは、相手が外国人であるからには、わたしとしても覚悟のうえだったはずである。なにが起ろうとあわてるものか、そのようにわたしはロバートの気持良さそうなあから顔を眺めて自分に言いきかせた。

しかし、湯ぶねから立ちあがったロバートの裸体を見て、わたしはすくなからず衝撃をうけた。太腿の外側からわき腹へかけて、またずっと胸のあたりまでも、砲弾の破片か何か鋭利なものがえぐったらしい大小無数の傷痕が散らばっている。長いもので十センチ、短いのでも四、五センチはあろうか、それが左半身を右半身とすっかりちがったように見せてしまう。

　傷は今まったく癒えているのだろう、つややかな桃色の肉がかすかに盛りあがっている。その上にロバートは余念なく石けんを塗りつけはじめた。

Shell Shock（戦争神経症）という術語をたしかTの説明にきいたようだ。わたしはせっせとタオルを動かしているロバートの傍に腰をおろして、自分の石けんをとりだした。

（すこしばかりおかしくなっても、やけにたくさん傷をこさえても、生きて戦争から帰れたのはおめでたいよ。命あっての何とかいう日本のことわざもあるからな、ロバート）

　これだけの意味をロバートの言葉で表現することは残念ながらわたしには無理というものだった。それができたらもっと沢山、ロバートに話しかけて、彼の屈託した心を和ませようとしただろう。

　銭湯の帰りにわたしはコーラを一ダース買った。傷痕のいわれをたずねてみてもはじまらない。戦争をしている人間が、怪我をしたからといって、いちいち驚いていては身がもつまい。それでもロバートの傷を見たことで、彼に対する目がいくぶんちがってきたことは否めない。

　西洋館の部屋へ戻ると、わたしはくつろいだ気分になった。ロバートの全部を認めようという寛容さもうまれていた。考えてみると、これはひょっとしたら、一風かわった異邦人を知るのにまたとない機会かもしれない。

「オレハ長椅子ニ寝ル。オ前ハ寝台ヲトルガヨイダロー」

わたしは愛想よく宣言してベッドをロバートにゆずった。ゆずったとそれでも言えるのかどうか。その前に彼はベッドに腰をおろし、わたしのコーラを飲んでいたのだから。

「しまった」

わたしは叫んだ。栓抜きを手に入れるのを忘れていた。いつもは付属しているそれをどこかで落してしまったのである。はやばやと寝についた婆さんを起して借りるのは気がとがめる。

しかし、それではロバートはどうやってあけたのだ。彼はまたたくまに一本を空にすると、二本目に手をのばした。ロバートはわたしに軽く片目をつむってみせ、壜の蓋に歯をあてがってあっさりはずした。

わたしも真似をしたけれど、とうていうまくゆくものではない。

「アリガトー」

わたしは呆れながら礼を言った。

「ドーイタシマシテ」

わたしはテレヴィのスイッチをひねった。おどろおどろしい音楽が流れ、画面に白銀色の縞がちらちらしたあと、地平線から湧くようにあらわれた豆の鞘形の群が点々と空にうかび、草原をかすめて飛行した。

情景はめまぐるしく変った。あどけない顔をしたアメリカ人兵士たちが重そうな弾帯を十字にかけ、銃をささげ持って膝まで没する泥沼を渡り、それがときには胸を浸すクリークにもなった。

すこぶるなつかしい光景だとでも言おうか。太平洋戦争のさなか、小学生だったわたしたちは、まったく同じニュース・フィルムに見とれたものだ。うっそうと茂るジャングル、その下の沼沢を黙々とかきわける日本軍兵士。たしか『シンガポール陥落』という血湧き肉躍る記録映画。

さて、舞台は似たようなものだが登場人物は交替した。わたしはコーラをさしあげて、心ひそかに彼らのむくい少い労苦をねぎらうのだ。

ロバートはと見れば、飲みさしのコーラ壜を片手に、軽く口をあけて放心したようにテレヴィを眺めている。アナウンサーのせりふはわかるまいが、映っている土地は馴染みのはずである。

それとなく注意したつもりだが、ロバートの表情には何の変化もうかがえず、うつろな無感動だけしか見られない。彼は立ってチャンネルをせわしく切りかえにかかったが、ついには面白くなさそうに鼻を鳴らして消してしまい自分のベッドにもぐりこんだ。

わたしはあわてた。かけ布団の一枚もわけてくれなくては困るのである。

「ロバート、オレハ何も着ズニ眠レナイ。頼ムカラ上ニカケル物ヲ貸シテクレ」

「オレノ寝袋ヲ使ッテヨロシイ。長椅子ノウシロニアル」

「アリガトー、ロバート」

「ドーイタシマシテ。トコロデオ前ハ静カニ眠ルカネ」

「ソノツモリダ」

わたしの寝言か歯ぎしりを心配するのならそれには及ばない。いびきをかく体質でもない。長椅子のうしろにそれはあった。アメリカ軍の払いさげた品なのだと思う。濃緑色のスリーピング・バッグを、それもところどころ無惨に裂けているのを、長椅子の上にひろげてわたしはその中へ這いこんだ。

これが白人の匂いというものだろうか。何とも耐えがたい異臭である。にんにくと玉ねぎを練りあわせたような、それだけならまだしも、汗と脂が布地にじっとりと染みついていて、息をするのも苦しいほどだ。わたしは心の中でつぶやいた。

（おお、ロバート、これはやりきれない匂いだよ。ホンコンだのバンコックだのうろついてきたという話だが、これがその土地の匂いというものかね）

わたしはパジャマの上にまだ湿っているレインコートを着てしっかりと躰を包み、再びスリーピング・バッグへすべりこんだ。

ロバートはわたしの残したコーラを全部ベッドの下にとりこんで、はやすこやかな寝息をたてている。わたしは柔らかい毛布と糊の利いたシーツにくるまれているロバートをうらやんだ。とかくするうち疲れがわたしの上にもすみやかな眠りをはこんできた。

朝まで夢ひとつ見ずにわたしは眠りこけたと思う。

ロバートにも仕事があるとは知らなかった。朝、わたしが家を出ると、彼も底革のとれかかった靴をはいて国電の駅へ向うのである。明るい陽ざしで見るとロバートのみすぼらしさがひときわ目立った。青いデニムのシャツはまあまあとして、つぎはぎだらけの寸足らずのズボンは汚れきっている。

かつては小粋に白い生地であったものが、今は得体の知れぬしみをつけて、灰色とも茶色ともつかない色合だ。きのうは夜でもあったので気がつかなかったけれど。道行く連中もふりかえって見るわけだ。わたしはたずねた。

「オ前ハドコヘ行コートシテイルノダ」

「知ラナイ」

熟睡したせいでわたしはいつになく爽快だ。陽気な口調でわたしはつづけてたずねてみた。

「スルト、朝飯前ノ散歩トイウワケカネ」

「ソーダ。オレハ腹ガヘッタ。朝食ヲタベラレル」

荻窪駅ちかくの食堂で、わたしは朝の定食を注文した。「二人前ですね」、おかみがロバートにあらわな好奇心を示しながら念をおした。

「ドースル、ロバート、オ前ハ日本人ノ朝食ヲタベルコトガデキルカ」

「デキルト思ウ」

というやりとりのあと、わたしたちの前に朝食がはこばれてきた。豆腐の味噌汁に生玉子と漬物というありきたりの食事を眉ひとつ動かさずにたいらげて、ロバートは外へ出た。「またか」、わたしは内心うんざりしたものの、ようやく彼から解放されたかと思うと心が軽くなった。ロバートの朝飯代なんぞ安いものだ。

このまえ上京したのはオリンピックの翌年だったから、今度は三年ぶりということになる。わずかの歳月にこの都会の変りようはどうだろう。

東京が鉄とガラスと石の無機的な集りとはわたしには信じられない。都会はそれ自体、生きるためのどんよくな意志を持つ巨大な一頭の獣で、建物も高速道路もその獣の数知れぬ触手の一つであるような気さえしてくるのだ。

ターミナルの乗りつぎ。いつのまにか延長された地下鉄。わたしは新宿駅の地下道で迷い、その次は渋谷駅の内部から外へ出られずにまごついた。

デパートのガラス越しに駅前の広場は見えるのである。あがったりおりたりすると、二階と思っていたフロアが三階であり、一階かと思えばわたしたちは地階にいる。そう、わたしたちなのだ。いまいましいことに。都会で迷うのもいい加減いらいらするのに、あれ以来ロバートはぴたりとわたしに寄りそっている。底革のとれかかった靴をヒタヒタと鳴らしながら、急ぐでもない面白がるでもない顔つきでわたしのあとについて来る。

友人を会社ちかくの喫茶店に誘うと、ロバートは心得顔にわたしの隣りに座を占めてウェイトレスに合図するしまつだ。

「このかたは？」

ときかれて、これが当惑せずにいられようか。知りあい、と言っても納得しそうにないし、友達と言えば嘘になる。

「ただ、ちょっと……」

あいまいに言葉をにごしたあとわたしは猛烈に腹がたってしまう。友人と話もそこそこに別れてから、わたしは叫んだ。

「行ッテクレ、ロバート。オレニハ用事ガアルノダカラ、オ前ミタイナヒマ人トチガウノダ。仲間ト話シタリ、仕事ニツイテ打チアワセヲシナケレバナラナイ事ガ、ゴマントアルノダ。ツイテキテ、オレノジャマヲシナイデクレ」

「オ前ノジャマハシテイナイ。オレハイツモ黙ッテイル。ソーダロー。オレガイツ、何オ前ハ何モ話シハシナイサ。タダ、オ前ガイルダケデ落着カナクナルノダ。オ前ハ本当ニジャマダ」
「トックニ中食ノ時間ハスギタト思ウ。飯ニシナイカ」
「ヨロシイ、ロバート、昼飯トシヨウ、シカシオ前ハ自分ノ勘定ヲ払エ」

東京で目立つのは、赤電話と宝くじ売りと大小の食物屋のようだ。わたしたちはレストランのテーブルで向いあった。さすがに彼を別のテーブルへ追いやることはできかねる。

噂にはきいていたが、アメリカ人は奇妙な食事をするものだ。はじめにビフテキを切りきざむと、右手にフォークを左手にコーラのグラスを持ち、肉を食べるそのつどコーラを飲むのである。

呆れて眺めるより、もってうまれた好奇心がわたしにも同じやりかたを真似させた。これが案外いけるのだ。コーラとビフテキはよく合う、ということか。何事もこころみてみるにしくはない。

それはともかく、わたしはロバートの絶えずふるえる手が気になった。ナイフとフォークをあやつって肉を切るときから、そのおこり病みめいた手の慄えはわたしの目をひいて放さなかった。

アルコールか、ある種の麻薬に中毒した場合、こうした症状があらわれるのをわたしは知っている。無論、わたしはユーウツになった。カウンターの前で、わたしが自分の勘定を払っていると、ロバートは何喰わぬ顔をして外へ抜けだしかけた。すかさず、その腕をわたしはつかんだ。喰い逃げも度重なれば、こちらとしても用意おこたりなかったまでである。

「金ヲ出セ、ロバート、ソラ、コレハオ前ノ伝票ダヨ」

「金ハナイ」

「約束シタハズダ、ロバート」

「オ前ハ金ガアル。ワレワレハ友人ダロウ。友達ハ助ケアウコトガ必要デハナイカ」

「イッタイ誰ガ友達ト言ッタ、ロバート。オ前ハタダ……」

感情がたかぶって、低声で言い争っていたのがしだいに大声になった。わたしたちを取りまいて成りゆきに注目する見物人まで出てくる模様だ。なんとなくわたしは自分が不利な立場にあるような気がした。

何がそのようにわたしへ語りかけるのか、わたしは明らかにすることができない。心のどこか深い所から、(お前が払え、お前が払え)というしつこい声が囁きかけてやまない。

わたしは自分の中のもう一つの声に愕然とした。この調子では勝ちめは望めない。そう考えればかえって身内からおさまりのつかない怒りがふつふつとたぎってくる。こんな青臭い小僧になめられてたまるか……。

とつぜん早口で喚いたものだから、よく聴きとれなかったが、ロバートは蒼白い顔を紅潮させてわたしにつめよった。わたしの目をまっすぐみつめて、こう言ったようだ。

「Why don't yor help me?」

昂奮するとどもるわたしのつねとして、わたしは口をあけたりとじたりしながら言うべき言葉を探した。

「Be, Be, Because……」

さしあたり適切な言葉が浮ばないので、なおさら、どすぐろい怒りがわたしの体内をあれくるう。わたしはロバートの勘定をカウンターに叩きつけ、彼の腕をかかえて外へひきずりだした。よそ目には仲の良い友人同士に見えたろう。日米親善がきいて呆れる。つけあがらせるにも程があるのだ。

ちょうど広場の一隅にあった公衆便所へつれこみ、人目もはばからずわたしはロバートのシャツを剝ぎとった。シャツを乱暴に振ってみれば、五、六枚の十円銅貨がわびしくタイルに落ちただけである。シャツの下には何も着ていない。

「ロバート、壁ニムカッテ両手ヲツケ」

何をされても彼はさからわない。まるでクラゲのようにわたしの手にもまれ、ぐにゃぐにゃするばかり。わけても気味悪かったのは、わたしの手がロバートのわきの下でも知らずにくすぐったものか、にわかに、「ひっ」とけいれん的な笑いを発したことだ。わたしは彼のズボンまでくまなくさぐり、中に数本残した〝新生〟の包みしかみつけることができなかった。これはわたしにとって威信の問題である。

「ロバート」とわたしは言った。落ちこぼれた十円銅貨を拾いあつめて彼の手にのせてやり、わたしの財布をとりだした。

「コレハオレノ金、オレノモノナンダヨ、仕事スル、金イル、ワカルダロウ、トコロデ、コノ銅貨ハ誰ガ何ト言ッテモオ前ノモノダ、ソシテ、オレハオ前ノ勘定ヲ引キウケルホド金持デハナイコトヲオ前ハ理解シナケレバ」

ロバートの指はのろのろと動いてわたしの返した海色のシャツのボタンをとめており、淡青色の目はわたしのしまった財布のあたりを見ている。ある思いつきがわたしに閃いた。どうして今まで気づかなかったのだろう。

荻窪行の切符を一枚買い、ロバートの手におしこんで（どうせ読めやしない）国電のプラットフォームへつれだすと、今しも発車寸前の電車へ思いきり突きとばした。自動ドアがロバートの背後でしまった。

ちらとのぞいたところでは、支柱か何かにぶつかって倒れたようだったが、ついにわたしは肩の荷をおろしたことになる。「ざまあみやがれ」快哉を叫ぶとすれば今をおいてはあるまい。

東京でこれという仲間と連絡をつけること、それも一つの戦争だ。電話が小銃なら電話番号は弾丸、番号のメモはわたしの弾薬庫と言えるだろう。会社への電話、アパートへの電報、管理人への伝言、わずか数分の行きちがい、再び電報、それから電話、おたがいに時計の針をあわせる。次の会合場所と時刻を確認する。いつもならそんな手続きだけで疲れきってしまうのに、ロバートという厄介物を首尾良く追い払った嬉しさのあまり、苦痛と感じられなかった。大学卒業当時、就職した会社を去って広告代理店につとめる者、またコンピューターの販売会社へかわった者も妙に多かった。

結婚した友人がおり、しない友人がいた。みな歓迎してくれるふうに見えはしたけれど、共通の印象として表情にどことなくけわしさがあり、目の光が若い頃より酷薄になっている。おたがいさまと言えるかもしれない。

Tの会社とホテルへ、のべつ電話をかけてようやく午後五時ごろ彼を電話に呼びだすことができた。私はTに尋ねた。

「今、忙しいかい」

「あたりまえだ。忙しくて死にそうだ。つまらないことをきくものじゃない」

「じゃあ、後にしようか」

「電話したのなら話せよ、きいてやる、昼飯だってまだなんだ。きのうから徹夜してる。まだ生きてるのが奇蹟みたいなものさ」

「ロバートの件なんだがな」

「ああ」

Tの声が気のせいか、かすかに緊張したように感じられた。

「やつはいつまで部屋にいるつもりだ」

「おっつけ出ていくだろ。くにから金が着きしだいとか言ってたなあ。くにと言やあ、なんでもフィラデルフィアの名門らしいや」

「名門なんか糞くらえ。おい、やつのせいでおれがどんなに迷惑をこうむっているかわかるかい」

「まあ、そう怒るな。前はもっとひどかったんだから」

前はもっとひどかったとするとTにも身におぼえがあるわけだ。わたしだけではない事になる。Tの声は続いた。

「傷か、あれならおれも見たさ。地雷でやられたらしいよ。痛みどめの麻薬をへぼ軍医がうんとこさ注射したんだな、多分、モルヒネだと思うけれど。命をとりとめてみたら麻薬中毒になっていた、というわけだ。可哀想になあ」

「大使館につきだしたら引きとってくれやしないかね。大国のことだ、名誉の傷痍軍人だもの」

「ロバートはそれを好かないよ。おれもそのことは一度も考えたことがなかった。何はともあれよろしく頼む。じゃ、また」

わたしは要領を得ないまま受話器をおいた。よろしく頼む、か。わたしはロバートを突きとばしているのに……。


その夜、杉並の洋館へ帰ったのは十二時をすぎていた。荻窪駅周辺のバーで、ぐずついて時間をつぶし、何度も別の所へ泊ることを思案したあげく、かなり酔って戻ったようなわけだ。部屋はまっくらだった。不吉な予感がした。荻窪でおりずにとんでもない所へ行ってしまったのではないだろうか。

しかし、ロバートはいた。寝台の呻き声でそれとわかった。明りをつけると、彼は光線を忌むように毛布を顔へ引きあげた。その顔には、わたしが突きとばしたときのしるしであろう、意外に太い瘤がふくらんでいる。

(可哀想なことをした)わたしは水を汲んできてタオルを浸し、ロバートの額をひやした。もうあっけなくわたしは自分の邪慳なふるまいをくやんでいたのである。アジアの南で泥にまみれ、しこたま傷までこしらえたあげく、電車の中へ蹴とばされるなんて、わりにあわない話というものだ。

（ここでは我慢することだな、ロバート。おれの懐が充分ゆたかだったら、お前さんのように困った状況にある外国人の一人や二人、食べさせるのは何でもないのさ……）

わたしは買ってきたウィスキーの壜を半分あまりあけて寝袋にはいこんだ。そうでもしなければ裂け目だらけの寝袋はわたしを暖めないのだった。

真夜中、ロバートは異様な唸り声をあげてわたしを目醒めさせた。彼の叫びをわたしは日本語にうつすことがかなわない。

「シュー、シューテェム、シュー……」

おれのものだ、おれえのもの、とも言うのだが、地雷だ、地雷だ、と呻いているのかもしれない。彼はてんかん病みのように歯を喰いしばるので、わたしは舌を噛みきるのではないかとおろおろするばかりだ。戦場の記憶がまがまがしい夢となってロバートをさいなむのであろう。そのきっかけが、もしわたしの与えた額の瘤だとしたら、わたしは安らかに眠ることができない。

ロバートは胎児のように両膝を胸にかかえこんだなり、依然として呻きはするけれどさっきほどではない。わたしは額のタオルをせっせと取りかえた。許せ、ロバート。ここに弱々しく呻いているのは言葉の通じにくいただの異邦人とは思えなかった。ロバートは戦争で傷ついた無一物の人間、わたしの弟にあたる青年なのだ。世が世ならフィラデルフィアで、ありきたりの会社か学校につとめて、平和な生活が愉しめたはずだ。そわたしは彼の気をしずめるためにウィスキーの残りをロバートの口へつぎこんだ。それと気づいたものか、初めはむせてシーツに少量こぼしはしたが、わたしの手から壜をひったくって最後の一滴まで飲みほしてしまった。わたしは自分のほどこしたけち臭いつぐないに心みちたりて寝袋へすべりこんだ。

わたしは理不尽な悪夢におびえるアメリカ青年、このかよわい男を不意に理解し、憐れみを覚えたので、彼をその苦痛と悪夢ともども抱きしめてやりたいような衝動を感じた。

わたしは結局そうしなかった。自分で自分に感動するには年甲斐もないとやっとのことで思いとどまったのだった。

朝の光に照されたロバートの寝台はからだった。手の鳥をにがしたようで、いささか気がかりでもあるが、反面、やれやれという思いがないではない。

荻窪から地下鉄にのり、銀座へ出る階段をあがるとき、「やっぱり」、わたしは唸った。今朝、わたしの旅行鞄がかきまわしてあるのが不審だったが、あらためてみたら何も消えていない。おおかたロバートがわたしの洗面具でもつかったのだろう、と気にとめないでいた。こともあろうにわたしの上衣から財布をくすねようとは。

わたしは公衆電話に突進した。

Tの声が返ってくるやいなや、わたしはロバートの悪事を喚きたてた。Tはだるそうに呟いた。

「で、それがどうしたというんだい」

「…………」

「警察へご注進におよぶかね。それとも大使館へ駆けこみ訴えといくかね、え？」

「まじめにきいてくれよ」

「まじめだともさ」

Tは目下、自分の会社のプロジェクトなんとかという会議の進行中で、とても相手になっていられないと言う。

「約束がちがう。同じ部屋に寝るだけと言ったろ。かっ払いの常習犯なら前もってそう教えてくれたらいいじゃないか」

わたしの声には哀願の響きがまじった。

「いたわってやることだ。戦争帰りだものなあ」

「戦争なんか知るもんか。やつがどうなろうとおれになんの関係がある。どうしておれがいかれたヤンキーの世話をしなくちゃならないんだい。きょう限りご免だな」

わたしはここを先途とまくしたてた。昨夜、一時的にもロバートに感じた憐れみと友情はどこかへけしとんでしまっていた。

「こうと知っていたら、初めからホテルに泊るんだったよ。言っておくがロバートとはこんりんざい縁を切るつもりだ。おい、きいてるのか」

しばらくして受話器の奥からTのしだいに高まる笑い声がきこえてきた。

# 恋人

「五年間……」と女はおうむ返しにいった。意外そうにわたしの顔をのぞきこんで、「そう、あれから五年も経ったのね」といった。汽笛が鳴った。

遊覧船は桟橋を離れた。足もとから重々しい機関の振動音が伝わって来た。港は夜である。海は黒いが水辺に迫った街の明りが海面に照り映えて、船客は四方からまばゆい光にさらされている感じだ。

遊覧船は桟橋を後にしておよそ一時間、港内をひとまわりする。船が速力を持つと風が涼しく肌を打った。

「まあ、きれい」

女は手すりに片手をすべらせながら甲板を一周した。「初めてよ、こんなことは」この港町に生まれてからずっと住んでいるのに、船で海へ出たことはない、と女はいった。

「まるで違った街を見てるみたい」

それはそうだろう、とわたしは相槌を打った。海上から眺める陸の景色が見馴れた街の顔と異なるのは当り前だ。八月も終りに近い今は甲板にたたずむ人影もまばらだった。

遊覧船は白く塗った腹に電球を並べてとりつけ、甲板上にも夥しく照明を施していたから、どこにも影がない。わたし達はものかげを探して歩いた。船上ですれちがう乗客は明りの下で一様に平べったく表情の乏しい顔になった。船尾に近いキャビンのかげに一箇所だけ小暗い所があった。わたし達はそこに立ち止った。手すりにもたれて海面を見おろした。青黒くどろりとした水をかきわけて船は走っている。

船べりの直下で湧き立つ水が白い。今、何を考えているか当てて見ようか、とわたしはいった。

「ええ、当ててごらんなさい」

彼のことだろう、とわたしはいった。

「そう、よく当てたわね、どうして分ったの」

当てるのはたやすい、あなたはいつも彼のことを考えているからだ、とわたしは答えた。「そういえばそうね」といって女は笑った。この声だ、わたしを苦しめるのは。絹糸のように軽やかで柔らかい声。微かに鼻にかかり甘くかすれた声が女の特徴だった。この声を聞くたびにわたしは固い物をのみこんだ気になる。みぞおちにそれがつかえて胸が熱くなってしまう。五年間そうなのだ。女と知り合ってそれだけ経っていた。

「この船何屯かしら」ぼんやりと船のあちこちに視線をさまよわせていた女が呟いた。聞いて来る、とわたしがいうと、それには及ばない、と女はとめた。わたしは船員をつかまえて聞いたらわかりそうな気がして甲板を歩きまわった。出くわすのは乗客ばかりだ。たいてい一組の男女で物思わしげに海面をのぞきこんでいる。ようやく操舵室の壁に船名と建造年月日を記した表示板を見つけた。わたしは引き返して女に報告した。

「四百九十九屯？　それはまた半端な屯数だわね」

まったくだ、とわたしはいった。しかしわたし達はこんなことを話し合うために会ったのだろうか。きょう会うことは一週間前に打ち合せていたのだ。女の方から電話があった。ぜひ会って話したいことがある、というのだ。わたしは胸を躍らせた。これで何か決着がつく。話したいということがわたしにとって良いことであれ悪いことであれ今夜でけりがつくだろう。女は別れようというかも知れない。それでもいい。辛いことには違いないが、二六時ちゅうわたしを苦しめる思いをついに断ち切ることになる。それともわたしの申し出を受け入れるというのだろうか。まさか、もしそうだとしたらどんなにいいか。

わたしは会って話を聞く前に希望を持ちすぎないように努めた。期待が大きすぎて女の気持が正反対と分ったとき、おちいる落胆の大きさを怖れたのだ。夕刻、わたし達はいつものように港の見えるレストランで食事をした。それが終る頃、女は船に乗ってみたいといい出した。ガラス越しに港が見え、そこを行きかう船も見えた。イルミネーションで飾られた遊覧船が桟橋に着こうとしていた。

一も二もなくわたしは賛成した。食事の間、わたし達は意識的にあたりさわりのない話題を選んでいたようだ。今年の夏は暑さがきびしい、とか。あけがたは冷えこんで毛布がいるくらいだ、とか。女がアパートで飼っているネコが仔を産んだ、とか。たとえていえば判決が死刑とわかっていても少しでもその宣告を先へ延ばしてもらいたい囚人の心境だった。

レストランに着いたのは女が早かった。かつてないことである。先に行って待っているのはいつもわたしだった。そうか、いよいよおしまいという日くらいは待たせないで来るわけか、とわたしは内心ひとりごちた。

女は壁ぎわに居た。わたしだけに分るように手を上げて軽く左右に振った。わたしは女の方に視線を固定して歩み寄った。はた目にはどう見ても仲むつまじい一組の男女だ、とわたしは考えた。きょうで女と会うのも最後になるとすれば自然に昔のことが思い出された。女と初めて会った頃のことが。少しも変っていない、とわたしは思った。

白目の部分が青みがかった目、頰から口もとにかけて走る浅い翳り、やや厚い下唇、かすかに潤いを帯びた白い皮膚。昔から女はこうだった。五年という歳月も女を変えなかったようだ。テーブルは目立たない位置にとったつもりだったがわたし達は人目を惹いた。まわりの客がたえず女の方へ視線を投げてよこした。そういう女と食事をしていることに誇らしい思いがした。しかし今夜にでもわたしは女と別れなければならないのかも知れないのだ。わたしは愕然とした。いい気になるひまなぞありはしない。

T市ではどうだった、とわたしは女に訊いた。彼に会っただろう、彼は元気だったかどうかを訊いた。女は最近T市に出かけて帰ったばかりだ。彼とは会わなかった、と女はもの憂そうに答えた。

遊覧船は停泊した貨物船の間を縫って走った。海の風は甘い廃油の匂いがした。港は深く、折返し点の港口まで半時間はかかるらしかった。

「ほら、あんな所に道路が……」と女は陸地を指さした。どこに、とわたしは訊いた。「あの元領事館の隣、ガソリン・スタンドが見えるでしょう、その向う側に」

港は山で囲まれている。海岸の僅かな平地はいうまでもなく建物はほとんど山の傾斜面にまで拡がっている。山腹を走っている道路のありかは規則的に闇を明るくしている水銀燈の明りで知れた。こんなに夜景がきれいだとは思わなかった、としきりに女はいった。陽気だった。子供のようにはしゃいだ。いつにないことだ。それがいい、とわたしは思った。どうせ別れるのなら最後の逢引きを陰気に過すよりはこうしてたわいなく夜の港を嘆賞することの方がどれだけましか知れなかった。さけられない終りであればごく陽気に終りたいものだ。そしてそういうわたしの願いにふさわしく海上から望見する港町の夜景は華やかだった。

港はU字形をなしていて一方が市街地で占められ片方は造船所が夜もけたたましいド

リルの音を響かせている。巨大なガントリイクレーンの根元には無数の火花が散ってい
た。進水したタンカーの甲板にむらがった人影が見えた。彼らは手に手に火焰を吹き出
す物を操っていた。遊覧船がタンカーのわきを通り過ぎるとき、休みなく造られる物の
気配をわたしは感じとった。

「五年間、もうそんなになるのねえ……」

そういってまじまじとわたしを見つめた。一隻のタンカーが竣工するまでに一年かか
る。してみればわたし達が知り合ってから五隻のタンカーが港の外へ出て行ったわけだ。
そういう感想をわたしは女に洩らした。

「あたし、すっかり齢をとってしまった」

女は手すりに肘をのせ、両手を開いてそこをのぞきこむようにした。そんなことはな
い、いつまでも若い、とわたしはいった。

「気休めをいってくれなくてもいいのよ、あたしがあなたより年上だからといって」

きょう会いたい、といった女の用件は何か、とわたしはいい出せない。女の方から早
く切り出してもらいたくもあり、一方にはそれを怖れる気持も強いのだ。

「そうだったのか」と突然、女はいった。陸の方を見ている。「あそこを通る道はあの
山の反対側へ出るわけね。いつも近くを通っているくせに少しも気がつかなかったわ」
と感心したように首を振っている。わたし達が今、船の上から眺めている街は二人して

すみずみまで歩いた街である。歩きながら女はよくいったものだ。「こうして夜の街を歩けるのもあなたのおかげだわ」

さしずめわたしは女の一人歩きに必要なガードマンという役どころだった。二人して歩きながら耳にするのは女の恋人である彼の話だ。Tという都会に男がいるのだった。男には妻子がいた。ある晩、わたしは女の腕をとった。女が語る男の話をむさぼるように聞きながら不意にそうした。ほうっておけば女は夜が明けるまで彼の話をするかも知れなかった。「そしたら彼はこういうのよ、……彼ったらね、……彼はいつも、……彼ならきっとこうするわ、……そういう彼なの……」

わたしは女に彼の話をさせながら腕を引き寄せた。女はさからわなかった。わたしの腕の中で女の体は柔らかかった。髪の匂いがした。女の甘い体臭が感じられた。やや汗ばんだその肌にわたしの手のひらが吸いつくようだった。わたしは女をホテルに誘った。「彼とだってこうして歩くことはめったにないのよ」と女はいった。彼のことはもう沢山だった。わたしは女の唇を自分の唇で塞いだ。壁と接吻したような気がした。女は呟いた。わたしは信じられなかった。

彼と一度も……わたしは語気を強めてきき返した。

「そう、一度も」と女は答えた。

「本当に」わたしは腕から力を抜いた。女はわたしから離れ髪に手をやった。どちらからともなく歩き出した。街燈がありその光の下で立ち止って女はわたしを見上げた。蒼白い光を真上からあびた女の顔は驚くほど老けこんで見えた。頰がこけ、そこが影になって目のまわりに濃い隈が出来ていた。昼も夜も明るい光の下では気づかなかった小皺が一つずつはっきりと見えた。わたしは分った。このとき初めて胸の奥深い箇所で、女の男に対する思いの強さを納得したように思った。

それと同時に女に対するわたし自身の思いもつのった。「本当かどうか信じなければ訊かないがいいわ」と女はいって足早に歩き出した。つい最近のことのようでもそういうことがあってからもう二年はたつ。あれはどのあたりだったろう、と考えながらわたしは山のあちこちに目を走らせた。山腹に十数階建のホテルが光の楼さながらそびえている。そのホテルがあのとき道の行く手に見えていた。同じ方向にボーリング場の照明塔も点滅していたことを思い出した。二つを目印に探した。

五年間というものわたし達はこの港町を探索したのだ。行かない街、通らない路地はないはずだった。どこの角を曲ればどこへ出るということも知りつくした。女だけがわたしには未知の領域なのだった。

「彼と一度も？」

「そう、一度も」

というやりとりは女と別れてからも鐘のようにわたしの中で鳴り続けた。彼が妻子と別れて女と一緒になるつもりがないのならば、それは女を愛していないということだ、とある日わたしはいった。思い切りよくT市にいる男のことは諦めることだ、そうして……

「そうして？」

と女は片頬にうす笑いをうかべてわたしに反問した。わたしは唾液をのみこんだ。石をのみこんだような気がした。

「そうしてあなたと結婚すればいいというの」

そういうことだ、とわたしはいった。「それは面白い考えだわね」と女はいった。眉ひとつ動かさずにそういってわきを向いた。それはホテルの見える路上ではなく港をはさんで向いあった反対側の山頂でのことだ。半年ばかり前である。

「アメリカへ行こうと思うの」と女はいった。船は港口で向きを変え元の方角へ戻りつつあった。それで、とわたしは訊き返した。「きのうきょう決めたことではないの、アメリカへ渡ることは前からの計画で、実はあなたに会う前からそうするつもりだった。半年か長くても一年。人生のやり直しといえば大げさに聞えるわね。でもあたし随分むだにしたような気がするの、自分の生活を。こういってみても仕方がないけれど」

会社をやめるのか、とわたしは訊いた。

「勿論やめなくては」

帰ってからどうするのか、とわたしは訊いた。「寒い」といって女は肩をすくめた。半時間以上、海の風に吹かれていると涼しさを通りこして肌寒ささえ覚えるほどだ。わたしは上衣を女にかけてやった。女はそれを羽おって前で合せた。

「帰ってからのことはそのときになって考えるわ、元の会社には戻れるものじゃないし、多分、都会で仕事を見つけることになるでしょうね」

外国へ行くということを告げるために今夜わたしを呼び出したのか、と女に訊いた。

「何度も迷ったの、行こうか行くまいかと。会社をやめることだって完全に心の中でけりがついたわけではないのよ。小さな会社だけれど十年以上何の能もない女を食べさせてくれたんだし、そういう所をあっさりやめてしまう決心なかなかつくものでもないわ。今もどうしようかと迷ってるの」

簡単だ、アメリカへ行くのはやめてわたしと結婚すればいいのだ、という言葉が咽もとまで出かかっていた。しかしいってみたところで何にもならないことをわたしは経験で知り抜いていた。黙って耳を傾ける他はなかった。女と会う前にあれこれとその用件について臆測をめぐらしたものだ。つまるところ女の話というのは諾否いずれでもなかったことになる。どちらかといえばわたしに手の届かない遠くへ行くのだから、「否」というように等しい。それにしてもきょうわたしと会うのはアメリカへ行くといい渡すためだけなのか。割り切れない思いが残った。「違うわ、それだけのことで呼び出すと思うの」と女はいった。

「あたし迷ってるといったでしょう、決めなくちゃならないの、だから……」

だから、わたしは次の言葉を待った。

「何といえばいいかしら、スプリングボードのような、何かはずみになるような、そういうきっかけが欲しいの、あなたが何かいって励ましてくれたらと思った。この町と仕事をすててお友達と別れて別天地に出かけるのはこわいわ、けれどこのままでは仕様がないし、だからあなたに来てもらったの、一言でいい、あたしにいってちょうだい」

「何を」

「今出て行くことはいいことだ、といってちょうだい」

「……」

「いってくれないの」

半年たったら帰って来るのか、とわたしは念を押した。「わからないわ、先のことはどうなるか」それじゃあこれでおしまいになる、とわたしはいった。

「咽かわかない？　この船に何かないかしら」と女はいった。わたしはあたふたと船首の方へ急いだ。売店で罐入りジュースを買って女のもとへ引き返した。彼のことはどうなる、とわたしは訊いた。

「ああおいしい」女は一気にジュースを飲み干した。「ごちそうさま」。甲板の一隅に屑籠があった。そこに二本の空罐をほうりこんだ。わびしい音をたててそれは籠の中に落ちた。わたしは自分自身がそこにころがったかのような気がした。穴をあけられ空っぽになって。機関の振動は屑籠にも伝わって空罐の山はたえずかち合い、小さな音を発し続ける。彼のことはどうなる、とわたしは訊いた。

「こちらを発つ前に彼に会っていうつもり、奥さんと別れて一緒に暮しましょうと」海を見ていた女の顔が光に浮きあがった。数秒間それが続いた。女の顔はわたしが今まで見た顔で一番美しかった。海岸道路を走る自動車の前照燈がここまで届いたのだった。屑籠の空罐がゆさぶられて厭な音をたてた。

そうか、きょうはそういうことを聞くことになっていたのか、とわたしは明るい口調でいった。ところが明るさを装おうとするわたしの努力とは裏はらにわたしの気は沈んだ。事態はどう見ても後くされなく外国へ行こうとする女の縁切り宣言ではないか。彼が妻とうまくいってないのなら（そういう事情をわたしは女から聞いていた）彼は女の提案を受け入れるだろう、とわたしはいった。

「そんなことないわ」と女はいった。乱れた髪をかきあげながら、「何も変りはしないわ」といった。どうして分る、まだ何もいい出さないうちに、とわたしはなじった。人生をやり直したいと思わない男はいない。彼だって女を好きでないわけはないのだから女の申し出をむげに拒みはしないだろう。

「そう思う？」

思うとも、とわたしは請け合った。

「もしあなたが彼だったら奥さんと別れる？　十年よ、五年ではなくて十年間あたしは彼のことを思ってた、そういう女の気持あなたには分る？」

男にしてみれば感激するだろう、とわたしはいってやった。「彼ねえ……」女はぼんやりと暗い海に目をやったままだ。何かを見ているのではなかった。自分の内側をのぞきこんでいる目だ。T市へ行ったとき、と女はいった。「彼には会ったの、このあいだ、会わなかったと嘘をいったけれど。そしていってみたわ、奥さんと別れてくれって……そしたら何て答えたと思う」

「……………」

「女房と別れるつもりはないですって、早く結婚しろって」五年前はそうではなかった。彼は今の妻と離婚して女と一緒になるところだった。ちょうどその頃、男の会社に内紛が生じその処理に追われるうちに男の気持も変った。彼が結婚しろというのは誰のことなのかとわたしは訊いた。

「あなたよ」

桟橋が見えた。船は出発点に近づきつつあった。海にはゆるいうねりがあるらしく桟橋の明りが間をおいて上下するのが分った。外国へ行くのはいいことだ、とわたしはいった。生活がそういうことで新しくなるのなら、そして人生というものがやり直しのきくしろものなら、出かけるがいい、とわたしはいった。

「あなたはいい人よ」と女はいった。

ありがとう、とわたしはいった。遊覧船の屯数も教えてやったし、咽が渇いたといえば、ジュースも買ってくるのだ、いい人には違いない。どんな悪口よりもこの言葉はわたしにこたえた。「あなたがいることはあたし一度も忘れたことはないわ」

わたしは女の顔をのぞきこんだ。

「そういう意味じゃないの、彼とは別よ、何か信頼できるお友達というか」

なるほど、とわたしはいった。

「あちらに行ってもこの街にはあなたがいることを忘れないと思うわ、何もかも失っても帰れる土地がある、ここにあなたがいると考えるの」

彼がいるではないか、とわたしはいった。

「彼は家庭をこわすのはまっぴらですって、そういわれてもあたしの気持が変るわけでもないのだけれど」

わたしは船首よりの甲板にたたずんでいる一人の少年を見ていた。青いシャツを着て同色のジーパンをはいている。年のころは十七、八だろうか。学生の感じだ。キャビンにもたれ口笛を吹いていた。見るからに屈託のない様子である。その少年はわたしとも女とも全く関係のない世界に生きているのだ、と不意にわたしは考えた。そういう人生もあるということに気づいて、今さらながら目の醒める思いがした。少年が羨ましかった。

わたしは女を見つめた。前よりは一歩離れた所から見つめた。ホテルに近い街燈の下で女を見たときのことを思い出した。白っぽい水銀燈の光がありありと女の年齢をあらわにしていた夜のことを思い出した。あの晩、わたしは女のやつれた顔を見て、つかのま臆した。意外なものに直面したと思ってたじろいだ。それまで女が年上であることはわたしを駆り立てこそすれひるませはしなかったのに。今またわたしはそのときと同じ気持になったようだ。

女は寒そうに上衣をまとい、しっかりと襟を合せて風を避けていた。女を忘れられるだろうか、わたしは自分に訊いた。決して。わたしの内部で一つの声が答えた。決して忘れられはしない。五年間わたしは変ることなく女を思い続けた。船首よりの甲板に立っている若い男になったつもりでわたしは女を見ようとした。しかし出来なかった。それが出来ればどんなに気楽なことだろうか。

船は速度を落した。海岸道路の明りが燈影を投げている水域にさしかかった。そのあたりの海面には濃く廃油が漂い、街の明りに映えて鮮かなきらめきを放った。魚のはらわたと重油の入りまじった匂いが鼻をついた。

アメリカへいつ発つのか、とわたしはいった。

「来週」と女はいった。「パンアメリカンで八時間も飛べばロスアンゼルスに着くんですって」

カリフォルニアはいい所らしい、とわたしはいった。

「帰って来るわ、半年もしないうちに。どんなにいい所でもあたしには外国なんだし」

居心地がよければ永住したらどうだ、とわたしはいった。日本人だから日本に住まなければならないという法はない。

「いいえ、知らない人達ばかりの国でそんなに永く暮せるものですか、半年も我慢できたらいい方よ」

汽笛が鳴り船は桟橋のかたわらで機関をとめ、惰力で方向を変えていた。かき立てられた泡が船尾のあたりで白かった。

わたしには分った。遠からず女が帰って来ることが、そしてわたしがまたきょうと同じように女と二人で街をさまよい歩くことが予想できた。港内遊覧の船に乗るかも知れなかった。彼の話をしながら。わたしはこの瞬間、死ぬほど女を愛していた。

# 隣人

そいつと口をきいたことはない。

顔をあわせたこともない。一度だけ、アパートの廊下で角をまがるところをちらりと見かけたことがあるだけだ。

それもほんの一瞬で、夜でもあったし、廊下の明りは豆電球ときているので、そいつらしい男の後ろ姿を目にしたのは、時間にしたら二分の一秒か三分の一秒のことにすぎなかったから、背恰好も年配もとんと察しがつきかねた。黒っぽい上衣を着て、風呂敷包みを下げていた。そうではなくて、紺色のジャンパーに紙袋だったかもしれない。若い男のようだった。老人のようにも見えた。地味ななりに背をまるめた後ろ姿から私は彼を五十代と踏んだ。

独り暮しの五十男ということの他に何もわからない。仕事を持っていることは確かだ。毎日きまった時刻に出て行くから。職場がどこにあるのか私は知らない。壁ひとつ隔てた隣に住んでいて知らない。

いつ引っ越して来たのかも私は気づかなかった。つい最近であることは間違いない。それまで隣には子供が一人いる夫婦が住んでいた。郊外に市営住宅が当ったとかで、このアパートをいそいそと出て行ったのは二カ月ほど前のことだ。しばらくは部屋の借り手はなかった。借りようとして下見に来る客は多かった。六畳に三畳の板の間付台所、各室トイレというのは間代が安いわりには良い条件だったが、来訪者は壁の薄さを見てとるなり、さっさと退散した。若い夫婦などとくにそうだ。ベニア板の壁なのである。三つの部屋を間にしても向う側の部屋の物音は耳に這入る。間代についていえば共稼ぎの夫婦には手頃でも独身者にはやや高すぎた。

三人家族の騒々しい物音に慣れてしまっていたから、隣が空っぽになってネズミの足音しかしなくなると何となく物足りなかった。ひところは子供の泣き声や夫婦の言い争う気配にずいぶんうんざりしたものだが、それがまるっきり聞えなくなると淋しいようなもどかしいような変な気分だった。夫婦はそろって好人物で、死ぬの別れるのと大喧嘩のあげく、翌朝は廊下で私を呼びとめて、「夕べはやかましかったでしょう、すみません」と謝るのだ。まぶしそうに目を細めて頭を下げる。そういわれては私の方がかえってどぎまぎしてしまう。そしてちょっぴり肚も立つのだ。夫婦喧嘩ごとき事柄を何もアカの他人である私に謝らなくてもいいではないか。安アパートの一つ屋根の下で暮していたら、それも紙のように薄い壁を間に暮していたら、子供の泣き声も夫婦の声も耳に入ろうというものだ。無人島に生きているわけじゃあるまいし、ここは人間の町なのだ。時にはいくらかうるさいと思いはしても、私はあの賑やかな隣人をちっとも憎んでなぞいやしなかった。

そいつはちがう。

隣の感じが一変したのに気づいたのはいつのことだったろう。ある晩、咽が渇いて目がさめた。昼間は騒がしかったアパートもさすがに夜が更ければ静まり返っている。

水差しを置いて枕もとのスタンドを消そうとしかけて、私はそのまま体をこわばらせた。誰かが隣にいる。息をひそめてじっとうずくまっている生きものの気配がする。夜も昼も走り回っていたネズミどもの足音がその夜ばかりはやんでいた。新しい間借り人の御入来か、と私は思った。午前二時というのにそいつは眠りこんではいなかった。寝入っているのだったら規則的な息づかいでわかる。明りが薄い壁のすきまから細く黄色い線になって洩れていた。

起きているくせにそいつはこそとも身動きをせずに何やら考えに耽っているのだ。いったい何を考えているのだろう。男だろうか女だろうか。独身者だろうか夫婦だろうか、夫婦ということはまずあり得ない。新しい住居に移って黙りこくっているはずがない。隣人である私に気がねして鳴りをひそめているようではなかった。そんな心配りをするほど細かい神経の持ち主でないことをその晩、私は感じとった。

私の直感は当っていた。

このアパートは戦後まもなくまだ資材が不足している頃に何かの倉庫を改造したのだという。学校を定年でやめた元校長が、改造するとき極端に材料を節約したのでベニア板の壁になってしまった。当時はそれでも借り手にこと欠かなかった。ベニア板であれボール紙であれ仕切りさえしてあればよかったのだ。家主は郊外に住んでいるというが、どんな人物か知らない。家賃は階下に住んでいる管理人に渡せばいい。間借り人の出入りはひんぱんだった。

部屋を借りるのはほとんど一時的な失業者で、彼らはここを当座の雨露をしのぐために仮の宿にするらしかった。そうでなければ他に適当な住居をえらぶ余裕のないほどに稼ぎが少ない連中ばかりだった。新聞販売店の従業員、保険外交員、ミシンのセールスマン、酒場のホステス、パチンコ店の店員、有料駐車場の番人といった顔ぶれである。

住人は大ざっぱに分けて二種類になる。出て行く者と残る者である。一番の古顔はアパート創設以来ここに頑張っている屑屋の親爺だ。彼は独り者である。十所帯のうち約三分の一は五年以上、住み続けている。残り三分の二は半年も居たら長い方で、短い者は一、二カ月で出て行ってしまう。彼らは懸命に働き、給料と貯金を増やしてもっとましな部屋、個人の独立と尊厳が保障される程度に厚い壁のある部屋を見つけて立ち去るのだった。

私はといえばもうすぐ六カ月になる。勤めていたスーパー・マーケットがつぶれて収入がなくなった月にここへ引っ越して来た。今は小さな印刷会社に勤めているがそれもいつ倒産するか知れたものじゃない。壁の厚い部屋があったところでおいそれと移れはしない。それに私は実をいえば場末にあるこの安アパートが気に入ってもいたのだ。きたなくて騒がしいのは生きている人間が住んでいるのだから当り前だ。出入りがはげしいからうるさい近所づきあいにわずらわされることもない。隣人たちには廊下ですれちがうときに、ちょいと目顔で会釈をすればすむのである。

どんな奴だろう。

廊下の庭に面した軒下に干してある洗濯物で、男ということはすぐにわかったが、人相風体まではつきとめられない。別段、知り合ってお互いに親密になろうという下心はなかったが、隣人であれば若干の好奇心を抱くのも自然の成りゆきである。

そいつは私の所へ挨拶に来なかった。向う隣にも顔を出してはいなかった。表札は出していない。その必要はないのだろう。郵便受に隣人宛の手紙類が配達されるのは見たことがない。新聞もとっていない。勤め先へ出かける時刻が私とずれているので、廊下ですれちがったことは一度もない。いや、もしかしたら一度か二度あるのかもしれない。顔を知らないのだから何ともいえないわけだ。部屋を出て行くのはドアを開閉する気配でわかる。朝、早い時刻のときもあれば夜のときもある。一晩じゅう部屋をあける日が三日に一度か四日に一度あるようだ。どうやら職場は交替制の夜勤もあるらしい。商店街の決算大売出しや夏祭りのシーズンには、印刷所の仕事もふえた。私は会社でし残した仕事をアパートに持ち帰ることもあったし、何日も自分の部屋で大売出し用のチラシ文案を考えることもあったから、隣人の生活はおぼろげながら察しがつくようになった。管理人にきけばすぐに仕事はわかるだろうが、そうまでして好奇心をみたそうとは思わなかった。彼はひっそりと物音一つたてずに暮している。静かな生活が気に入っているに違いない。私とて同じことである。彼が私の生活に立ち入らなければ私も彼のすることに干渉しようとはさらさら思わない。得体の知れない隣人であるにしても彼とならば悶着など起さずに同じアパートの住人としてやって行けそうに思えた。一週間前まではそう思えた。

事の起りは一個の風鈴だった。私が廊下とは反対側の窓に吊した風鈴の舌をそいつが引きちぎってしまったのだ。残業がようやく一段落して私はいつもの時刻に床につけるようになった。しかし、西向きに建てられたアパートの二階は、昼のうちに充分あたためられて蒸し風呂もいいところだ。窓を開放し、扇風機をかけっぱなしにしても流れる汗はとまらない。風鈴を買って来たのはささやかな慰めのつもりだった。部屋に風は吹きこまなくても、風鈴が鳴りひびくのを聞けば戸外には涼しい夜気を想像することができる。そして実際に風鈴はそれを吊した晩からひっきりなしに軽やかな振動音を発して汗みずくの私を眠りに誘ったのだった。その音を聞いてさえいれば私の心は和んだ。風鈴が盗まれたのではなかった。その内側に通した風鈴の舌だけがちぎりとられているのだが、いずれにしても同じことだ。舌のない風鈴なぞ羽根のない扇風機と同じだ。私はそいつが窓から半身をのり出して風鈴に手を伸ばす情景を思い描いた。静寂をことのほか愛する彼にしてみれば私の風鈴は耳ざわりな金物に過ぎなかったのだろう。そうか、お前はそういう男だったのか、私はうつろな風鈴を握りしめて仕返しを考えた。どうするか見てるがいい。

次の日そいつは何もいわなかった。私は自分が帰ったことを示すために廊下を踏み鳴らして歩いた。そいつの部屋に沿った廊下に鳥籠が吊してある。わきを通りしな横目をくれた。カナリアの死骸はもう取り片づけてあった。籠の中に黄色い物はなかった。その朝、出がけにひとつがいのカナリアをひねりつぶしたのは私だ。毎朝、空が白む頃からやかましく啼きたてて私の眠りを妨げたのだ。隣室は窓が明るかった。揚げ物でもするのか油の煮える匂いが漂って来た。私は鍵をじゃらつかせ、わざと大きな音をたててドアをあけた。カナリアを殺したのは私だ。文句をいいたいならいつでも相手になってやる、それを気配で示したわけだった。一瞬、隣人は私の帰りを察して身動きを止めたようだった。しかしそれもつかのまのことで後は何事もなかったかのように皿小鉢をかち合せる物音が続いた。私は拍子抜けがした。てっきり何か抗議して来るかと期待していたのだ。張り合いがなかった。

意気地なしめ。私はひとまわり大きい風鈴を買っていた。それを窓の外に吊した。これに手を出したらただではおかない。その晩は風が強かった。新しい風鈴は豪快に鳴った。私は満足した。

翌朝、私はアパートの入口に奇妙な物を見つけた。この日は各戸ゴミを袋に入れて出す日である。自分のビニール袋を電柱の下に置くとき、黄色い物が目についた。カナリアの羽毛である。ゴミにまざって変に毒々しい黄色に映えた。たちどころに私はきのうの匂いを思い出した。油がはじける音と匂いを思い出した。あいつは死んだカナリアをから揚げにして食べたのだ。

アパートは玄関で靴を脱ぎ、めいめいのスリッパーにはきかえることになっている。スリッパーは間違えないようにマジックインクで名前を書き入れている。その晩、帰ってみると私のスリッパーが下駄箱になかった。あいつだ。私は肚をたてるより奇妙な手応えのようなものを感じた。いつもはスリッパーを出して靴を下駄箱にしまうのだが、敵がそのつもりなら次は靴を狙うに違いない。スリッパーの一足や二足とられてもどうということはないけれど、靴を盗まれるのは困る。私は靴を手に持って自分の部屋に帰った。そいつの部屋にひと気はなかった。帰っておればドアの前にスリッパーが並んでいる。それがないところを見ると……。私は玄関にとって返してはたと当惑した。そいつのスリッパーをどぶに叩きこもうにも名前を知らないのだ。管理人にきこうとして諦めた。隣の奴は自分の名入りのスリッパーをむざむざと下駄箱に残しておくはずがない。がっかりして部屋に戻り、ドアをあけたときにいい物が目についた。鳥籠の下にサボテンの鉢植えがある。何という種類か知らないが、手入れがいいと見えて青光りのする棘を生やした見事なものだ。私は救われた。庖丁を持ち出して一気にサボテンの首をはねた。目には目を、歯には歯をというではないか。部屋に這入ってから窓をあけて調べた。案の定きのうの風鈴は影も形もなかった。私は少しも驚かなかった。新しい風鈴を買っていた。きのうの物よりまたひとまわり大きいのだ。それを鎖と針金で軒下に吊した。新しい風鈴は舌も重いので少しばかりの風では動かない。私はそれをこぶしで叩いた。新しい風鈴は叩かれるやゆらりと揺れて重々しい響きを発した。古寺の鐘でもついたような気がした。

管理人から隣人の名前を聞いた。中庭に丹精して育てている植え木がある。それに水をやっている管理人にさり気なく近づいて名前と仕事をきいた。製材工場に先頃から勤めている夜警だという。それだけのことを訊き出すのに十五分ほどかかった。老いた管理人は耳が遠いのだった。彼は私が庭の盆栽を鑑賞しに来たのだと勘ちがいして、しきりに自分のツゲやツツジを自慢したがった。「Sさんのサボテンも悪くないが、このマツを見て下さい」Sさんが隣人の名である。Sさんのサボテンだと？　問いただしてみると室内は空気が乾きすぎるからここに並べさせてくれと昨夜そいつは五鉢分のサボテンを持ちこんだという。置かれてある棚は管理人室の縁側から目と鼻の先である。してみるとそいつの部屋にはまだこれだけサボテンが残っていたのだ。廊下に出していたのはそのうちの一つにすぎなかった。

私は部屋に戻るとき下駄箱をのぞいた。Sの名が書かれた庭下駄を見つけた。これをつっかけて安全地帯でのうのうとサボテンの手入れをするつもりだったのだろう。そううまく事が運ぶものか。私は手頃な石の上に庭下駄をのせてその上にもう一つの石を落した。一回二回とくり返してもひびが入るくらいでなかなか二つに割れない。ようやく一足を叩き割って履けなくするのに十数回も重い石を抱えては落さなければならなかった。ばらばらになった木切を前にして私は大汗をかいていた。

きょう、私は舌打ちした。夕方、アパートに帰って部屋の外に干していた洗濯物が消えているのに気がついた。狙われることは覚悟しておくべきだった。いつものように廊下ぞいの軒下に干した私がうっかりしていた。そいつが目をつけるのは当然だ。私は階段をおりて探した。アパートの裏手を流れるどぶ川に洗濯物は浮んでいた。白いシャツが黒い水に染まってまだらになっていた。顔を上げるとそいつの部屋が見えた。裏庭に面した側、私が風鈴を吊す窓の隣にそいつの洗濯物は干してあった。私の窓から身を乗り出し手を伸ばしても届かない距離に吊してあった。私はせせら笑った。庭に造られた朝顔の棚から竹竿を一本引っこ抜いて部屋に戻るなり窓をあけた。竹竿を使えばそいつのシャツを吊しているハンガーをひっかけるのは造作ないことだ。どぶに棄てられた私の下着類と同じ数だけの下着をこちらの窓にとりこんで、私は意気揚々とゴミ袋につめこんだ。同じ所に棄てるのも芸のない話だ。紙でくるんでビニール袋に入れれば他のゴミと見分けがつかない。私はすかさず一点を返したことになる。そう思ったときあることに気づいた。風鈴の音がしない。そいつの洗濯物に熱中してたった今まで忘れていた。よもやと思ってもいた。針金と鎖でしっかりと取りつけていたので気を許していた。

風鈴はなかった。針金は何か強い力で断ち切られていた。断面は滑らかで鈍い輝きを放っていた。私の体の中で血がさわぐのを覚えた。次はどんな仕返しをしてやろう？　生活がこんなに充実したことは今までになかったことだ。洗濯物が消えたと知ったら、そいつも仕返しを考えるだろう。私は破れ畳の上にあぐらをかいてこれからそいつのためにやることを考えた。蚊に刺されてもかゆいと思わなかった。夏の日も暮れて部屋がまったく暗くなるまで私は坐りこんでいた。人間の知恵には限りがあるものだ。頭が熱くなるほど考えに考えても、効果的な仕返しは思い浮ばない。私は銭湯に行き、あり合せのもので食事をしてはやばやと寝てしまった。

そいつが帰って来たのは真夜中らしい。台所で何か物音がするのを夢うつつのうちに聞いた。すぐに私は目ざめた。焦げくさい匂いが鼻をついた。サンマを焼く匂いである。壁と天井のすきまから、壁そのものに無数に生じたひび割れから煙が遠慮会釈なく私の部屋に侵入して来る。明りをつけてみると、部屋にはもうもうと青い煙がたちこめている。咽がいがらっぽくなって私はしきりに咳をした。その咳を隣に聞かれては男がすたる。私が閉口しているのを悟ったら、そいつはしてやったりとほくそ笑むだろう。私は音をたてないようにそろそろと窓をあけた。部屋にたちこめた煙はいっかな薄れようとしない。私は口を手でふさいで静かに咳をしようと苦しみ悶えた。そのとき、ある考えがひらめいた。どうしてこんないい手を思いつかなかったのだろう。安心したあまり私は即座に眠りこんだ。窓をあけて寝たために、翌朝、体じゅう蚊にたかられてあちこちが赤く腫れていた。

部屋を出しなにトランジスターラジオを壁にぴたりとくっつけておいた。周波数は放送局と合せずに雑音だけを流し出すように調節した。音量は最低にしているから一間おいた向う隣の住人までは聞えない。そいつはきのう真夜中帰ったから、きょうは午すぎまで眠っている。風鈴の音にまで苛立つのだからラジオの騒音で安眠できるわけがない。

私は蚊に刺された痕を爪でかきむしりながらバスの中で薄ら笑いをうかべていた。そいつがタオルケットをひっかぶって騒音を耳に入れまいと苦闘しているさまが目に見えるようだった。窓にもドアにも鍵をかけている。外から這入れない以上、そいつは私のラジオをどうすることもできない。

私はそいつが眠ろうとしてあぶら汗を流すのを想像すると愉快だった。終日、仕事は順調にはかどった。いつもの三倍も私は働いた。やたら軽口を叩いて同僚を笑わせたので、私の上役なんか呆れてこうきいたものだ。

「おまえ、恋人でも出来たのか」

私は寄り道をせずにアパートへ帰った。鍵はこわれていなかった。胸騒ぎがした。部屋はしんとしている。電池は新品と入れ換えたばかりなのだ。一歩ふみこんでドアのきわで私は立ちすくんだ。部屋いっぱいにラジオの部品が散らばっている。外側のケースはつぶしてあった。いったいどこから？

疑問はすぐに解けた。ベニア板があてがわれていた。ラジオをくっつけておいた壁の下端が切りとってあり、新しいベニア板があてがわれていた。隣人は鋭利な刃物でベニア板を切り裂き、やすやすと私のラジオの息の根をとめてばらばらに分解し撒き散らしたのだ。厚さ五ミリに足りないベニア板を破ることはわけもないことだったろう。穴を塞ぐのもこれまたたやすいことだ。私は無駄になった五個の風鈴を机の上に放り出した。初め舌をちぎられた物と同じ小型の風鈴である。それを室内に吊して隣人の耳を慰めてやろうと思ったのだ。ラジオの雑音に慣れてしまわれたらたまらない。壁がこうして自由自在に穴をあけられるとわかったら、風鈴を吊してもラジオと同じ憂き目にあうだろう。

私はぎくりと体をこわばらせた。隣はからじゃない。そいつがいる。かすかな咳払いのようなもの、舌打ちともとれる物音が聞えた。そいつは足音をしのばせて部屋を歩き回っている。私がこわれたラジオを見出してがっかりしているのを想像し、ひとり笑いを浮べているのかもしれない。私は鼻唄まじりにラジオの部品を片づけた。何事もなかったかのようにここは振舞っておかなければならなかった。隣のそいつを無視すること、私の態度は表向き隣人なんか眼中にないかのごとく装うことがこの場合、最上だ。

ところがそんなことをいってのんびりと構えてもおられなくなった。晩飯をすませてそいつが出て行き、何事もなく数時間たった。各室のテレビがしだいに音を低められ、人声も途絶えがちになった。自動車の往来もまばらになった。その音は私が床について から聞え始めた。別に耳ざわりな物音じゃない。台所の流しに水道の蛇口から水が洩れる音である。そいつは栓をきつくしめずに出て行ったのだ。そうではなくてわざとゆるくして出て行ったのだ。トランジスターラジオのお返しは水の音と来た。なんだ、水の音か。私は水滴なんかいささかも気になるたちではなかった。音の正体がわかってから寝返りをうち眠ろうとつとめた。たかが水の洩れる音ぐらいで不眠症になるほど私の神経はちゃちではない。私は小細工を弄した隣人をあざ笑ってまた寝返りをうった。このところ寝不足が続いたから水の音は絶好の睡眠剤になる。不眠症の患者にはわざわざ規則的に落ちる水滴の音を録音して聞かせ、気持を落着かせるという。バカな奴だ。私はそいつの企みが裏目に出たことを知ったら、当人はどんな顔をするだろうと思い、また寝返りをうった。水はしたたっていた。夜が更けるにつれて音はふくれあがり流しに落ちてますます冴えた響きを発した。

私はちり紙をまるめて耳に詰めた。何の役にもたたない。綿でためしてみても無駄だった。手で両耳を塞いだ。そうすると半分ほどに音はやわらげられたが、一晩じゅう耳に手をやっていては眠れやしない。一時になり二時になった。私は赤く灼いた針の尖端で一秒間に一回、鼓膜を刺されているような気がした。そいつは見事にしっぺ返しをくらわせたのだ。壁を破って隣室に押し入ろうかと考えた。その気になれば庖丁ででも裂け目を入れて人ひとりくぐり抜けられる穴をあけることはできる。隣へ這入りこんで蛇口の栓をきつくしめつけるのは難しくないことだ。いまいましいのは私が水道の水なんかで眠りを邪魔されたことを敵に悟られることだ。壁の穴はどう工夫してみても一旦あけてしまっては直ちにそれと知られる。水の音を気にすまいとするからかえって気になるのだ。私は耳の綿を引っぱりだし深呼吸を四、五回くり返して効果的な仕返しの手段を考えた。

布団のシーツは私の汗で湿っぽくなっていた。寝返りするつどよじれた浴衣は紐のようになっていた。私は窓をあけてから着ているものを脱いだ。明りをつけると同時に蚊がとびこんで来て裸になった私の背を刺した。タオルで体を拭きながら片手で蚊を追っていなければならない。冷たい夜気を部屋に入れて肌を冷やした。蚊に喰われてかゆいのは蒸し暑さにくらべるとまだましである。蚊取り線香を一箱分全部とり出して部屋の各処に置いた。今夜は窓をあけたまま眠ろう。まもなく青い煙がたちこめ部屋をいっぱいにした。蚊取り線香の煙が渦を巻いてゆっくりと窓の外へ溢れ出るのを見守っているとき、素晴しい思いつきが頭に浮んだ。これに限る、私はそのとたんすっかり満足して眠りにおちた。

昨夜おそく出かけたのだから、そいつが帰って来るのは朝だ。飯を喰って午すぎまで眠るのがいつもの習慣である。私は出勤前に近所の薬屋から望みの品物を買って来た。窓に目張りをし煙が外へ洩れないようにした。私が手に入れたのはそれに火をつけると煙を噴き出して部屋に充満し、蚊、蚤、ダニの類を駆除する殺虫薬である。六畳の部屋には一個とある。私は三個を用意した。そいつが帰るのは九時ごろだ。それまで待っていたら会社に遅れる。遅刻を三回したら一日分の給料がサラリーから引かれる仕組になっている。欲をいえばそいつが食事をすませて寝入ってから煙を送りこみたかったが、ぜいたくをいってはいられない。今月は遅刻を重ねているから定時にアパートを出なくてはならない。

私は三個の殺虫薬を壁ぎわに並べて火をつけた。乾電池の形をした容器の尖端から白い煙が噴き出した。それを確かめておいて部屋を出た。ドアの下には新聞紙で封をした。隣のそいつは帰ってから自分の部屋が煙でまっ白になっているのに気づくだろう。ドアと窓をあけ放っても風通しの悪いこのアパートから煙が完全に消えるまでに数時間かかるだろう。いっぽう私の部屋からは蚤やダニの類がきれいさっぱりなくなるわけだ。一石二鳥とはこのことをいうのだと私は信じた。今夜こそ枕を高くして安眠できる。

そう思ったのは私のあさはかさというものだった。

夕方、アパートに戻って私は愕然とした。窓は枠ごと叩き破られ、ドアも割れている。室内は水びたしだ。粉ごなになった窓ガラスの破片が畳の上に散っていた。管理人の説明ではこうだ。夜勤から戻って来たSが、私の部屋の窓から噴き出す白煙を認めた。軒下からも煙は洩れて屋根瓦を這っていた。とっさに火事と思ったそいつが消防署に電話をかけたというわけだ。管理人はいった。

「殺虫剤を焚くんなら焚くで、前もってわしに一言してくれなくちゃ困るよ、きょうのことはあんたの落ち度だから、ドアと窓と畳の取り替えは費用を負担してもらいますよ」

ホースから噴出した水はあっけなく窓を突き破り室内をひっかきまわしていた。押入れの夜具が濡れていなかったのがせめてもの幸いである。さすがに消防夫は白煙が殺虫薬のそれとすぐに気づいたのだろう。水の量は多くはなかった。たぶんドアをこじあけた消防夫が匂いで自分たちの過ちを悟ったのだと思う。私の部屋はさながら大きなミキサーの中にほうりこまれでもしたようだった。電気スタンドが食器棚の上に乗っかり、カレンダーが冷蔵庫の裏に落ち、濡れた靴下が天井にはりついていた。

私はそいつが消防自動車のわきに立ってくわえタバコで私の部屋を見上げている顔を想像した。一条の水がホースの先からほとばしるや私の窓を粉砕し部屋になだれこむのを、そいつは目を細めて鑑賞していたことだろう。私は壁に耳をあてた。隣室に人の気配はなかった。そうこうするうちに畳屋が来た。私は散らかったものを片づけ、畳を入れかえるのを手伝った。ガラス屋も来た。窓枠はちょうどこの大きさにぴったりのサッシュがあるからそれにしろとガラス屋はいった。そうでなければ木製の枠を造るのに日数がかかるという。どうとでもなれ。私は彼のいうことを受け入れた。新しい畳の上に坐り、変にピカピカするサッシュの窓を見るのは妙な気分だった。畳がかわったせいか明りがまぶしかった。私はいったい何をしたのだろう、と浮かない顔で部屋を見まわした。他人の部屋に坐っているような気がして仕方がないのだ。カタをつけてやる、いつかはきっとそいつに思い知らせてやる、私はかたく心に決心した。新しい畳は寝心地が悪かった。古畳のすえたわらの匂いに慣れていたので、鼻をつくイ草の匂いがたまらなかった。窓と畳の代金を計算してみた。給料から一度にさし引かれては暮しが立たない。二回か三回かの分割で、と思案するうち無性に肚がたって来た。やにわにとびおきて庖丁を握りしめ階段をかけおりた。管理人室の縁先にそいつのサボテンが並べてあるはずだ。ひとつ残らずこの際、首をはねてやる。管理人が文句をいっても黙らせてやる。こうでもしないことには気がおさまらないのだ。

私は庭におりて暗がりをすかして見た。管理人は眠っているらしく部屋は暗かった。私は素足で土の上を歩いた。ここぞと思う棚にたどりつき手探りでサボテンを探した。サボテンはなかった。きのうまでは、いや今朝まではこの棚に並んでいたのを私は見届けていたのだ。またしても私はだしぬかれた。がっかりして引き揚げる途中、素足の裏に鋭い痛みを感じた。土に半ば埋れていた折れ釘を踏んづけてしまったのだ。

給料日、私は三拝九拝して畳屋とガラス屋に代金の分割支払いを頼んだ。請求書の額は予想の二倍だった。同僚にさせていた残業も自分で引き受けなければやってゆけない。集金、チラシの配達、印刷用紙の運搬、注文とり、私は本来の仕事の他にいっさいがっさいを引受けた。

そいつを見たのはある晩、私が会社のトラックを運転して新聞販売店から印刷工場へ戻るときだった。時刻は九時ごろだったたと思う。私はすんでのところで人間を轢きそうになり急ブレーキを踏んだ。信号を無視して一人の男がよたよたと道路の中央まで来ている。そいつはヘッドライトを全身に浴びて体を硬直させ運転席の方に首だけ向けて茫然自失した体で立ちすくんでいる。こいつだ……。私はまじまじと棒立ちになっている男をみつめた。黒っぽい上衣の背を丸めて色褪せた風呂敷包みを抱きかかえている初老の男。いつかアパートの廊下でちらりと後ろ姿を目撃した人物によく似ていた。ひからびた乾魚のような皮膚にごま塩まじりの無精ひげを生やしている。そいつは立ちすくんだなり憐みを乞うようにヘッドライトの向う側にいる運転者を見上げ、目をしばたたいている、こいつが私の隣人だったのか、きょうのきょうまで私をいじめ、悪質な厭がらせをする張本人だったのか。もう少しましな悪党面の、いってみればもっとふてぶてしい中年男を私は予想していた。現実には、風でも吹けば二つに折れそうな弱々しい小男である。そいつが突然ヘッドライトに照らし出されて進退の自由を失い、無力そのものといった姿で私の目前にいる。私が覚えたのは憐みよりも怒りだった。そいつが私にして来たことに対する怒りではなくて、こんなかぼそい男にしてやられて来た自分に対する肚だたしさだった。私は握りこぶしでクラクションを叩いた。つづけざまに叩いた。

そいつはあぶなっかしい足どりで闇の奥に消えた。消えたから良かった。あと一秒そいつが立ちはだかっていたら、私はアクセルを踏んだかもしれなかった。

しかし私の想像は今度も間違っていた。隣人はきょう、荷物をまとめて部屋を引き払っていた。会社から帰ってそのことを知った。管理人に行先をきいても知らないという。なんでも製材工場との契約が切れたからだという。契約？　ときき返すと、警備会社の指令で別の会社のガードを勤めることになって、よその町へ移動したのだそうだ。管理人がそいつのことを夜警というから、私は腰のまがりかけた初老の男をそいつと決めこんでいた。当世ふうにいえばそいつはガードマンということになる。どんな男だ、と私はきいた。がっちりした体の若い男だったよ、ちょうど年齢はあんたぐらいの、と管理人は答えた。

そいつは出て行った。私はなんとなく力が抜けた思いで畳にあおむけになった。そいつとやりあった数十日が今となっては懐しく思われる。からっぽになった隣室と同じく私の胸の中にもからっぽの部分が出来たようだ。

いつだったか、深夜、ガスの栓をひねったことがある。そいつが隣でおそい食事をすませて床についたときを見はからってそうした。ささやくようなガスの噴出音と匂いでそいつは知ったはずだ。私は息を殺していた。そいつがあわてふためいて部屋をとび出すのを待った。私も苦しかった。窓は初めから閉じている。そいつが逃げ出すか私が栓をしめるかの根くらべだった。ガスのかすかな音を聞いている間、私はぞくぞくするほど快感を味わっていた。下手をするとこの世からおさらばするかもしれなかったのに、私はあのときくらい生きることに張り合いを覚えたことはかつてなかったといってもいい。勝負は私の負けだった。

私は机の上に置いていた五個の小さい風鈴を窓の外に吊した。風がおこり、風鈴はいっせいに涼しい響きを発した。それを耳にしても私はあまり心がはずまないのだ。むしろ、そいつが戻って来て隣の窓から手を伸ばし、風鈴をかたはしから引きちぎってくれたら、と願うのである。

# 鳩の首

「いっそ、ひとおもいに……」

と母親はいってハンカチで目頭をおさえた。そういってわきに坐っている男の子を見た。体にくらべて頭が大きい少年である。母親の言葉に何の反応も示さず、重そうな頭をゆらゆらとゆすりながら珍しそうに私の部屋を見まわしている。

「車にこの子を乗せて、海岸など走っているとき、いっそひと思いにハンドルを海に切って飛びこんだら、と考えるときがありますの、そうなったら勉強が出来ないという苦しみも味わわないですみますものねえ……」

少年はサトルという。小学五年生である。分厚いレンズ越しにせわしなく動いていた目が、私の机にとまった。

「期間はどれくらい」私は訊いた。

「できるだけ長く」母親は畳に手をついた。

「成績が上るとは限りません」私はいった。

「承知しています」

「下るかも知れませんよ」

「それもわかっています」

「講義の都合で休ませてもらうときもあります」

「学生さんですもの、それはもう」

「家庭教師に出来ることはどこが子供にわかっていないかをわからせるくらいのことです」と私がいうと、母親はうなずいた。「私に望むことは何ですか」と最後にたずねると、

「なにぶん、父親がありませんし、ひとりっ子ですから、せめて兄がわりにつきあってもらえれば」

「家庭教師は私で何人目ですか」

母親は指を折って数えた。「鈴木先生、中平先生、白井先生、いや、白井先生の前に寺田先生にお願いしたんだったわ、それから遠藤先生……柳田先生……」

「結構です」

私はうんざりしてさえぎった。つい先頃まで通っていた友人の柳田がなぜ辞めたかを訊いた。理由は彼から聞いているのだが、（あの子、てんでやる気がないんだよ）依頼者側の言い分も糺しておく必要があった。

「柳田先生はいいかたで、わたし共としましても辞めるとうかがってがっかりしたのでございます。でも下宿をお移りになってうちから遠くて不便だ、とおっしゃれば無理にお願いできませんし、その代りにあなたを紹介していただいたわけで」

私は安心した。前任者の悪口をいう依頼者にロクな家はない。それでも私は心を決めかねていた。出来の良くない子供を引受けるのが家庭教師の役割なのだが、アルバイトとして数十人の子供を教えて来た私の経験では、サトル少年は初対面の印象からして見るからに手こずりそうであった。

「よかったわあ、引受けて下さって、サトル君、先生によろしくと申し上げなさい」

私は慌てた。待ってくれといいかけると、

「それで御月謝は柳田先生と同じでよろしゅうございますか」

柳田がもらっていたのは相場の二倍である。そのことを急に思い出した。郷里からの仕送りが、事情で打切られたことも思い出した。「あたくし、家を出てまわるのが仕事でございますし、留守がちですから御月謝はあらかじめ半年分ほど」

肉付きの良い白い手がさし出した茶色の封筒を私は気がついたときは受取ってしまっていた。

「よろしく」

少年は坐り直しておもむろに両手をついた。私も「よろしく」と答えておいて自分の机を振り返った。客がまじまじとみつめている机の上の物が気になったのだ。手をついて挨拶する少年の姿勢だけは堂に入ったものだった。これまで無数の家庭教師に同じことを繰り返してきたせいだろう。母と子が下宿を出て行ってから私は机を調べた。乱雑に積み重ねているノートと教科書の他には何もなかった。少年はどうやらブック・スタンド代りに使っている犀の置き物を見ていたらしかった。そのことに気づいたのはしばらく経ってからだ。

大変な子を引受けてしまったものだ……。

一週目に私はくやんだ。反抗的かというとそうでもない。勉強時間にはちゃんと部屋で机についてノートを拡げている。生命保険の外交員をしているという母親とは一日目に顔を合せたきりだ。炊事洗濯は年配の家政婦がすませて夕食後は引き揚げる。夜、家に居るのはサトル少年と私の二人である。家政婦からそれとなく聞いたところでは母親は外交員として腕ききなのだそうだ。私が通うのは週に二回、一回につき二時間である。以外の日は少年は一人で母親の帰りを待つことになる。勉強部屋は二階の六畳である。異様な臭気がする。初めて一歩足を踏み入れたときに感じた。獣の糞が乾いたような臭気である。熟れた穀物の匂いもする。

人間の体から発する匂いなら大抵のものに私は我慢できる。私の下宿にしても、来客があるときだけ押入れにほうりこむ万年床や古靴下から発散する怪しげな臭気がこもっていることを私は知っている。馴れっこになっていて今更、気にしないだけのことだ。

匂いの正体はどうやら天井から吊り下げられた鳥籠からと思われた。カナリア、文鳥、目白、インコが籠のあるじで、窓をあけると軒下には鳩小舎があった。サトル少年は私の視線を目で追っていた。

「先生、鳩好きかい」

きらいじゃない、と私は答えた。

「これ、何だか知ってる？」少年は小舎の中から白い鳩を一羽つかみだした。鳩だろう、と私はいった。

「鳩は鳩だけどさ、鳩にもいろいろあるんだよ、キジ鳩、カラス鳩、アオ鳩、ギン鳩、カノコ鳩……」

少年は耳慣れない名前をたてつづけに十以上まくしたてた。鳩を抱くようにして片手でその胸もとを指した。「こいつ、孔雀鳩っていうんだ、見てよ」少年は珊瑚色の斑点が鳥の白い羽毛の上に一つの首飾りのように並んでいるのを示した。鳩は咽喉の奥からかすかな声を洩らして首を伸び縮みさせた。

「鳩なんかどこにでもいるけれど、孔雀鳩って珍しいんだ、それからこれ見てご覧よ」鳩を小舎にしまってから机の下にあるガラス鉢を引き出した。石ころの間を平べったい楕円形が這いまわっている。「亀だろう」と私はいった。

「またそんな」少年は私の無知を憐むように大人っぽい微笑を浮べた。「亀にもいろいろありましてね、こっちのがミドリ亀、あっちのはゼニ亀てんだ」

いけない、と私は思った。この調子でつきあっていったらうまうまと少年のペースに引きこまれて二時間はつぶれてしまう。「わかった、そろそろ勉強を始めるとするか」私はガラス鉢を机の下に押しこんで少年と向い合った。

——おとなしい性格ではありますがね、どちらかといえば落着きが足りないようですな、始終何かに気をとられていて、その点がどうも……中年の担任教師は学校を訪れた私にそう説明して首を振った。昨日のことである。自分も今年度初めてサトル少年を受持つことになったものだ、といい、厚い黒表紙の書類ばさみをのぞきこみながら、

——三年の三学期から成績が下っていますな、といった。その頃、何があったのか、と私はきいた。父親がなくなっている。

——ま、成績というものは波があるものでして……。

他に何か、と私は訊いた。

——そうですなあ、成績は決していい方じゃないが、知能に欠陥があるわけじゃないし、根気よくみていくしかないんじゃないですか、と教師はいった。自分に何が出来るだろうか、と私は教師にたずねた。

——話相手になってやって下さい、それから出来れば勉強したいという意欲を引き出して下さい、ずっと先のことになるでしょうが、と教師はいった。そのつもりでいる、

と私はいった。

——私からもよろしくお願いしておきますよ、と教師はいった。

私は規則的にサトル少年の家へ通った。出迎えるのは玄関の横にうずくまっている茶色の老犬だけである。サトル少年が小学校に入学した年から飼っているという。最初の日は胡散臭そうに私を見て唸ったものだが、少年が犬の頭を撫で、私を指して、この人はぼくの先生なんだ、と説明すると、次の回から唸るのをやめ、尾を振って迎えるようになった。玄関のドアをあけたときから獣の匂いがした。異様な臭気は少年の部屋だけではなかったのだ。応接間には猿の檻があり、廊下にはリスが鎖でつながれていた。

「縦が五センチ、横三センチ、高さ二・七センチの箱があって……その猫を膝からおろせ」と私はいった。少年はしぶしぶ猫をおろした。

「勉強ちゅうは駄目だ」私は猫を廊下に出した。

「ただ見るだけなら?」少年はいった。

「何を」

「これ……」少年は抽出しから小さな箱を出した。「なんだ、ハツカネズミか」と私がいうと、「わかっちゃいないんだな、ネズミの一種だけどこれハムスターといってね、尻っ尾がネズミより短いでしょう」

「ハムスターを見てたらどうやって容積の計算をするんだ」

「ちゃんと計算するからさ、机の上に箱を置いとくだけ」

「蓋をしたら見えないぞ、それでもいいのか」

「いいんだ、置いとくだけ」

猫を追いだしたかわりに私はハムスターを机の上に置くことを許した。生き物が身近に居なければ自分は頭が働かないと少年はいった。

「この箱に一センチだけ水を入れた場合」

「先生、動物にも言葉があるんだよね」

「うむ」

「猫のいうことは犬にも通じるの」

なるほど、こういうわけだったのか、と私は納得した。注意力が散漫だと指摘した教師はある意味では正しくなかった。散漫なのではない。教科書に対する注意力なぞ初めからありはしないのである。犬、猫、鳥などへの注意力は普通以上にあるのだ。柳田がこのことを私に告げなかったのはわかる気がした。多少、理解がおそいがまだ方法がある。一、二年前の課程からやり直してゆけば少しずつおくれをとり戻すことができるようになる。そうやってうまくいった子供を何人か私は知っていた。

自分でいうのもなんだが、家庭教師としては私はやや知られていて、名ざしで依頼されることが間々あった。サトル少年の場合、鳥獣に対する関心があまりに強いので、学校で習う事柄にまで気がまわらないのだ。いってみれば、勉強なんて全く興味がないゆえに、それは厭ですらないのである。手こずりそうだ、という初対面の印象は正しかったわけだ。少年はかりに一年生の教科書を目の前に開いていても五年生のそれと区別できないだろう。

「一分が六十集って一時間、一秒が六十集って一分になるのだから、一時間を全部、秒に直すと……」

「先生、亀が一万年生きるって本当なの」

「まさか」

「でもいくらか長生きするんだろう」

「一時間は何秒だ」

「猫は初めの一年が人間の十五年にあたるんだって、それから後の一年は人間の三年にあたるわけ」

「ふうん」

「犬は……」

「その話は後にしよう」

「犬の先祖はオオカミと同じだって？」

「そうかもな」

「犬が物を嗅ぎわける力は人間の何倍か知ってる?」

「知らない」

「一億倍から五億倍」

「じゃあ訊くが、一時間は一秒の何倍だ」

「ブルドッグとシェパードと闘ったらどっちが勝つの」

「…………」

「ぼくはブルドッグだと思う。なぜってけものの急所は咽喉でしょ、なんたってブルの方が背は低いからシェパードの咽喉に喰いつき易いよね、恰好はシェパードがいいけどさ」

「ポインターって犬、知ってるか」

「イングリッシュ・ポインターっていわなくちゃ」

「こいつが時速何キロで走るかといえば、そうだね、最高時速六十キロは軽いだろうな、まず自動車なみだ」

「六十キロか、ポインターがね」

「時速六キロで歩く人間がいるとすれば、ポインターは人間の何倍だ」

「うんと速い」

「同時にある点から出発して一時間たったらポインターは人間より何キロ先に行ってると思う」

「六十キロ」

「人間も動いてるんだぜ」

「先生、ハチドリ見たことある？」

「………」

「トリといってもこいつ五センチくらいしかないんだ、そのくせ新幹線より速いんだから」

「新幹線の時速は何キロだ」

「ハチドリはね、後ろにも飛べるんだよ、きれいな色をしてさ、でも鳥のうちでは孔雀鳩がぼく一番気に入ってるんだ、本当の話、学校であれを飼っているのはぼくだけだよ、ユー　アー　クレイジー」

「クレイジー？」

「なんのこと？　柳田先生がよくいってた」

「時には勉強もしようってことだよ」

「そうかなあ」

「柳田君は頭を冷やせって意味に使ったのかも知れない」

「ユー　アー　クレイジー」

私は背中を掻いた。太腿もむず痒かった。悪臭には馴れてしまったが、これには参った。小さな虫が皮膚を這いまわっている。シャツをはたいてもズボンをふるっても、痒みはとれない。入浴して肌着をすっかりかえてしまうと、しばらくはいいけれど、半時間もたてば脇の下あたりがまたむずむずしてくる。ノミがいるのでもなさそうだ。シラミでもない。皮膚には虫に喰われた痕は見当らなかった。

私はサトル少年に注意した。彼は一度も体を掻かなかった。してみれば痒いのは私だけのようである。むずむずするのは鳥どもにつく一種のダニかも知れない。サトル少年は慣れていて平気なのだ。室内に十羽近くも飼っていては虫がたかるのも当然だ。軒下には鳩もいる。猫も出入りするし、犬も少年にすり寄る。ダニの如きものはハムスターにもたかっているかも知れない。

「トキソプラズマって知ってるか」

少年は時間の単位には興味を示さなかったが、この耳慣れない名前にはすかさずとびついた。動物の一種と思ったに違いない。

「それ何」

「猫につく寄生虫の一種なんだ、ほうっておくと人間にうつってひどいことになる、病気にかかりたくなければ駆除した方がいいぞ」

「トキソプラズマの他にも鳩につく悪い虫がいるから、一度この部屋を徹底的に消毒しなければ、なんだか体じゅうがむず痒くて」

「どうやって」

「あんなこといって……」

少年はにんまりと笑った。なんでも見すかしているぞ、といった分別臭い表情になり、

「先生、本当は動物が嫌いなんだろ」

「きらいでもないが」

「好きじゃない、そうだね？」

「サトル君ほどにはな」

「なぜさ」

「なぜって……」

「ハムスターも可愛くないの」

「可愛い」

「じゃあどうして」

「可愛いからこそ消毒しろっていってるんだよ、ほうっとくと全部死んじゃうぞ、それでもいいのか」

「消毒するといっても」

「ペットを売ってる店にきくんだな、いい薬を教えてくれる」

「薬を撒くの」

「そうだ」

「いやだなあ、そんなの」サトル少年は顔色を変えて、公害だ、といった。自分は病気になってもいいが、鳥たちに若しものことがあったらどうする、と喰ってかかった。

「鳥はなんともないさ、ペット屋さんは専門家だから」私はうけあった。

「鳥は平気でも亀には毒になるかも知れないじゃない、ハムスターにも猫にも……」

「動物と人間とどちらが大事だ」といってしまってから愚問を発したものだ、と思った。動物にきまってる、少年は言下にいった。この際、母親に話すべきだ、と思ったが、帰りはおそい。このところ顔を合せたことがない。私はノートを破りとってそこに委細を書き、母親に渡すように頼んだ。体が痒くてならない、衛生のためにも一度、部屋を消毒すること、そう書いた。

次の日、私はサトル少年の部屋を犬のように嗅ぎまわった。私の要求をいれたのなら匂いでわかるのだ。かすかにそれらしい薬が撒かれたようではあるが確かではなかった。

「お母さんに手紙渡したか」

「渡したよ」

「消毒しただろうな」

「したと思う、お手伝いさんがね」

「頼りない話だな」

「先生じんましんでも出てるんじゃないって、母さんがいってた」

「お母さんは痒くもなんともないのかい」

「ちっとも」

「きょうは宿題出たか」

「先生、バク見たことある？」

「宿題はどれどれ、漢字の書き取りのようだな、それは後でやってもらうことにして、きょうは漢字の偏とつくりをやろうな、これさえやっておけば覚えるのがぐっと楽だぞ」

「バクは夢を食べるって、夢は食べられるの」

私は黒板に犭と書いた。「これ、何偏だ」

「バクとサイはどちらが大きいの」

私は貘と大きく書いて、「けもの偏というのは便利なんだ」といった。サトル少年は頭をゆらゆらさせながら、分厚いレンズ越しに漢字を見て「サイは？」と訊いた。私は貘の横に犀と書いた。

「それにはどうしてけもの偏がないの」

「けもの偏のかわりに牛という字がはいってるだろう」

「獏が食べるのは人間の夢、それとも動物の夢?」

「獏は伝説の動物でありましてね、実際には存在しないんだよ」

「いないのにどうしてそんな漢字があるの」

「人間が考え出すことはみんな文字になるんだ」

「ジッサイてなんのこと」

「本当のこと」

「じゃジッサイでないことは本当でないことだね」

「まあ、そうだ」

「そうだとさあ、漢字は本当でないものを本当みたいに書くんだね」

「そうでもないが」私はうろたえた。少年はしかしすぐに話をかえた。ハーゲンベック、と大声で叫ぶ。

「先生、ハーゲンベック動物園はどこにあるか知ってる?」

「知らない、……デンマークか」

「ドイツだよ、ヴァンセンヌ動物園は」

「フランスだろう」

「ご名答、じゃあホイップスネード動物園は」

「そんなの知るもんか」

「ユー　アー　クレイジー」

「アメリカかな」

「イギリスですよ、イギリス」

五年生といえば女の子のことが気になる年頃である。昨今はそれがひところよりずっと早くなっている。サトル少年の特徴は動物好きということの他に、異性に対してまるっきり心を動かさないことであった。動かすのかも知れないがその程度は同年齢の男子にくらべて微弱であるように思われた。知能のおくれはさほど心配しない私でも、このことは気がかりだった。今でも母親と一緒に入浴し、同じ布団に寝るという。

プラモデルやマンガや女の子に対する興味が、そっくりサトル少年においては獏やハチドリに対するそれにすりかわっている。私に出来ることは、愛すべきけものたちに対する興味の流れの千分の一でも、学習という水路に導き入れることであろう。それが出来るかどうか。私は三カ月後にはほとんど絶望的になっていた。サトル少年は私とは別世界に生きているのである。鉢の開いた頭につまっているのは始祖鳥やマンモスという古代の鳥獣からボルネオに現存しているという巨大なニシキヘビまで、地上のありとあるけもののイメージだけなのだ。

強制して分数の計算をさせることも、漢字の部首を一行ずつ書かせることも私にその気があればやってできないことはないのだが、そして今もそれを私の目の前で少年はやっているのだが、意味のないことなのである。少年の脳細胞は一つ残らず、過去から現在までこの世に棲息した鳥獣虫魚のために動員されているので、余分の知識を受付けない。しかし、ものは考え様で、生きものに関する知識はこれからの学習課程で、系統的な勉強をするのに役立ちはしても妨げにはならないだろう。時が来ればサトル少年は生きものたちに寄せるのと同じ関心を他の事物に寄せてそれらを自分のものにするだろう、という希望があった。それがささやかながら私の慰めだ。しかしながらサトル少年についてうっとうしい事情は別にあった。

部屋を消毒したとはいっても、いい加減な消毒らしかった。相変らず体はむず痒い。私は少年の家から下宿に帰るなり、着ている物を脱いで下着一枚になってかねて用意のビニール袋に押しこんだ。それから部屋にはいって新しい衣服を身につけた。自室にもくまなく殺虫剤を塗布した。

そうしても何の役にもたたなかった。やめてしまえばこの理不尽なむず痒さからまぬがれるかも知れないが、今すぐやめることは出来なかった。母親が月謝を半年分前渡ししたわけがわかった。やめたがったのは私だけではなかったのである。金を返すことができずに契約期間内は通わざるを得ないのが向うのつけ目というものだ。受取った金は滞った下宿代や新学期の学校納入金に使い果している。まとまった金額を別のアルバイトで稼ぐにしても半年以上かかるだろう。とどのつまり私は痒さに耐えてサトル少年の家へ通わなくてはならない。仮りに私が返却すべき金を持っていたとしたら……。

私は四畳半の万年床から天井を見上げて考えこんだ。自分がやめたらあの子はどうなる？　自分はサトル少年をあっさり見放すことができるだろうか。勉強を教えるのぞみを絶ちかけているくせに、少年と別れるつもりが自分のなかにないということに気づいて私は驚いた。私がやめれば代りの学生が来るだろう。彼は高い月謝の手前、躍起になって勉強を強いるだろう。今となって少年に学校の課程をつめこむことは野暮の骨頂というものだ。それを諦めた現在、私はサトル少年を遊ばせるこつを知っている。けものの話を分析綜合して、いくらかでも物の考え方を学ばせるしか道はないと思っている。サトル少年は他の子供にない何かがあった。少年はカナリアが無垢であるのと同じほどに無垢であった。こましゃくれた子供ばかり多い当節、これはめずらしい性格であるように思われた。一応、期限まで通ってみよう、背中を搔きながら私はそういう結論を出した。

「いつまでも抱いていても生き返りはしないぞ」私はいった。サトル少年は不承不承シャツの下から白いものを出した。孔雀鳩のつがいになった一羽が今朝冷たくなっていたのだ。学校を休んで夜まで死んだ鳩を暖めていたのだという。「墓をこしらえてやろう」私は庭に穴を掘らせて小石をのせ、花をさしたコップを置いた。少年はほとんど口をきかなかった。これでは仕事にならない。鳩の霊に弔意を示してこの日は埋葬だけで帰ることにした。

「先生、鳩はオスが早く死ぬの」玄関まで送って来た少年が訊いた。生きものは必ず死ぬ、そういう意味の感想をつぶやいて私はお茶を濁した。意気銷沈した少年の顔はまるで生気がなかった。

母親が再婚する相手と引合されたのは、鳩が死んでから五日目の夜であった。

「子供がいつもお世話になっているそうで」わきにかしこまっているのは五十がらみの屈強な男である。動物が好きだというから願ったり叶ったりだ。サトル少年のために私は喜んだ。

「……なんですか、聞くところでは先生に何かたかっているそうですな、うちはけものが多いからそのせいじゃありませんか」

「あら、あたくしは何ともないけれど」

母親は心外そうにつぶやいた。

「きょう、家じゅう大掃除して、犬猫リス猿に薬をすりこんでやりました」

いかにもそうだろう、きょうはドアから這入るやいなや、刺戟的な殺虫剤の匂いに体を包まれた。畳のへりや欄間に白い粉末が付着している。おびただしい量の薬剤をすみずみまでふりまいたものらしい。屋内の空気は雑多な薬の臭気で息づまるほどだ。私はサトル少年の部屋に這入った。

「先生、ひどい匂いだろ」

「ま、我慢するさ」

「あの人は薬が好きなんだ」

「動物も好きだそうだから良かったじゃないか」

「どうだか……」サトル少年は妙な笑い方をした。私は何気なくカナリアの籠に目をやった。二羽のうち一羽が見えない。わけをきいた。

「けさ見たら死んでたよ、薬の撒きすぎにきまってる」

少年の目がすわっていた。ときどき宙に泳がせる目は兇暴な光を帯びているように思われた。いつもはぼんやりとして取りとめのない目が、きょうに限って不思議に生き生きとしている。

「この調子で薬をまいてたらみんな息が出来なくなって死んじゃうよ、ミドリ亀もゼニ亀も文鳥も十姉妹もみんな。だから、きょうゼニ亀を学校へ持って行って藤井君に……」

「藤井君て誰だ」

「女の子、わりかし恰好いいんだ」サトル少年はみるみる赧くなった。無愛想に口をつぐんで窓の外に目をやった。庭には風にざわめいている木があったが、少年の目は梢を見ているのではなかった。どこか遠くを見ているサトル少年の目は今初めて獏や犀以外の物と向い合っているのだ、と私は考えた。

「で、藤井君は喜んでゼニ亀を受取ったか」

「気味が悪いって……こんなに可愛いのにな」少年は手を開いた。ゼニ亀がノートの上にころがり落ちた。「いらなけりゃ誰がやるもんか」少年は荒々しく椅子をすべり降りて机のまわりを歩いた。「あいつ、ちょっぴり可愛いからって気取りやがって……」肩をそびやかし、乱暴に足を踏み鳴らして歩きながらそういった。私はこの日、帰りしなに三週間、勉強を休むことを告げた。私が属しているピンポン部は田舎の寮で強化合宿することになったのだ。だからいつになく少年が昂奮した日の次に家を訪れたのはそれから二十日あまり経ってからのことである。

私が休んでいる間に何かが変ったようであった。いつもは鼻を鳴らしてすり寄って来る老犬がきょうは物憂そうに私を上目づかいに見ただけだ。家はあれからも薬を撒き続けたらしく玄関に入る前から日なたの匂いに似た人工的衛生の臭気が漂って来た。

「もう大丈夫ですよ先生、徹底的に消毒をすませましたからな、わしは何事もとことんまでやらなけりゃ気がすまんのです」

作業衣姿の父親は体じゅう埃とクモの巣と薬剤の粉末にまみれていた。ひまさえあれば家の内外を消毒していたという。「きょうもさっきまで床下にもぐりこんでいましてな」父親は愉快そうに笑った。「犬だけは獣医に頼みましたよ、なにせ不潔なけだものですから薬をすりこむくらいではカタがつかん」

私はぎくりとした。「不潔なけだもの」が私自身を指していわれたかのように、内心ひるむところがあった。そのときまで〝不潔な獣〟のことをすっかり忘れていた。

サトル少年は部屋で私を待っていた。私は鳥籠をしらべた。減った鳥はなかった。刺すような薬品の臭気がたちこめる部屋で相変らず賑やかにさえずりかわしている。ゼニ亀もミドリ亀もハムスターも元の場所にいた。タマは椅子の下に丸くなっていた。部屋は変っていなかったが、部屋の主は変っていた。

「弥生時代より縄文時代の方がうんと長いんだよね」

「宿題は何だい」

「歴史年表、もうすぐすんじゃうよ」

「鳥も亀もピンピンしてるじゃないか」

「ああ、そのようだね」少年は鳥籠にちらと目をくれた。うって変ってよそよそしい目の色である。私は束の間、何か冷たいものを背筋に覚えた。たった三週間で、部屋の主はずいぶん成長したように思われた。鳥を見る目にはぞっとするほどひややかな光があった。

「年表がすんだら帯分数教えてよ、引き算がよくわかんない」少年は早口でいった。

私は所在なく窓ごしに外を見ていた。ふと目が軒下にしつらえた鳩小舎にとまった。空である。数本の羽毛が小舎の床にこびりついている。私は振向いた。少年は顔を伏せて年表つくりに余念がない。（孔雀鳩はどうした）と咽喉もとまで出かかった言葉をかろうじて私は抑えた。薬で死んだのか、そんなはずはない、屋内のカナリアさえこんなに元気に羽搏いている。逃げたのか、それも考えられない。床に散らばった羽毛の具合はどう見ても自然に抜けたものではない。

私は椅子を窓ぎわに引き寄せて腰を下した。年表つくりは少年にまかせておいてよさそうであった。年表に限らずこれからの勉強も少年は自分の力でやってゆけそうに思われた。私は鉛筆を握っている少年の小さな手をみつめた。その手が小舎にさし入れられ、孔雀鳩をねじ伏せて首をひねる情景を想像した。鳩の次は文鳥だろうか、十姉妹だろうか。亀たちは餓死するだろう。猫は追われるだろう。そしてお前は私を必要としなくなるだろう、そう考えながら少年を見ていた。少年は定規をシャツの襟元からさしこんで背中を掻いた。痒そうに眉をひそめて掻いた。それから私に向って、

「紀元前って何のこと？」

と訊いた。

# あとがき

古本屋の主人、それも老人でなく若い男を主人公にした小説を書いてみたいと前から考えていた。「野性時代」の編集者、藤本和延さんから連作のかたちで長篇をという話があったとき、私はすぐに自分がながらく暖めていた主題を具体化することにした。同誌の一九七八年七月号から十二月号まで、本篇は六回にわたって連載された。「愛についてのデッサン」というタイトルは福岡県久留米市におすまいの丸山豊さんが刊行された詩集のタイトルである。私の小説のタイトルにすることを快く許して下さった丸山先生にお礼を申しあげる。

同じく詩の引用を許していただいた安西均さん、見事な装幀をして下さった司修さんにも感謝しなければならない。連載ちゅうお世話になった藤本さん、単行本としてまとめて下さった編集部の小畑祐三郎さん、ありがとう。

一九七九年　夏

野呂　邦暢

『愛についてのデッサン——佐古啓介の旅』より

# 編者解説

岡崎武志

思えば、私はこれまで何度も野呂邦暢について書いてきた。いちいちは挙げないが、たとえば『夕暮の緑の光』（みすず書房、二〇一〇年・現在新版）を編んで解説を書いた時は、それを機縁に諫早市から招かれて講演をした。毎年五月に開かれる野呂追悼の「菖蒲忌」にも出席。丘の上に立つ墓、通った高校および憩った公園、終焉の家、「鳥たちの河口」の舞台となった本明川河口あたりへも足を運んだ。何よりの野呂邦暢詣でをさせてもらった。得難い体験となった。

野呂の作品はこの十年くらいの間にも、みすず書房より二冊本の大著『兵士の報酬』『小さな町にて』という「随筆コレクション」（後者の編と解説は私が担当）、二〇一三年には文遊社よりほぼ全小説を収録する『野呂邦暢小説集成』が全九巻で刊行されるなど続々と出版された。早い逝去（一九八〇年、享年四十二）以後、数十年を経て再評価の呼び声は高い。二〇二〇年には中公文庫より『野呂邦暢ミステリ集成』というミステリ作品と、ミステリについてのエッセイを収録した変化球も出た。昭和、平成、令和とあわただしく世の中は更新され、スマホ依存で本離れが進み、文学の力そのものが弱められていくと感じられる中、快挙といっていい出来事である。

そして今回、野呂邦暢の『愛についてのデッサン』がちくま文庫に収録される。そのことをもっとも喜んでいる一人が私である。好きな作品を文庫で読みたい。これは十代の後半、文学という熱に浮かされていた自分が、まず親しんだ出版のスタイルが文庫だったからだ。現在でも、元の単行本を所有していても文庫化されたら購入することはよくある。文庫に対してひときわ強い愛着を持っている。野呂邦暢も最初、文庫で読んだ。プラスして本書に収録する短編を選んだのも、角川文庫の『壁の絵』『海辺の広い庭』、集英社文庫の『鳥たちの河口』『一滴の夏』からで、これらはいずれも二十代に自分で買って大事に持ち続けていたものだ。『壁の絵』裏見返しには、京都「吉岡書店」で買った時の鉛筆書き古書価が残されている。一七〇円だった。一九七〇年代、芥川賞受賞作『草のつるぎ』を始め、野呂の作品は次々と文庫化されていったが、死後は徐々に書店から消え、一時期は名前が話題に挙がることもなくなっていたのである。『愛についてのデッサン』も文庫化されるきっかけを失っていた。

野呂の再評価は、一九九五年の『野呂邦暢作品集』(文藝春秋)と二〇〇二年の『草のつるぎ／一滴の夏』(講談社文芸文庫)が刊行されたあたりからではないか。バブル崩壊後に停滞し、先行きが見えなくなった現代日本において、山裾からほとばしる清冽な水のような野呂の文章が新鮮で甘露に思えた。なんといっても文章の魅力。これは動かない野呂邦暢の宝である。よき理解者だった文芸評論家の高橋英夫は、野呂の文章を「文体の洗練された濃度や、外界の諸々の事象を映し出す抒情的レンズの輝かしさ」だと評した（『一滴の夏』解説）。つまり梶井基次郎の良質な継承者であった。私もそこに惹かれたのである。

まずは野呂邦暢について、ざっとどういう作家かを書いておく。

本名・納所邦暢（のうしょくにのぶ）は一九三七年九月二十日、長崎県長崎市の出身。筆名の野呂は、梅崎春生『ボロ家の春秋』の主人公の名を流用した。土建業を営む父親のもと、市内岩川町の家に六人兄弟の次男として生まれた。岩川町は長崎本線「浦上」駅の西側、北へ一キロほど離れたところに現在、長崎公園がある。すなわち原爆投下の爆心地から至近の距離にあった。銭座国民学校（現・銭座小学校）へ入学するが、一九四五年に父が応召され、一家は母方の実家があった諫早市へ疎開した。そのため、原爆の被災から免れた。投下の日、小学校は休みだったが、在籍児童八五〇名のうち約五〇〇名が亡くなったと言われている。同級生の多くが命を落とした。邦暢少年も諫早から原爆投下を目撃している。

「私が長崎から諫早に疎開して五カ月たっていた。蟬取りか川遊びに行く途中であったと思う。ふいに町並みが異様な光の下で色を変えた。顔を上げると正面に白い光球が浮かんでいた。天空にもう一つの太陽が現れたかのようであった。どす黒い煙の上で、太陽は黄色い円盤にすぎなくなった。煙の下に火で縁取られた山の稜線が見えた。壮大な夕焼けが広がった。夕焼けは夜も消えなかった」（「ある夏の日」）。

この描写を「美しい」と感じることは不謹慎だろうか。とにかくそのまま生家にいたら、この世になかった可能性が高い。野呂は少年期から太平洋戦争の戦記を蒐集し、のちに『失われた兵士たち　戦争文学試論』という評論をまとめたのも、生き残った者の悔恨と鎮魂と考えられる。野呂の小説を読む人は、つねにどこかでこのことを忘れないでほしいと思う。

野呂の学歴は高卒（県立諫早高校）に留まった。京都大学を受験するも失敗、一旦帰郷したが再び故郷を後にする。東京へ出て行ったのだ。ガソリンスタンド店員ほか、喫茶店のボーイなど職を変えながら一年足らずの東京生活を経験した。十九の春に帰郷。世は就職難で自衛隊に入隊する。異色の経歴であったが、この時の体験は『草のつるぎ』に結実し、一九七四年上半期「芥川賞」を受賞。職業作家として執筆活動に専念した。芥川賞受賞後も上京することなく諫早の地に住み続けた。電子メールやファックスの普及はまだずっと先、地方在住は作家にとって不利であったが離れようとはしなかった。野呂はこう書く。

「上京することと新しい土地で作品を書くこととは別のような気がする。小説という厄介なしろものはその土地に数年間、根をおろして、土地の精霊のごときものと合体し、その加護によって産みだされるものと私は考えている」(「鳥・干潟・河口」)。河口への散策から「鳥たちの河口」が、住んだ家がかつて武家屋敷の一郭であったことから、安政期に諫早藩士の十五歳の娘を主人公に名作『諫早菖蒲日記』が描かれた。いずれも諫早という地峡の町に住み続け、土地の精霊と手を結んだことで生まれた作品だ。私もこの地を訪れて、水と緑と風を感じながらそのことを実感した。

さて、ようやく『愛についてのデッサン』の話をする。

先述の通り、一九五六年(十九歳)に野呂は上京する。住んだのが大田区大森。旧新井宿と呼ばれた町で、近くに一軒の古本屋があった。「山王書房」という伝説の店で、野呂はこの店の客となった。山王書房・関口良雄は俳句を作り、尾崎一雄や上林暁の著作目録を制作した文人的古本屋店主であった。

「見るからに頑固そうな主人が店番をしていた。としの頃は三十代初めで、小さな机に向っていつも何か書くか本を読むかしていた。ガラス戸がふるえるほどの大声をはりあげて奥さんにお茶をいいつける声を耳にした。私は二十円か三十円の文庫本を山王書房で求めた」(「山王書房店主」)

関口良雄は遺著『昔日の客』（夏葉社）に感動的なエピソードとともに野呂のことを書いた。私には『愛についてのデッサン』に登場する「佐古書店」のモデルは「山王書房」のように思えてくる。実際に野呂は「古本あさり」が趣味で、諫早時代にも長崎や熊本の古本屋を訪ね、上京した際には神田神保町や早稲田界隈、中央線沿線の古本屋を巡るのを楽しみにしていた。「私の場合、仕事以外のことでくつろぐことが出来るのは古本屋の棚を眺めることとしかない」（「古書店主」）と書くほどだ。巡るだけではなく、古本屋をカメラで撮影していた。プリントされアルバムになった写真群を、私が諫早入りした折り、野呂の実兄である納所祥明さんから託された。古本屋の店頭、本を手に取る客、全集が積み上げられたウィンドウなど、およそ半世紀前の東京の古本屋がそこに生きていた。写真のクオリティとは別に、撮影者の古本屋愛がそこにあふれていた。古本屋探訪を趣味とする同好の士・小山力也さんと組んで『野呂邦暢古本屋写真集』（盛林堂書房）を上梓したのが二〇一五年。またたくまに売り切れ、現在けっこうな古書価で取引きされているようだ。

だから「古本屋の主人、それも老人ではなく若い男を主人公にした小説を書いてみたいと前から考えていた」（『愛についてのデッサン』あとがき）というのも自然なことだった。角川書店の文芸雑誌「野生時代」編集部から依頼があり、一九七八年七月号から十二月号まで連載されたのが『愛についてのデッサン』だった。「佐古啓介の旅」という副題がつき、一九七九年に角川書店から司修装丁で刊行される。

東京・中央線沿線の「阿佐ヶ谷」駅近くにある「佐古書店」という古本屋が舞台である。店主・佐古啓介は二十代半ばの青年で、大学卒業後、出版社に勤務していたが、「佐古書店」を経営する父の急逝により引き継ぐことになった。「間口一間ていどのちっぽけな古本屋」と書かれている。「一間」は約一・八メートルだから、かなり狭い。おそらくはウナギの寝床式に奥へ長い店舗で、両壁に本棚があるタイプではないか。本好きの啓介は、継ぐにあたって品揃えを「小説、歴史、美術関係に限定し、それも小説なら自分の好きな作家のものをあつかいたい」と決める。これも野呂が若き日通った「山王書房」に似ている。駅前の一般客を相手にした古本屋で、マンガ、エロ写真集、主婦向けの雑誌や手芸、料理の本を置かないのはかなりの冒険といえる。これらがメシの種に直結するからだ。

ここで押さえておきたいのは『愛についてのデッサン』が書かれた一九七八年と四十年以上を経た現在とは、古本屋を取り巻く環境も事情も大きく変化したことだ。「本盗人」の中で「佐古書店」の住所は「杉並区阿佐谷北一の六の五」とある。地図で見ると、この位置は駅から少し離れた住宅街の中で店舗営業には適さない。一九七七年刊の『新版古書店地図帖』（図書新聞）の該当ページをめくると、「北一丁目」にあったのは「川

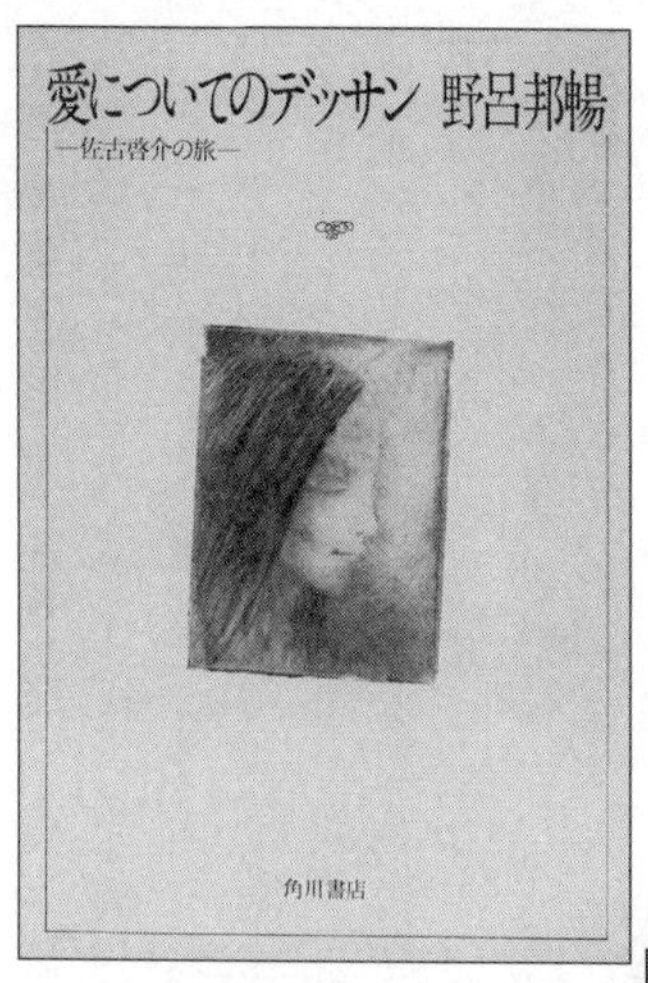


（左）『愛についてのデッサン　佐古啓介の旅』角川書店（1979年7月）　装丁：司修

（右）『愛についてのデッサン　佐古啓介の旅』みすず書房《大人の本棚》（2006年6月）

村書店」。杉並区区議会議員を務めた店主の店で、間口は広く駅からも近かった。同書によれば一九七七年段階で、阿佐ヶ谷駅周辺に十一軒の古本屋があり、うち二軒は「店舗なし」。古本屋はすべて店売りをするわけではなく、自宅および事務所として構え、目録販売や古書即売会を主流に営業する店もある。一九九〇年代からの爆発的なネット普及と、「ブックオフ」に代表される大型リサイクル店の登場は、それまで町に当たり前にあった小さな古本屋という業態を存続させ難くした。一九七七年阿佐ヶ谷に十一軒あった店舗のうち、営業を続けているのは「千章堂書店」のみ。消沈の激しい数十年だった。その後にできた「銀星舎」「コンコ堂」とともに中央線沿線の古本屋文化をかろうじて守っている。

六編から成る連作長編ともいうべき『愛についてのデッサン』は、「佐古啓介の旅」と副題にある通り、店主に長崎、直江津、神戸、出雲、京都、秋田などを旅させている。日がな膝に猫を抱いて帳場に座り、ラジオを聴いたり、本を読むなどして過ごす老店主、というのは古本屋にありがちなイメージだが、著者はそこに動きを求めて主人公に旅させることにしたのだろう。「燃える薔薇」では詩人の肉筆原稿を入手する代行として長崎へ向かう。長崎は父の故郷でもあった。飛行機嫌いの啓介は新幹線「ひかり」で博多へ。七時間かかったという。「のぞみ」登場の現在なら五時間だから、このあたりにも時代の流れを感じる。

目当ての詩人が書いた詩集の版元は長崎の古本屋だった。地方の古本屋が詩集や句集、郷土史、故人の随筆集などを出版する例はよくある。この古本屋にあると思った原稿は手元になく、詩の愛好家でコレクターが所持していた。『愛についてのデッサン』はタイトルからして、実在する詩人・丸山豊の詩集タイトルを借用しているが、全体に詩、詩集にまつわる話題が多い。これは野呂邦暢自身の好みであったろう。詩集は著者の多くが無名で、読者も少なく少部数であることから商売に熱心な古本屋は敬遠しがちだ。しかし、四十年以上古本漬けとなり、日本全国の古本屋を探訪するのが趣味の私に言わせれば、詩集の棚を確保し、大切に売り続ける店こそ、いい古本屋の目安となる。本は商品と割り切り、楽して儲ければいいという人は古本屋にはならない。そこにある種の矜持が感じられる店は雰囲気からして違う。入店して数秒でその「気配」を感じられる。「佐古書店」はそうした店のはずで、実在すれば行ってみたかった。「燃える薔薇」では、詩人が崖から転落死したのが自殺か他殺かという謎が設定されている。野呂には珍しい下世話なプロットの導入で、地味になりがちな古本屋小説を何とかして読者の興味でつなぎたいと考えたか。確かに『愛についてのデッサン』は、「火曜サスペンス劇場」のような二時間ドラマの原作になりうる。

そのほか、本に挟まっていたお札、前の持ち主による切り取り、巧妙な万引きと著者がいかに古本屋によく通い、店主との会話、客の生態の観察など、この業態に通暁していたかがよく分る。詩集に挟まっていた一万円札を巡る、もと流行作家とのやり取り（「若い沙漠」）など、同じ本を扱う業種でも新刊書店では成立しにくいだろう。古本屋では客数が少ない分、一人ひとりの客との会話、対応が深くなる。なぜか変わった客が多いのも古本屋だ（店主もそうだよ、と天の声あり）。三好達治『測量船』を買い求めた労務者のエピソード（「本盗人」）とともに、身なりで判断してはいけない、本好きに悪人はいないという著者の信頼が本書の根底にあり、同感する者にはそこがたまらない魅力となっている。その流れで言えば、私には好ましい個所が「本盗人」にもう一つある。

三日も通いながら本を一冊も買わず不審な行動をとる赤いブレザーコートの女子大生。これが話の中心だが、そこに本筋とは関係ない、目録で旭川の中学教師から注文された書目が挙げられている。それは吉岡実の詩集『僧侶』と庄野潤三『クロッカスの花』の二冊。「吉岡実と庄野潤三という個性的な作家を愛する北国の教師に、啓介は商売気ぬきで淡い友情を覚えた」のだ。この絶妙なカップリングを、本好きの野呂はあれこれ組み合わせて楽しんだのではないだろうか。私もまたこの時、「北国の教師」にも佐古啓介にも野呂邦暢にも「友情を覚えた」。もし、芥川賞を受賞できず作家をあきらめた時に、野呂邦暢は納所邦暢として、諫早市に古本屋を開店させていたのではないか。そこは地元の文学愛好家が集まるサロン化して、若い詩人を育てるために詩集の版元にもなった。ありえない話ではない。『愛についてのデッサン』を読みながらそんなことを妄想した。

せっかくだから、本書には『愛についてのデッサン』以外にも野呂の作品を何編か加えてもらうことにした。伴走者で名伯楽だった文藝春秋社の編集者・豊田健次が編んだ『野呂邦暢作品集』（文藝春秋）と「大人の本棚」シリーズの『白桃』、それに講談社文芸文庫の『草のつるぎ／一滴の夏』には収録されていない作品を選んだ。多種多様な野呂文学の幅が味わえるよう工夫したつもりである。各作品について、簡単なコメントを加えておく。

「世界の終り」

南太平洋の環礁で核爆弾が炸裂し、操業していた漁船「第三永福丸」を爆風と高波が襲い、船は沈没。一九五四年にアメリカ軍による水爆実験で被爆した「第五福竜丸」事件を下敷きにしていると分る。生き残った若い甲板員が無人島に漂着し、サバイバル生活が始まる。しかし、無人と思った島で、彼より後に漂着したらしい「ボートの男」を発見する。何とかしてコンタクトを取ろうとするが、意外にも男は攻撃を加えてきて死闘となる。浜に腐った魚が打ち上げられ、海が汚染されていく。新しいボートを発見した「若い甲板員」は、島を脱出するが「世界の終り」が確実に近づいていた。一種のディストピア小説であるが、主眼は正体の分からない男と仲良くしようとするが拒絶され、攻撃を受ける「関係性」を描くことにある。二者におけるコミュニケーション不全は、野呂作品の重要なテーマの一つだ。

「ロバート」

長途の汽車旅行を終え上京した「わたし」が、中央線「荻窪駅」北口でロバートという元アメリカ兵（陸軍中尉）を待つ。ホテル代わりとして友人が留守する西洋館に宿泊することになったのだが、条件がロバートと同居することだった。しかし現れた人物は、元アメリカ兵というイメージを壊す、みすぼらしく冴えないアメリカ人であった。これから一週間、すべての食事代を当然のごとく「わたし」が支払わされ、行き先までつきまとわられる受難を背負うことになる。それに加え、ロバートは体中に傷を持ち、夜中にうめき声を上げるのだった。おそらくベトナム戦争の「戦争神経症」に侵されたアメリカ人と、彼に振り回される日本人の「わたし」との奇妙な一週間の出来事は、滑稽であるとともに不思議な読後感を残し忘れがたい。滝田ゆうがこれを漫画化している（『滝田ゆう名作劇場』講談社漫画文庫）。

「恋人」

湾内を一周する遊覧船に一組の男女が乗っている。二人は五年もの交際期間を持つが、ふだんは離れて暮らし、久しぶりに女からの呼び出しがあった。男は結婚したいと思っている。しかし女が切り出そうとしているのは別れ話らしかった。ほとんど会話が中心になって進行し、ときおり風景描写が挟み込まれる。淡い作品だが、野呂の作家的技量の高さがよく表れてもいる。「あたし、すっかり齢をとってしまった」と女が言う。「そんなことはない、いつまでも若い」と「わたし」。「気安めをいってくれなくてもいいのよ、あたしがあなたより年上だからといって」というあたりはフランス映画の一シーンのようだ。バックにはフランシス・レイの音楽が流れてきそう。野呂は大の映画好きであった。

「隣人」

低所得者のみが巣食うアパートに住む「私」は小さな印刷会社に勤める独身もの。新しく越してきた「隣人」は独り暮らしの五十男で口をきいたことはない。ただ、薄い壁を通して気配を感じる。しかし、二人の関係は悪化し、次第にエスカレートしていく。最初は軒先に吊るした風鈴の「舌」が引きちぎられる。報復に隣人の男が飼うカナリアをひねりつぶす「私」。サボテンの鉢を壊す、干した洗濯物を泥に投げ込むなど応酬は続き、「私」は「隣人」攻撃に興奮し夢中になっていく。大なり小なり、安アパートに住んだ者なら覚えがあるだろう。決して相いれない二人が敵対するゆえに離れられなくなるという関係は「世界の終り」や「ロバート」の変奏と言ってもいい。

「鳩の首」

家庭教師のアルバイトで生活する青年と、小学五年生の男の子の話。「いっそ、ひとおもいに……」と泣き出す母親で始まる切り出しがすごい。家庭教師を何度もすげかえ、てこずらせるサトルという小学生。鳩やハムスターを飼い、動物の話にだけ熱中する少年はいささか不気味である。勉強部屋は異様な臭気に包まれている。玄関先には犬が寝そべり、応接間には猿の檻、廊下にはリスが鎖でつながれている。うんざりしつつも「少年と別れるつもりがない」ことに気づき、「私」は自分に驚く。鳩を殺したのはひょっとして……緊迫した空気の中で、神経の張りつめた無垢な少年の姿が、読者の心にも忍び込んでくるのだ。野呂は故郷で家庭教師のアルバイトをしていた。その経験も生かされている。

・本書はちくま文庫のためのオリジナル編集になります。
各作品の底本は左記の通りです。
「愛についてのデッサン」――『愛についてのデッサン』（みすず書房　二〇〇六年六月）
「世界の終り」「ロバート」――『鳥たちの河口』（集英社文庫　一九七八年二月）
「恋人」「隣人」「鳩の首」――『一滴の夏』（集英社文庫　一九八〇年一月）

・本書のなかには、今日の人権感覚に照らして差別的ととられかねない箇所がありますが、作者が差別の助長を意図したのではなく、故人であること、執筆当時の時代背景を考え、該当箇所の削除や書き換えは行わず、原文のままとしました。

ちくま文庫


愛（あい）についてのデッサン　野呂邦暢作品集（のろくにのぶさくひんしゅう）

二〇二一年六月十日　第一刷発行

著　者　野呂邦暢（のろ・くにのぶ）

編　者　岡崎武志（おかざき・たけし）

発行者　喜入冬子

発行所　株式会社　筑摩書房
東京都台東区蔵前二―五―三　〒一一一―八七五五
電話番号　〇三―五六八七―二六〇一（代表）

装幀者　安野光雅

印刷所　凸版印刷株式会社

製本所　凸版印刷株式会社





ISBN978-4-480-43749-5　C0193